移情视阈下的
伊恩·麦克尤恩小说研究

A Study of
Ian McEwan's Novels
from the Perspective of Empathy

罗　媛◎著

教育部人文社会科学青年基金项目：移情视阈下的伊恩·麦克尤恩小说研究
（项目批准号：12YJC752023）
江苏省社会科学基金项目：伊恩·麦克尤恩小说之移情关怀伦理研究
（项目批准号：16WWD004）

南京大学出版社

图书在版编目(CIP)数据

移情视阈下的伊恩·麦克尤恩小说研究 / 罗媛著
. 一 南京：南京大学出版社, 2017.12
（现代英语语言文学论丛）
ISBN 978 - 7 - 305 - 19663 - 8

Ⅰ. ①移… Ⅱ. ①罗… Ⅲ. ①伊恩·麦克尤恩－小说
研究 Ⅳ. ①I561.074

中国版本图书馆 CIP 数据核字(2017)第 303560 号

出版发行　南京大学出版社
社　　　址　南京市汉口路 22 号　　　　　邮　编　210093
出 版 人　金鑫荣
丛 书 名　现代英语语言文学论丛
书　　　名　移情视阈下的伊恩·麦克尤恩小说研究
著　　　者　罗　媛
责任编辑　陈丽茹　董　颖　　　　　编辑热线　025 - 83592655
照　　　排　南京南琳图文制作有限公司
印　　　刷　江苏凤凰数码印务有限公司
开　　　本　880×1230　1/32　印张 7.625　字数 205 千
版　　　次　2017 年 12 月第 1 版　2017 年 12 月第 1 次印刷
ISBN 978 - 7 - 305 - 19663 - 8
定　　　价　36.00 元

网址：http://www.njupco.com
官方微博：http://weibo.com/njupco
官方微信号：njupress
销售咨询热线：(025) 83594756

序

　　伊恩·麦克尤恩是当代英国优秀作家,1987年出版的长篇小说《时间中的孩子》为作者赢得声誉,《阿姆斯特丹》1998年获得布克奖,奠定麦克尤恩在20世纪英国文学史上的重要地位。

　　麦克尤恩擅长编织故事,他的小说情节发展扣人心弦,叙事艺术娴熟,其逼真的心理刻画往往能产生一种令人震撼的艺术效果。麦克尤恩继承并超越了英国文学的现实主义传统,清晰有力地描摹现代人在当代社会的生存状态。国内外学者从多个角度研究麦克尤恩的小说创作,有关他作品的道德、伦理问题引起人们的关注,其相关的争论一直以来都渗透到麦克尤恩研究的各个阶段。罗媛的《移情视阈下的伊恩·麦克尤恩小说研究》从"移情"(empathy)视角审视麦克尤恩的小说,观点新颖,阐释得当。麦克尤恩认为小说是对人性的探寻,将移情视为是人性的核心和道德的起点。罗媛通过自己的阅读,发现移情在麦克尤恩的多部小说中占据重要的位置,决定在伦理批评的框架内从移情切入系统考察小说中的移情问题,进而考量麦克尤恩对多维人性的探寻,揭示麦克尤恩小说深邃的伦理内涵。

　　《移情视阈下的伊恩·麦克尤恩小说研究》比较系统地探究多种移情类型,涉及麦克尤恩小说中的历史书写、人性残暴与移情之关联、两性疏离关系与移情之关联、自我与移情他人之伦理关系等诸多问题,较为全面地剖析了麦克尤恩创作的主题,凸显作品的思想深度。引入心理学移情研究的新成果应用于文学伦理批评是此书的创新之处。在现实意义上,有关移情问题的讨论已经日益成为当代社会的重要议题,无论是在私人领域还是公共领域,对于小到家庭还是大至全球性的社群,移情都可以发挥建设性作用,在此语境下,罗媛研究麦克尤恩在其小说中所提倡的自我对他人的移情关怀伦理对于构建充满温情的和谐社会具有现实意义。

罗媛在 2007 年考入南京大学外国语学院攻读博士学位,她充分利用这一宝贵的学习机会,刻苦用功,认真研读麦克尤恩的作品以及有关伦理与移情的理论,建构起论文的框架和论点。在南京大学读博期间,罗媛曾到英国格罗斯特大学研究中心访学一年,了解麦克尤恩国际学术研究前沿,并在英国牛津大学读书节上向麦克尤恩本人请教。经过 5 年的学习,她于 2012 年顺利通过论文答辩,获得博士学位。罗媛毕业后回到苏州科技大学外国语学院任教,又于 2014 年 9 月到哈佛大学英文系访学一年,回国后继续认真做学问,脚踏实地开展英国文学的研究,完成了教育部人文社科青年基金有关麦克尤恩的研究项目。

罗媛始终如一地坚守在当代英国小说研究园地里,正如本书所示,她以扎实的文本细读为基础,运用近年来心理学界有关移情研究的新成果,在麦克尤恩研究上提出独到见解,为文学伦理批评开辟了新的跨学科的研究路径,在题材和内容上拓展了麦克尤恩研究的深度和广度。作为罗媛的导师,我为她取得的进步感到高兴,衷心祝愿她在学术研究中不断取得新成绩。

王守仁

2017 年 11 月于南京大学

前　言

　　当代英国小说家伊恩·麦克尤恩（Ian McEwan 1948—　）是20世纪70年代以来活跃于英国文坛的最具影响力的作家之一。麦克尤恩坚信小说是对人性的探寻，"移情"是人性的核心和道德的起点。他对个体移情能力的重视契合文学批评界自"伦理转向"以来的学术背景，伦理批评成了麦克尤恩研究的热点。但是，学界对麦克尤恩小说中的移情问题却缺乏深入系统的研究。早在18世纪休谟和亚当·斯密就强调同情（移情）于道德生活的作用，现象学领域的哲学家、部分心理学家以及关怀伦理学家等都关注移情的功用，移情在自我与他人之间是否能构筑起伦理关系发挥重要作用。本书在伦理批评的框架内以"移情"为切入点，系统考察麦克尤恩六部主要小说中自我与他人之间的多种移情类型以及相关的伦理道德问题，进而深入研究麦克尤恩对复杂人性的探寻。

　　第一章以小说《无辜者》《黑犬》和《赎罪》为主，分析移情匮乏和暴力历史之间的关联。麦克尤恩将普通个体置于特定历史政治情景下，探讨了移情匮乏与人性残暴面的呈现之间的密切关系。在特定历史背景下，移情匮乏具体表现为移情腐蚀、移情脆弱性和移情枯竭。麦克尤恩探究个体如何在特定历史、政治情景下遭遇移情腐蚀、经历移情脆弱性和移情枯竭，从而呈现出人性的残暴面。他从细微的个体层面书写宏大的欧洲暴力历史，将暴力历史书写与人性的残暴面的探究有机地结为一体。麦克尤恩把《无辜者》的背景置于"冷战"鼎盛时期，描摹主人公在特定意识形态下遭遇移情腐蚀后从一位内敛、单纯的英伦青年变成残忍暴徒的过程，既揭示了人性潜存的暴力冲动，也批判了"冷战"意识形态、军事暴力对普通个体的移情腐蚀作用。《黑犬》以审美逾越的方式间接再现大屠杀事件，探析大屠杀后人类移情脆弱性的表征并曝光人性阴暗的暴力欲望。在《赎罪》中，麦克尤恩对敦刻尔克大撤退中战争暴力的生动再现颠覆了民族记忆里关于敦刻尔克奇迹的叙事，杀戮肆虐的战场使士兵们的移情濒临枯竭并显露出"平庸的恶"，个体在集体病态的癫狂下显露出潜伏于人性深处的暴力习性。麦克尤恩严肃地书写暴力历史，在他看来，人类只有直面暴力历史并正视自身阴暗的暴力欲望，才能从残暴历史中吸取教训，逐步完善人性，最终走向和平的未来。

第二章分析个体间移情理解的障碍如何导致两性关系的疏离。麦克尤恩小说中的男女主人公们尽管相爱，但是他们往往囿于各自的性别身份、思维范式、价值取向，没有践行以"视觉换位"为特征的移情理解，即使对伴侣表现出了移情，但是在很大程度上受到自我中心主义认知框架的束缚，在情感和认知方面都没有理解和包容对方的异质性存在，故双方产生种种误解和冲突，最终情感趋于疏离状态。在《爱无可忍》里，男主人公经历道德自我的考验后，没有向伴侣袒露自己内疚的脆弱情感，试图重新建构自己的男性气质来获取对方的认可，虽然伴侣曾一度对他表现出了移情理解，但是没有得到他的移情回应，其封闭的男性自我妨碍了彼此之间的移情理解和沟通。《黑犬》中叙事人的岳父母双方都囿于各自的认知范式和价值取向而否定对方的他性存在，造成多年的情感疏离。麦克尤恩揭示了个体间移情理解障碍所折射的以自我为中心的人性弱点：人们往往将他人纳入自我中心主义的认知框架内，对他者施以同一化的暴力，对异质性他人缺乏尊重和包容，即便是夫妻、伴侣这样亲密的两性关系也概莫能外。

第三章以《时间中的孩子》《赎罪》和《星期六》为主，讨论个体移情他人与自我之伦理存在的关系。麦克尤恩探究小说主人公如何经历了对他人缺乏移情关切嬗变至对他人的移情能力增强的过程，这些主人公通过不断移情理解和移情关怀他人行走在通往伦理存在的旅途中。《时间中的孩子》的主人公遭遇创伤后曾陷入自我中心的关切，他最终移情关怀亲人和朋友，创伤才得以愈合。《赎罪》的主人公自幼缺乏移情关怀的滋养，年少无知的她将他人纳入自我中心主义的阐释框架而误解他人，让无辜者遭受牢狱之灾。随着年岁的增长，她的移情能力不断增强，最后以移情书写他者的形式加深对他人他性的理解，以此来赎罪，实现自我伦理意识之反思。《星期六》的主人公沉浸于自我中心主义的隔离性自我而忽视了对边缘他者的移情关怀，经历了他者外在性的闯入后将移情关怀对象扩展至陌生人，对异质性他人的召唤做出了伦理回应，趋近了列维纳斯所说的作为责任存在的伦理主体。麦克尤恩肯定这种人之为人的伦理性也就是肯定和颂扬人性中为他人的光明面，试图为"9·11"后的当代西方社会寻求一条走出自我与他者暴力冲突困境的伦理出路。

　　本书考察了麦克尤恩小说中从移情匮乏到移情理解的障碍再到移情他人能力的不断增强和移情关怀对象的不断扩大的过程。当自我对他人移情匮乏或移情完全缺失而陷入巴伦所说的零度移情水平时，将他人视为实现自己暴力欲望的非人对象并显露出残暴的人性则无任何道德可言。两性之间的交往通常会表现出一定程度的移情，如若缺乏具有伦理内涵的"视角换位"，则妨碍彼此之间的移情理解和沟通，无法肯定和包容对方异质性的存在。当移情他人的能力随着认知能力的提高而逐渐增强后，移情理解和关怀的对象逐渐地从亲人、朋友、熟人扩展至陌生人，自我将在他者"面容"的感召下无条件地对异质性他人承担起无限责任，从而建构起伦理的主体性。通过移情视阈透视麦克尤恩的小说创作，我们可以看到个体自我如何经历从对他人移情的缺失、到移情理解的障碍、再到移情关怀他人并对他人承担无限责任的转变。麦克尤恩既揭示人性中潜存的残暴欲望、以自我为中心的弱点，也肯定了人性中为他人的光明面。麦克尤恩对人类未来充满了希望。

　　麦克尤恩以娴熟的叙述艺术展示了不同境况下人的行动和心

灵世界,展示了人物行为和动机的复杂性,但从不在创作中给读者以某种明确的道德指引。他在小说创作中所实践的是对存在于世界中的人的可能性和人性的可能性的开放式探寻。在移情视阈下透视麦克尤恩对这些小说人物的探寻过程,我们看出麦克尤恩对人与人之间移情的重视以及对人的伦理存在可能性的憧憬。

ABSTRACT

Ian McEwan, one of the foremost contemporary novelists in Britain, believes that the novel is a mode of enquiry into human nature. He insists that empathy is at the core of humanity and the beginning of morality. McEwan's concern for empathy and morality finds its expression in his novels. However, so far little research has been systematically carried out on empathy among characters in McEwan's novels. The emphasis on the moral function of empathy can be dated back to David Hume and Adam Smith in the 18th century. Since then some philosophers in phenomenology, psychologists and theorists of the ethics of care have stressed the importance of empathy in human life. This book launches a critical study of McEwan's works from the perspective of empathy in the framework of ethical criticism. Through a systematic examination of various types of empathy demonstrated among the characters in McEwan's six major novels, and of the relevant ethical problems between self and others, it aims at revealing McEwan's insights into human nature.

Chapter One explores the relations between deficiency in empathy and the emergence of violent behaviour. Positioning individuals in their specific political and historical situation, McEwan explores links between empathy deficiency and violence through analyzing the ways in which characters reveal their violent human nature as a result of empathy erosion, empathy fragility and empathy exhaustion. He approaches the grand European history through subtle descriptions of individuals in their historical context, thus fusing his exploration of human nature with the violent history of the 20ᵗʰ century. In *The Innocent*, which is set in Berlin in 1955 at the height of the Cold War, McEwan exposes the violent potential hidden in human nature and criticizes the ideology and military violence which contribute to an individual's empathy erosion through portraying how a gentle and introverted young Englishman becomes an extremely cruel man. *Black Dogs* explores empathy fragility after the Holocaust and reveals the dark violent desire of human beings by indirectly representing prison camp atrocities through aesthetic transgression. In *Atonement*, McEwan subverts the beautifying narrative of the Dunkirk retreat in national memory through the vivid description of war violence from a soldier's perspective. The soldiers who witness violence in the battlefield tend to suffer from empathy exhaustion which makes them reveal the "banality of evil", with human nature's violent potential reflected in the pathological madness of warfare in the battlefield. McEwan believes human beings should confront violence in history and admit the potential for violence in human nature so that we might strive for a better, peaceful future for all humankind.

Chapter Two analyzes how barriers to empathic understanding have caused estranged relationships among lovers or married couples. In McEwan's novels, though the lovers or couples love each other, they fail to practise empathic understanding in their relationships as a result of their narrowed view related to their respective gender identity, cognitive paradigm and value orientation. Some protagonists try to empathize with their partners, but they fail to have access to the alterity of their partners emotionally or cognitively due to the limitations of the self-centered cognitive framework related to their pseudo-empathy, which finally leads to their emotional estrangement. In *Enduring Love* the male protagonist Joe, after the emotional and moral trial of a traumatic accident, is unwilling to reveal his fragile feelings of guilt to his lover Clarissa. Instead, he is obsessed with his self-concern to reconstruct his masculinity in the hope of impressing Clarissa. Though Clarissa once tries to approach Joe in the manner of empathic understanding, she does not get an empathic response from Joe. Joe's closed male self hinders the empathic understanding and communications between him and Clarissa. In *Black Dogs* the narrator's parents-in-law, who have different cognitive paradigms and value orientations, suffer from years of emotional estrangement as the result of each one's negation of the other's alterity. McEwan exposes the self-centeredness in human nature implied in the failed empathic understanding and failed communications among the protagonists. Usually people tend to approach others from their own self-centered cognitive perspective with insufficient respect or tolerance for the alterity of the Other, trying to reduce the Other to the same in a violent way. Even the intimate relationship of couples and lovers is no exception.

Chapter Three discusses the relationship between empathizing with others and the ethical existence of the self by focusing on *The Child in Time, Atonement* and *Saturday*. McEwan in these novels explores the way that the characters transform from a lack of empathic concern to the enhancement of empathy for others. These protagonists are on their way to approaching an ethical existence by showing the empathic understanding and empathic care of others. The protagonist in *The Child in Time* becomes trapped in narcissistic concerns after experiencing the trauma of losing his child but ultimately recovers from this trauma by showing empathic understanding and care for relatives and friends. The adolescent protagonist in *Atonement* suffers from not being empathically nurtured since childhood by her parents in a dysfunctional family. Based on her arbitrary interpretation of others in her self-centered interpretative framework, Briony causes an innocent person to suffer years of imprisonment as a result of her false accusation. As she grows older, her capacity for empathy becomes stronger and she tries through writing a novel both to make atonement and to get an empathic understanding of others' alterity, increasing her ethical awareness. The protagonist in *Saturday*, first obsessed with concern for a separated self in Levinas's words, and indifferent to the marginalized, finally extends his empathic care to strangers, thus approaching the ethical subjectivity of a responsible agent. What McEwan affirms is the possibility of an ethical existence for human beings through the care of others. In other words, McEwan celebrates the positive side of human nature trying to seek an ethical solution to the violent conflict between self and others in the contemporary post-"9 · 11" world.

This book explores different types of empathy in relation to complex moral and ethical issues in McEwan's novels. There is moral failure when individuals regard others as objects to realize their violent desire, revealing violence in human nature that results from empathy deficiency, or lack of empathy toward others. Usually empathy finds its expression to some degree in intimate gender relationships. However, there are barriers to empathic understanding in the ethical implications of a lack of perspective taking. Thus the couple or lovers fail to affirm or tolerate each other's alterity. When a person strengthens his empathy as his cognitive ability develops, extending the empathic care beyond his relatives, friends, and acquaintances to strangers, he assumes the infinite responsibility towards others as an ethical response to the call of the face of the Other, which constitutes ethical subjectivity in Levinas's terms. Approaching empathy in McEwan's novels, we catch a glimpse into how individuals experience the development from a lack of empathy toward others, to an empathic understanding, to the assumption of an infinite responsibility for others. McEwan exposes human nature's violent potential and the weakness of self-centeredness, while he also celebrates the side of human nature that shows care for the interest of others. He is optimistic about the future of humankind.

Hailed as the most technically accomplished of all modern British writers, McEwan portrays human beings' actions and thoughts under different circumstances to reveal the complexity of behavior and motivation. However, he never gives readers any clear moral guidance. What he is attempting in his writing is to investigate the possibility of human potential and human nature in an open-ended way. What McEwan repeatedly stresses as ethically important is individuals' empathy towards others, and consequently we find an emphasis on the open possibility of human beings' ethical existence throughout his novels.

目　录

导　论

　　当代英国小说家伊恩·麦克尤恩（Ian McEwan 1948— ）是20世纪70年代以来活跃于英国文坛的重要作家之一。麦克尤恩出生于英格兰的军营小镇奥尔德肖特，20世纪60年代就读于萨塞克斯大学，主修法语和英国文学，1970年获英语学士学位。麦克尤恩随后进入东英吉利大学，师从著名的作家兼评论家布雷德伯里（Malcolm Bradbury）和威尔逊（Angus Wilson）学习文学创作，并于1971年获得文学创作硕士学位。

　　自1975年第一本短篇小说集《最初的爱情，最后的仪式》（*First Love, Last Rites*）问世以来，麦克尤恩笔耕不辍，且创作体裁涉猎甚广，至今已出版《水泥花园》（*The Cement Garden*，1978）、《陌生人的安慰》（*The Comfort of Strangers*，1981）、《时间中的孩子》（*The Child in Time*, 1987）、《无辜者》（*The Innocent*, 1990）、《黑犬》（*Black Dogs*, 1992）、《爱无可忍》（*Enduring Love*, 1997）、《阿姆斯特丹》（*Amsterdam*, 1998）、《赎罪》（*Atonement*, 2001）、《星期六》（*Saturday*, 2005）、《在切瑟尔海滩上》（*On Chesil Beach*, 2007），《喜好甜食》（*Sweet Tooth*, 2012）等长篇小说十四部，短篇小说集《最初的爱情，最后的仪式》（*First Love, Last Rites*，1975）和《床笫之间》（*In Between the Sheets,* 1978)两部，还出版儿童文学作品两部、电视剧三部、歌剧两部，改编电影剧本一部。麦克尤恩获得过多种文学奖项。《最初的爱情，最后的仪式》于1976年获得毛姆奖，长篇小说《时间中的孩子》在1987年获得了惠特布雷德奖。麦克尤恩先后共6次获得布克奖提名，并于1998年以小说《阿姆斯特丹》折桂布克奖。其他几部进入当年布克奖短名单的作品包括《陌生人的安慰》（1981）、《黑犬》（1992）、《赎罪》（2001）和《在切瑟尔海滩上》（2007）。《星期六》进入2005年布克奖长名单，并获詹姆斯·泰特·布莱克奖。《赎罪》还获得WH·史密斯文学奖（2002年）、美国国家书评人奖文学奖（2003年）、《洛杉矶时报》小说奖（2003年）、圣地亚哥欧洲小说奖（2004年）。根据《赎罪》改编的同名影片获得2007年度全球最佳影片奖，并获得多项奥斯卡提名奖。麦克尤恩于 2010 年 3 月出版的《追日》不仅在英美学术界倍受褒扬，也受到普通读者的青睐，荣登美国《纽约时报》畅销书榜单。2011 年麦克尤恩荣膺第 25 届耶路撒冷文学奖。[①] 2012 年 8 月他推出小说《喜好甜食》涉及英国"军情五处"的历史题材，融事实与虚构于一体，不少书评人盛赞这是麦克尤恩的又一部力作。2014 年麦克尤恩出版的小说《儿童法案》（*The Children Act,* 2014），关注儿童福祉，向读者展现了一个法律困境：是该尊重宗教信仰、尊重个人意志，还是应该坚持生命至上的原则？麦克尤恩于 2016 年出版的最新力作《坚果壳》（*Nutshell,* 2016），从尚未出生的胎儿的视角讲述关于背叛与谋杀的故事，与莎翁的《哈姆雷特》互文。麦克尤恩声称，他并不只是书写一个哈姆雷特的故事，他希望子宫里面的那位讲述者是莎士比亚。在持续的创作生涯中，雄心勃勃的麦克尤恩一直推陈出新，几乎每部作品都受到评论界的广泛好评。

麦克尤恩如今不仅在英国被誉为"我们民族的小说家"（Cowley, "Profile: Ian McEwan" 21），在国际范围内也被公认为活跃在英国文坛的佼佼者。有评论家这样赞扬他："麦克尤恩是健在的最伟大的作家。不仅在英国如此，因为贝娄已经不再写作，罗斯已经捕捉不住精准的措辞……麦克尤恩现在的写作水准无与伦比。诺贝尔奖委员会若给他颁奖，诺委会应该会开始赢得尊重。"（Siegel, "The Imagination of Disaster" 1）

与同辈作家令人眼花缭乱的形式试验相比，麦克尤恩更感兴趣的是对复杂人性的探究及其社会形塑力的再现。他的小说总体上具有现实主义的气息，同时也具有自反式元小说的特征。麦克尤恩清晰有力地描摹现代人在当代社会的生存状态，被誉为"我们这个时代最优秀的地图绘制者"（Groes 1）。在他的小说中，人物一

---

① 耶路撒冷文学奖创办于 1963 年，每两年颁发一次，意在表彰其作品涉及人类自由、人与社会和政治间关系的作家。往届得主包括阿瑟·米勒、苏珊·桑塔格、伯特兰·罗素、V. S. 奈保尔、J. M. 库切、博尔赫斯、米兰·昆德拉、西蒙娜·波伏瓦、村上春树等著名作家。

直占据重要的位置,这与后现代社会主体性消解的热潮形成鲜明的对照,有人因此称他为"前后现代主义者"。在访谈里,麦克尤恩对19世纪小说艺术流露出推崇之情,认为人物塑造在19世纪小说家那里达到登峰造极的程度,值得后人借鉴。(McEwan, *Conversations* 88)麦克尤恩曾公开表明,自己并不认同与后现代主义思潮相关的相对主义;相反,他热衷于信奉认知心理学、进化生物学等以人为研究中心的智性科学。(McEwan, *Conversations* 189)作为无神论者的麦克尤恩,一直坚信小说是对人性的探究,认为小说与其他文类相比更能引领读者进入他人心灵。麦克尤恩属于这样一类当今鲜有的作家之一,能"进入他人的意识,像深谙心理的维吉尔把读者也引入他人的意识"(Groes 2)。

麦克尤恩关注世界历史、政治对个体的影响,自创作伊始就对当代世界时局一直持有敏锐的自觉意识。作为当代文化的评论者,麦克尤恩在各类重要报刊上发表观点,探讨女权主义、"冷战"期间核武器的危险性扩张、宗教原教旨主义、恐怖主义、"9·11"后世界状态等广泛话题。自20世纪80年代中期,麦克尤恩在创作中将普通个体置于特定的社会政治、历史背景下,致力探究多维复杂的人性,从不回避揭露人性残忍、暴力冲动的一面。20世纪的欧洲经历了两次世界大战和惨绝人寰的大屠杀事件。在麦克尤恩看来,对暴力历史的记忆和呈现是作家义不容辞的伦理责任。在创作中,他把对多维人性的探讨与暴力历史的书写有机融为一体。21世纪震惊全球的"9·11"事件,再次将全人类推入焦虑和恐慌的深渊。"9·11"事件后第五天,麦克尤恩在英国《卫报》上发表了自己的观点:

　　　　将自己置入他人的心灵,这便是移情的本质……如果那些持枪绑匪能够想象乘客们的思想和感情,将不会有进一步的恐怖行动。一旦进入受害者的心灵,将很难表现出残忍。想象成为他人是什么样,这位于人性的核心,是同情的本质,

是道德的起点。（McEwan, "Only Love and Then Oblivion" 1）

他在访谈中也多次提到道德生活中自我对他人移情的重要性。麦克尤恩对作家伦理责任的强调以及对移情和道德生活的关注契合了文学批评界"伦理转向"以来的学术背景，伦理批评成了当前麦克尤恩研究的热点。

国外对麦克尤恩的研究总体上呈上升趋势。21 世纪随着麦克尤恩在国际文坛上逐渐声名显赫，麦克尤恩研究持续升温，近年迎来了研究热潮。与其创作相对应，麦克尤恩研究可大致分为三个时期。

20 世纪 70 年代中期至 80 年代早中期是麦克尤恩研究的起步阶段。麦克尤恩早期的短篇小说集《最初的爱情，最后的仪式》和《床笫之间》以及最早的两部长篇小说《水泥花园》和《陌生人的安慰》探讨怪癖、乱伦、性变态和谋杀等颇具争议且令人震惊的阴暗题材。这些作品出版后曾引起骚动，评论界忧心忡忡地将它们称之为"惊悚文学"（"literature of shock"），麦克尤恩也因此被贴上"恐怖尤恩"（Ian "Macabre"）这一戏谑性标签（Mellors, "Animality and Turtledom" 112）。散见于各报刊的书评聚焦麦克尤恩作品中乱伦、性虐待和谋杀等题材，褒贬不一。以普里奇特（V.S. Pritchett）为代表的批评家对麦克尤恩的创作持负面的看法。在《纽约书评》里，普里奇特指出，麦克尤恩作品的主题"通常道德败坏、令人恶心；他的想象力总是令人不快地迷恋于青少年性变态和性奇想的秘密"（Pritchett 31-32）。在该阶段，麦克尤恩和同辈作家艾米斯（Martin Amis, 1949—　）一起背负"英国当代文坛坏小子"（the enfant terrible）之名。尽管其题材惊世骇俗、富有争议性，麦克尤恩以独特而超凡的想象力在英国青年作家中崭露头角。有评论家认为，《水泥花园》的问世已经表明麦克尤恩是英国同辈作家中的佼佼者。

从 20 世纪 80 年代中期至 20 世纪末，麦克尤恩的创作从早期关注幽闭的私人空间转向更为广阔的社会、政治等领域，写作技法也日趋成熟。从《时间中的孩子》摘取惠特布雷德奖，到《阿姆斯特丹》折桂布克奖,麦克尤恩在英国当代文坛已占据重要的地位,麦克尤恩研究也步入稳步发展阶段。在该阶段,系统研究麦克尤恩的专著已开始出现。1994年瑞恩(Kiernan Ryan)所著的《伊恩·麦克尤恩》(Ian McEwan)是英语界第一本系列介绍作家、作品的麦克尤恩研究专著。该书评述了麦克尤恩在1975年至1992年期间出版的所有作品,虽然没有套用时髦的理论框架但却试图挖掘麦克尤恩创作的道德意蕴。瑞恩指出,麦克尤恩将道德寓言根植于叙述,其小说里反复呈现的一种力量"扰乱我们道德的确定性","令人不安的艺术"是阐释麦克尤恩作品的关键。(Ryan 5)瑞恩认为,麦克尤恩早期迷恋于"令人恶心的少年奇想",在走出这些奇想后才成为负责任的小说家。(Ryan 2)斯莱(Jack Slay)在1996年出版的《伊恩·麦克尤恩》(Ian McEwan)对于较全面了解麦克尤恩其人其作则起到推动作用。斯莱指出,麦克尤恩的创作聚焦人与人之间的关系,透过作品中人际关系中的暴力、混乱能窥见现实世界的混乱与孤寂,从而揭示现代社会的痼疾。斯莱不赞同瑞恩对麦克尤恩早期作品的评价,认为其早期创作中令人惊悚的主题仍然蕴含道德内涵,指出这些作品的道德效果源于"有意识地期望读者感到震撼,强迫读者直截了当地凝视当代社会的恐惧"(Slay, Ian McEwan 6)。斯莱认为,麦克尤恩和他的同辈作家作为"愤怒的青年"作家的传人,继承了英国批判现实主义传统,秉承了以良知为特色的英国文学传统。(Slay 4)斯莱高度评价麦克尤恩说"他不仅是小说家,而且是我们这个时代富有良知的历史学家"(Slay, Ian McEwan 148)。可以看出,无论是瑞恩还是斯莱都关注麦克尤恩作品的道德主旨。

除了道德批评,该阶段还有学者从性别研究、精神分析和文化研究等多种视角对麦克尤恩做出系统研究。罗吉尔(Angela Roger)在1995年发表论文《伊恩·麦克尤恩笔下的女性》("Ian McEwan's Portrayal of Women"),从性别研究的视角,较系统地分析麦克尤恩早期至1995年期间作品中的主要女性形象,指出以

《时间中的孩子》为分水岭，之前作品中的女性多是父权系统下的受害者形象，之后作品中的女性则多是倍受肯定和褒扬、孕育生命、滋养男性的女性形象。罗吉尔既肯定麦克尤恩对当代社会父权制意识形态的批判，也指出麦克尤恩作为男性作家难以超越男性视角的局限性。[①] 伯恩斯（Christina Byrnes）是较早从性别研究和精神分析视角关注麦克尤恩创作的学者，她在 1995 年出版《伊恩·麦克尤恩作品中的性和性行为》（*Sex and Sexuality in Ian McEwan's Work*）之后，于 1999 年完成博士论文《从精神动力学角度解读伊恩·麦克尤恩作品》（*The Work of Ian McEwan: A Psychodynamic Approach*）。在该博士论文里，伯恩斯借助荣格（C. Jung）、埃里克森（E. Erikson）等人的精神分析理论，结合麦克尤恩的个人生活经历，对麦克尤恩《阿姆斯特丹》之前的作品进行解读，认为麦克尤恩的卓越之处在于他从无意识深处呈现写作素材，指出这些素材在不同层面与作品中人物意识和读者阅读体验交织成一体。该研究从心理分析角度，深层次解读作品人物的意识、无意识，进而挖掘麦克尤恩的创作在社会文化方面的意义。但是，伯恩斯完全将作品人物和麦克尤恩个人生活的细节联系甚至等同起来，有牵强之嫌，在一定程度上削弱了作品本身的深广内涵。[②] 2000 年裴安迪（Hossein Payandeh）的博士论文《警世噩梦：伊恩·麦克尤恩小说研究》（*Waking Nightmares: A Critical Study of Ian*

[①] 参见 Angela Roger, "Ian McEwan's Portrayal of Woman", *Forum for Modern Language Studies*, 32: 1, January (1996): 11–26.

[②] 该论文于 2002 年出版。参见 C. Byrnes, *The Work of Ian McEwan: A Psychodynamic Approach* (Nottingham: Paupers' Press, 2002). 伯恩斯此后继续关注麦克尤恩随后问世的作品，继续从精神动力学角度研究其后期作品，陆续出版了 *Ian McEwan's Atonement & Saturday: A Supplement to The Work of Ian McEwan: A Psychodynamic Approach* (Nottingham: Paupers' Press, 2006); *McEwan's Only Childhood: Development of a Metaplot* (Nottingham: Paupers' Press, 2008); *Ian McEwan's On Chesil Beach: The Transmutation of a 'Secret'* (Nottingham: Paupers' Press, 2009).

McEwan's Novels），从文化批评的视角系统研究麦克尤恩 2000 年前出版的所有小说。针对"恐怖尤恩"的标签，该论文指出以往评论界对麦克尤恩的接受存有偏见，希望重新评价其价值。裴安迪认为，贯穿麦克尤恩创作的一条主线，是他对当代生活经验里最紧迫问题的批判性探究。（Payandeh 13 - 15）裴安迪在一定程度上厘清了以往评论界对麦克尤恩的某些误读，彰显了麦克尤恩批判性想象力对现实的折射。

除了专著、博士论文以外，还有不少对麦克尤恩单部小说进行解读的学术论文，且研究视角日趋多元化。在该阶段，《时间中的孩子》成为研究热点，批评者从时间意象、孩子意象、时间与浪漫主义诗学和现代主义形式实验的关联等角度，探究该小说的深层内涵。①

进入 21 世纪，随着《赎罪》《星期六》《在切瑟尔海滩上》等作品相继问世，麦克尤恩在国际范围内的名气日渐显赫，麦克尤恩研究也随之升温，进入兴盛繁荣的第三阶段。无论是对单部或多部作品解读的学术论文还是系统研究麦克尤恩的专著都明显增加，研究视角多元化的态势也更为明显。《赎罪》自 2001 年出版以来就一直受到热议，评论家们从互文性、心理分析、叙事虚构的伦理性、

---

① 参见 Jack Slay Jr. , "Vandalizing Time：Ian McEwan's *The Child in Time*", *Critique：Studies in Contemporary Fiction*, 35：4（Summer 1994）：205 - 218. Edwards, Paul, "Time, Romanticism, Modernism and Moderation in Ian McEwan's *The Child in Time*", *English：The Journal of the English Association*, 44：178,（Spring 1995）：41 - 55. Michael Byrne, "Time and the Child in Ian McEwan's *The Child in Time*", *The Antigonish Review*, 123,（Autumn 2000）：101 - 107.

文化创伤等多种视角对《赎罪》进行解读。①

　　除了关注新近问世的作品外,该阶段还将麦克尤恩早期和中期的作品重新置入批评视野,并在新的理论观照下对其重读。2009 年由葛诺斯(Sebastian Groes)编辑出版的《伊恩·麦克尤恩:当代批评视角》(*Ian McEwan: Contemporary Critical Perspectives*)收录八篇从各种当代批评视角研究麦克尤恩的论文另加一篇访谈录。评论家们既聚焦分析麦克尤恩近期作品也关注其早期作品。文章《伊恩·麦克尤恩早期作品中的超现实主义际遇》("Surrealist Encounters in Ian McEwan's Early Work")在超现实主义传统下重读麦克尤恩的早期作品,探寻形式和主题方面的超现实主义元素,聚焦考察色情想象力,并质疑当代文化对"淫秽"这一概念的规定。② 有论文借助文化色情批评理论和反弗洛伊德精神分析理论解读《无辜者》中的童年意象,探究童年的政治、文化意蕴。③ 关于后期作品,有学者并置《赎罪》和《星期六》以探究麦克尤恩小说对时间

---

　　① 参见 Earl G. Ingersoll, "Intertextuality in L. P. Hartley's *The Go-Between* and Ian McEwan's *Atonement*", *Forum for Modern Language Studies*, 40: 3, (July 2004): 241 - 258. Peter Mathews, "The Impression of a Deeper Darkness: Ian McEwan's *Atonement*", *English Studies in Canada* 32. 1 (March 2006): 147 - 160. Pilar Hidalgo, "Memory and Storytelling in Ian McEwan's *Atonement*", *Critique: Studies in Contemporary Fiction*, 46: 2, (Winter 2005): 82 - 91. Elke DHoker, "Confession and Atonement in Contemporary Fiction: J. M. Coetzee, John Banville, and Ian McEwan", *Critique: Studies in Contemporary Fiction*, 48: 1, (Fall 2006): 31 - 43. Paul Crosthwaite, "Speed, War, and Traumatic Affect: Reading Ian McEwan's *Atonement*", *Cultural Politics*, 3: 1, 2007, pp. 51 - 70.

　　② 参见 Jeannete Baxter, "Surrealist Encounters in Ian McEwan's Early Work", Ed. Sebastian Groes, *Ian McEwan: Contemporary Critical Perspectives*. New York: Continuum International Publishing Group, 2009, pp. 13 - 25.

　　③ 参见 Claire Colebrook, "The Innocent as Anti-Oedipal Critique of Cultural Pornography", Ed. Sebastian Groes, *Ian McEwan: Contemporary Critical Perspectives*. New York: Continuum International Publishing Group, 2009, pp. 43 - 56.

和世俗经验的关注,审视麦克尤恩的现代主义时间观。① 也有文章在互文性语境中分析《星期六》对现代主义城市意识的呈现。② 该论文集视角新颖,富有时代气息,呈现了当代麦克尤恩研究的广阔视野。

除单部作品的研究外,该阶段还涌现出一些系统研究麦克尤恩的新专著。2002 年出版的《理解伊恩·麦克尤恩》(*Understanding Ian McEwan*)中,迈尔科姆(David Malcolm)对麦克尤恩的创作生涯做了道德寓言式的概括,指出其早期作品的主人公缺乏道德判断,而 20 世纪 80 年代及以后的作品则具有鲜明的道德立场。(Malcolm 15)迈尔科姆的论述有简单线性化概括之嫌,忽视道德问题的复杂性以及作品形式与道德问题呈现之间的复杂关联。《伊恩·麦克尤恩的小说》(*The Fiction of Ian McEwan*)出版于 2006 年,其主编为英国当代批评家齐尔兹(Peter Childs),他较全面地梳理了评论界对麦克尤恩所有短篇和长篇小说的主要批评,并对其代表性观点做出精辟的评述和节引。在该书引言里,齐尔兹简要回顾了麦克尤恩的创作历程,认为麦克尤恩始终惯常的一点,与其说是对恐怖的兴趣,还不如说是致力探究个人在危机时刻中的种种反应并毫不感伤地呈现人际关系的温情和残酷。(Childs, *The Fiction of Ian McEwan* 6)

随着理论界伦理批评的转向,伦理批评逐渐成为麦克尤恩研究领域的热点视角。斯葛姆布格(Claudia Schemberg)于 2004 年出版的《与自我达成和解:伊恩·麦克尤恩的〈时间中的孩子〉〈黑犬〉〈爱无可忍〉和〈赎罪〉中的故事讲述和自我概念》(*Achieving*

---

① 参见 Laura Marcus, "Ian McEwan's Modernist Time: *Atonement* and *Saturday*", Ed. Sebastian Groes, *Ian McEwan: Contemporary Critical Perspectives*. New York: Continuum International Publishing Group, 2009, pp. 83 – 98.

② 参见 Sebastian Groes, "Ian McEwan and Modernist Consciousness of the City in *Saturday*", Ed. Sebastian Groes, *Ian McEwan: Contemporary Critical Perspectives*. New York: Continuum International Publishing Group, 2009, pp. 99 – 114.

"At-one-ment": Storytelling and the Concept of the Self in Ian McEwan's The Child in Time, Black Dogs, Enduring Love, *and* Atonement),恰是顺应这一背景并从自我概念切入而对麦克尤恩几部重要小说进行伦理解读的一部专著。斯葛姆布格将故事讲述和自我概念纳入伦理批评家们令其复兴的价值话语内进行讨论，重点分析这几部小说中"自我"的叙述性建构和小说意义的创造之间的关系，认为尽管小说呈现的世界充满偶然性、缺乏形而上的根基，但对善的生活的追寻、对意义和目的的追寻构成小说人物生活的重要内容。① 赫德(Dominic Head)2007 年出版的《伊恩·麦克尤恩》(*Ian McEwan*)是伦理批评框架下较为深入研究麦克尤恩的一本专著。赫德认为，麦克尤恩继承了 20 世纪 50 年代以来英国文学与默多克紧密联系的传统，"该传统谨慎地思考小说和小说家在促进伦理世界观方面所发挥的作用"(Head 8)。赫德指出"麦克尤恩小说创作的主要动机之一，就是将偶然性对生命的重要影响戏剧化，探究人物经历不可预见事件后所承受的道德考验"(Head 11 - 12)。赫德借用叙事伦理学关于自我的概念细读文本聚焦小说人物和道德探究之间的关系。赫德的研究以细致的文本分析见长，较深入地探究了麦克尤恩小说创作中自我所遭遇的道德考验问题。

　　加拿大学者威尔斯(Lynn Wells)2009 年出版的《伊恩·麦克尤恩》(*Ian McEwan*)也考察了麦克尤恩创作中的伦理道德问题，特别关注麦克尤恩作品中道德问题的讨论与小说文类、叙述结构、叙述声音等形式审美建构之间的复杂关系。威尔斯的研究涵盖麦克尤恩 2007 年以前出版的所有小说，质疑了批评界就麦克尤恩艺术创作涉及的道德观所做的简单化线性概括，指出随着艺术观日渐成熟，麦克尤恩的道德视界也随之变得复杂化和问题化。（Wells 12）

---

　　① 参见 Claudia Schemberg, *Achieving "At-one-ment": Storytelling and the Concept of the Self in Ian McEwan's* The Child in Time, Black Dogs, Enduring Love, *and* Atonement. Frankfurt: Peter Lang, 2004.

威尔斯结合文本形式审美建构的探究,强调麦克尤恩日益复杂的审美策略,邀请读者就文本所呈现的道德问题做出自己的判断,因而较前人的伦理研究有新的发展。

伦理问题的探究不仅是威尔斯专著的核心问题,也是 2009 年 3 月在德国洪堡大学举行的麦克尤恩国际学术研讨会上各位与会学者热烈讨论的议题。此大会上,学者们就麦克尤恩创作中政治与艺术问题进行了深入讨论,会议论文集《伊恩·麦克尤恩:艺术与政治》(Ian McEwan: Art and Politics)于 2010 年出版。尼克拉斯在大会主旨发言里开宗明义地指出,"麦克尤恩诗学的核心,就是渴望通过他人的眼睛审视世界。柏拉图把艺术创作过程中自我与他人的混淆视为史诗和想象性写作的特征而具有道德风险性,但是在麦克尤恩这里却敞开了文学的伦理之维"(Nicklas 8)。与会学者主要探讨麦克尤恩作品中美学、政治和哲学话语等彼此渗透、相互交织的领域,这同时又与写作的伦理问题密不可分,因此跨学科的批评话语是该论文集的特色。学者们从跨学科的批评视角解读麦克尤恩新近作品或重读早期、中期作品。譬如,有学者探讨麦克尤恩在《星期六》中如何利用达尔文进化论、医学等科学话语来诊断当代西方的社会问题;[1]有研究者从麦克尤恩诗学与政治的关联入手揭示《无辜者》中"冷战"后的道德地理;[2]也有学者探究麦克尤恩小说的白日梦诗学,认为白日梦是麦克尤恩描摹小说人物或叙事人心理的重要手段,从而成为了小说叙事核心。[3] 当然,该

---

[1] 参见 Peter Childs, "Contemporary McEwan and Anosognosia", Ed. Pascal Nicklas, *McEwan: Art and Politics*. Heidelberg: Universitätsverlag Winter, 2010, pp. 23 – 38.

[2] 参见 Lynn Guyer, "Post-Cold War Moral Geography. The Politics of McEwan's Poetics in *The Innocent*", Ed. Pascal Nicklas, *McEwan: Art and Politics*. Heidelberg: Universitätsverlag Winter, 2010, pp. 88 – 101.

[3] 参见 Caroline Lusin, "We Daydream Helplessly. The Poetics of (Day)Dreams in Ian McEwan's Novels", Ed. Pascal Nicklas, *McEwan: Art and Politics*. Heidelberg: Universitätsverlag Winter, 2010, pp. 137 – 158.

论文集里还有直接从伦理视角进行研究的论文。《作为道德家的谋杀者或早期麦克尤恩伦理视阈》("The Murderer as Moralist or The Ethical Early McEwan")一文,从考察早期短篇小说《蝴蝶》入手进而推广到其他早期作品,从叙事结构功能层面探究伦理之维度,指出文本在内容上虽涉及非道德的青少年谋杀者,但在叙事策略、激发读者的反应等形式方面却能实现文学的伦理功能。[①] 该论文从形式功能角度丰富了麦克尤恩的伦理研究,为读者重新审视"恐怖尤恩"提供了伦理依据。论文《伊恩·麦克尤恩 21 世纪小说的伦理:个人、社会与自由意志问题》("Ethics in Ian McEwan's Twenty-First Century Novels: Individual and Society and the Problem of Free Will")聚焦发表于 21 世纪的三部小说《赎罪》《星期六》和《在切瑟尔海滩上》,探究个人的决定权利、自由权利与社会、历史和其他具体情境之间的紧密联系以及写作过程中作者对隐含读者应承担的伦理责任。该论文从文本内外切入伦理批评,既探查了文本内人物的伦理生活与一定的历史、社会环境间密不可分的关系,也考察了文本外作者与读者之间的伦理关系。[②] 该论文虽然提及移情在人物伦理生活中的重要作用但却没有深入展开论述,这给本研究从移情切入伦理研究留下了空间。另外两篇论文《元叙述伦理:伊恩·麦克尤恩小说〈陌生人的安慰〉〈时间中的孩子〉〈赎罪〉和〈星期六〉中的移情》("The Ethics of Metanarration: Empathy in Ian McEwan's *The Comfort of Strangers, The Child in Time, Atonement and Saturday*")和《作者人物、移情和伊恩·麦克尤恩后期小说中的叙述认同伦理》("Figures of Authorship, Empathy, & The Ethics of

---

① 参见 Anja Müller-Wood, "The Murderer as Moralist or The Ethical Early McEwan", Ed. Pascal Nicklas, *McEwan: Art and Politics*. Heidelberg: Universitätsverlag Winter, 2010, pp. 39 - 56.

② 参见 Barbara Puschmann-Nalenz, "Ethics in Ian McEwan's Twenty-First Century Novels. Individual and Society and the Problem of Free Will", Ed. Pascal Nicklas, *McEwan: Art and Politics*. Heidelberg: Universitätsverlag Winter, 2010, pp. 187 - 212.

Narrative（Mis-）Recognition in Ian McEwan's Later Fiction"），都以麦克尤恩本人关于移情是道德系统核心的观点为起点，联系小说叙述形式特点探究伦理问题。① 前文考察小说的隐含作者如何用元叙述策略表达一定的道德观，认为其道德观在一定程度上契合麦克尤恩本人关于移情的观点，同时又存有疑点；后文则借助哈尼斯（Alexl Honneth）关于主体间认同的社会哲学理论探究文本外作者的控制功能与移情和叙事性认同（误认）伦理之间的关系。前文将移情看成人物具有的叙事性想象力，考察不同情境下移情的不同作用所具有的启发意义，但是该文对相关文本的分析极其简略，且没有涉及人物之间的误解和矛盾问题与移情理解障碍之间的紧密联系，而这一点在麦克尤恩作品中却尤为突出。后一篇论文在哈尼斯相关理论的观照下，探究文本内人物间移情的局限性及移情失败的情形，该讨论主要和作者掌控功能相联系，没有探究作品中人物之间移情失败与残暴人性的显现之间的深层关联，这些问题将是笔者深入研究的重要话题。

2011 年穆勒（Swantje Möller）出版的专著《遭遇并接受危机：伊恩·麦克尤恩小说中的方向迷失与重新定向》（*Coming to Terms with Crisis: Disorientation and Reorientation in the Novels of Ian McEwan*），联系法国哲学家列维纳斯有关异质性的理论，探讨麦克尤恩主要小说主要人物在后现代语境下遭遇的伦理困境，探究小说主要人物与他者相遇的过程中如何从伦理方向的迷失中走向伦

---

① 参见 Roland Weidle, "The Ethics of Metanarration: Empathy in Ian McEwan's *The Comfort of Strangers*, *The Child in Time*, *Atonement* and *Saturday*", Ed. Pascal Nicklas, *McEwan: Art and Politics*. Heidelberg: Universitätsverlag Winter, 2010, pp. 57 - 72. Helga Schwalm, "Figures of Authorship, Empathy, & The Ethics of Narrative（Mis-）Recognition in Ian McEwan's Later Fiction", Ed. Pascal Nicklas, *McEwan: Art and Politics*. Heidelberg: Universitätsverlag Winter, 2010, pp. 173 - 185.

理方向的重新定位。① 该研究跨学科地将西方当代伦理哲学研究成果应用于麦克尤恩小说研究,丰富了已有的麦克尤恩伦理批评,并就文学与伦理学的互动关系做出了有益的探索。

我国对麦克尤恩的译介和研究始于 20 世纪 90 年代末。与西方学界兴盛的麦克尤恩研究相比,国内对于麦克尤恩的研究处于起步阶段,近年来有升温的趋势。自 20 世纪末以来,国内几个版本的 20 世纪英国文学史、小说史基本上都有专节论述麦克尤恩,包括阮炜、徐文博等合著的《20 世纪英国文学史》,王守仁、何宁合著的《20 世纪英国文学史》,和瞿世镜、任一鸣合著的《当代英国小说史》。蓝纯在《外国文学》1998 年第 6 期上最早译介麦克尤恩的两篇短篇小说,国内对麦克尤恩多部作品的正式翻译出版则始于新世纪。2001 年 12 月,译林出版社出版王义国翻译的《阿姆斯特丹》。2003 年 12 月译林出版社又出版何楚翻译的《时间中的孩子》。此后,其他出版社也竞相推介麦克尤恩的作品。2007 年 6 月新星出版社出版丰俊功翻译的《阿姆斯特丹》,7 月出版冯涛翻译的《水泥花园》。2008 年作家出版社出版夏欣茁翻译的《星期六》。同年上海译文出版社出版黄昱宁翻译的《在切瑟尔海滩上》。2009 年 5 月南京大学出版社出版孙仲旭翻译的《梦想家彼得》,2010 年 2 月南京大学出版社出版潘帕翻译的《最初的爱情,最后的仪式》,由著名作家余华作序。2010 年 6 月余华发表题为《伊恩·麦克尤恩的后遗症》的文章,他结合自己阅读其短篇小说集《最初的爱情,最后的仪式》的感受,高度评价麦克尤恩在这部处女作中所显露的文学天才,"这些短篇小说犹如锋利的刀片,阅读的过程就像是抚摸刀刃的过程,而且是用神经和情感去抚摸,然后发现自己的神经和情感上留下了永久的划痕。我曾经用一种医学的标准来衡量一个

① 参见 Swantje Möller, *Coming to Terms with Crisis: Disorientation and Reorientation in the Novels of Ian McEwan*. Heidelberg: Universitätsverlag Winter, 2011.

作家是否杰出,那就是在阅读了这个作家的作品之后,是否留下了阅读后遗症"(余华 58)。在余华看来,麦克尤恩无疑是留下阅读后遗症的作家,他这样阐释麦克尤恩的后遗症:"读者的好奇心促使他们在阅读一部文学作品的时候,唤醒自己过去阅读里所有相似的感受,然后又让自己与此相似的人生感受粉墨登场,如此周而复始的联想和联想之后的激动,就会让儿歌般的单纯阅读变成了交响乐般的丰富阅读。"(余华 60)余华认为中国读者对于麦克尤恩这位文学巨人的态度还显沉默,藉这部处女作的翻译问世,希望中国读者能重新认识麦克尤恩。2010 年上海译文出版社推出冯涛翻译的《只爱陌生人》、郭国良翻译的《黑犬》和朱乃长翻译的《无辜者》。上海译文出版社 2012 年推出黄昱宁翻译的《在切瑟尔海滩上》和《追日》,2015 年出版黄昱宁翻译的《追日》,2017 年出版了郭国良翻译的《儿童法案》。近年来各出版社对麦克尤恩作品的陆续引进和翻译无疑极大地推动了麦克尤恩在中国的接受和研究。

据"中国知网"检索,截止到 2017 年 10 月,我国期刊共发表有关麦克尤恩的评论文章三百多篇。蓝纯在 1998 年《外国文学》第 6 期上发表的《麦克尤恩其人其作》和《评〈陌生人的安慰〉》是国内最早有关麦克尤恩的学术文章。进入 21 世纪,《世界文学》《当代外国文学》《外国文学》《外国文学研究》和《外国文学动态》等有影响的外国文学杂志及其他部分高等院校学报,陆续刊登有关麦克尤恩作家作品介绍和研究的文章,但这些文章多是对麦克尤恩单部作品的探讨。2000 年,陆建德发表解读麦克尤恩布克奖获奖作品的论文《"文明生活的本质"——读麦克尤恩的〈阿姆斯特丹〉》。陆建德认为该作品从人际关系、媒体影响等方面揭示了"文明生活的本质",流露出对当今英国社会流行价值的辛辣讽刺。① 21 世纪伊

---

① 参见陆建德:《"文明生活的本质"——读麦克尤恩的〈阿姆斯特丹〉》,《世界文学》2000 年第 6 期,第 289 - 300 页。

始,陆建德对麦克尤恩获奖作品的评介带动了麦克尤恩在中国学界的接受。随后越来越多的外国文学研究者开始关注并研究麦克尤恩,他中后期的代表作《时间中的孩子》和《赎罪》成为研究的热点。有数篇代表性文章较深入地探讨《时间中的孩子》,多视角地探析了孩子与时间意象折射出来的深层主题意蕴,强调了该作品在麦克尤恩创作转型中的重要地位。① 与《时间中的孩子》相比,《赎罪》更受国内学界研究者的青睐,研究视角呈多元化态势,且出现数篇较有深度的论文。陈榕的《历史小说的原罪和救赎——解析麦克尤恩〈赎罪〉的元小说结尾》是国内首篇探讨《赎罪》较有深度的论文,主要探析了《赎罪》中的元小说结尾。② 有论文从问题"谁该赎罪? 赎罪何益?"入手从文本内外深入探析小说的伦理经纬③,也有研究者探讨《赎罪》中的叙事认知暴力,④有论文运用米勒的解构叙事理论探讨《赎罪》中叙事话语的解构功能,论证麦克尤恩运用解构叙事手法以实现其人性探讨的终极书写动机⑤,也有研究者在成长小说视阈下解析布兰妮的成长历程。⑥ 国内掀起的《赎罪》研究热带动了我国越来越多的学者持续关注麦克尤恩创作的最新动态。《追日》于 2010 年问世后,我国学界不仅有引介性

---

①　参见龙江:《心灵的孩子　神奇的时间——伊恩·麦克尤恩〈时间中的孩子〉解读》,《外国文学研究》2005 年第 4 期,第 70-76 页。程心:《"时间中的孩子"和想象中的童年——兼谈伊恩·麦克尤恩的转型》,《当代外国文学》2008 年第 2 期,第 87-95 页。舒奇志:《主体的欲望与迷思——解读伊恩·麦克尤恩的〈时间中的孩子〉》,《当代外国文学》2008 年第 3 期,第 83-90 页。

②　参见陈榕:《历史小说的原罪和救赎——解析麦克尤恩〈赎罪〉的元小说结尾》,《外国文学》2008 年第 1 期,第 91-98 页。

③　参见宋艳芳、罗媛:《谁该赎罪? 何以赎罪? ——〈赎罪〉的伦理经纬》,《外国文学研究》2012 年第 1 期,第 83-90 页。

④　参见邹涛:《叙事认知中的暴力与救赎——评麦克尤恩的〈赎罪〉》,《当代外国文学》2011 年第 4 期,第 67-73 页。

⑤　参见黄一畅:《复杂人性的质询——论〈赎罪〉的解构叙事效应》,《外国语》2010 年第 6 期,第 89-94 页。

⑥　参见宋文、杨莉莉:《基于成长小说视域的〈赎罪〉解读》,《南京理工大学学报》(社会科学版)2012 年第 1 期,第 73-76 页。

文章,而且有论文用文学伦理学的批评方法从性伦理、生态伦理和科技伦理的角度较深入地探究《追日》的主题内涵。①

除了刊发有关麦克尤恩的研究性文章外,国内迄今有 7 篇研究麦克尤恩的博士论文。上海外国语大学的沈晓红于 2010 年完成的博士论文《伊恩·麦克尤恩主要小说中的伦理困境》从伦理视角探讨了《水泥花园》、《时间中的孩子》和《赎罪》这三部主要作品中伦理困境问题——自由的悖论、伦理反乌托邦和伦理两难之境,通过对这三部代表作品的讨论试图论证伦理困境在麦克尤恩各部作品均有体现,且呼应了时代伦理环境的变化和写作技巧的提高。该论文是国内首篇较系统地研究麦克尤恩的成果,但是作者仅从三部作品总结麦克尤恩的创作特色,具有一定的局限性。2011 年四川大学的王悦完成博士论文《伊恩·麦克尤恩的小说与不可靠叙述》,从叙事学入手探讨麦克尤恩小说中的不可靠叙述艺术。这是国内首篇以麦克尤恩为研究对象的中文博士论文。

近年来关于麦克尤恩研究的文章和学位论文逐渐增多,说明麦克尤恩已经受到我国越来越多的外国文学研究者的重视,但与国外兴盛的麦克尤恩研究相比,国内麦克尤恩研究尚处于起步阶段,且暴露出一些问题。一是研究对象不平衡,现有的研究文章和硕士论文多集中探究《赎罪》,虽然这也呼应了国外麦克尤恩研究界《赎罪》热的现象,但是国内学界对麦克尤恩其他作品关注的程度还不够,不利于全面了解麦克尤恩的创作。二是对国外麦克尤恩研究的最新动态缺乏了解,有些国内研究者的"新"观点数年前在国外学界就已经论及,在梳理、综述现有学术成果并以此为基础提出新的观点方面尚欠缺国际的学术视野。三是对麦克尤恩缺乏系统性深入研究。鉴于麦克尤恩目前在英国乃至世界文坛的重要地位,我国对麦克尤恩的创作亟需进行深入系统的研究。

---

① 参见周艺:《自然和人性的较量:从文学伦理学视角解读〈日光〉》,《当代外国文学》2011 年第 1 期,第 100 - 107 页。

　　从现有的国内外伊恩·麦克尤恩研究（尤其是国外研究）可以看出，有关其作品的道德、伦理问题历来是麦克尤恩研究中的热点问题。从早期围绕"恐怖伊恩"的道德论争，到 20 世纪 90 年代瑞恩、斯莱在各自批评专著里有关其道德主题的探索，再到 21 世纪出版的几本伦理批评专著以及穆勒新近问世的批评著作，有关麦克尤恩作品的道德、伦理问题的争论和探究一直以来都渗透于麦克尤恩研究的各个阶段。道德、伦理问题的研究也日趋复杂，批评者们从以往对作品道德主旨的简单探索逐渐拓展至对叙述伦理的考量；或跨学科地借鉴当代伦理学的批评话语或将文本的审美形式功能策略与伦理批评结合起来，探究文本内外的人物、作者和读者之间多重伦理关系问题。在研究视角日趋多元化的态势下，伦理批评方兴未艾，对其作品中伦理、道德问题的多维探究依旧是日后麦克尤恩研究的热点。

　　虽然已经有评论者结合麦克尤恩本人对移情的重视来探讨其作品中的移情问题，但是尚未展开深入、系统的学术性探讨，这为笔者在伦理批评的框架内，从移情视角系统考察麦克尤恩小说中的自我与他人之间的移情问题以及相关的伦理、道德问题留下了研究空间。在综述移情的渊源和流变之前有必要对当代文学批评的伦理转向做一番梳理和回顾。

　　在西方，文学批评对文学伦理功用的关注可谓源远流长。诗人虽然被柏拉图驱逐出了理想国，评判诗人的依据正是道德；亚里士多德也强调用道德的眼光审视诗人及其作品；贺拉斯有"寓教于乐的主张"；锡德尼认为文学创作应该导致德行；约翰逊博士强调"小说家要灌输可信的价值"；雪莱认为诗能唤醒心灵并扩大心灵的领域；阿诺德主张文学的最终目的乃是"一种对生活的批判"；利维斯认为伟大的小说必须显示出深刻的道德关怀；克莫德强调小说在人类进化过程中对于改造个人和社会起着不可或缺的作用。（祝平 33－34）

　　但是在 20 世纪各种文学理论竞相登场后，尤其在 20 世纪 60

年代、70年代后结构主义、解构主义亮相以来,伦理内涵和文本意义随着德里达所提出的"延异"(différence)概念而变得不确定。[①]20世纪60年代以来的20年里后结构主义大行其道,那些试图从伦理视角解读文本的行为则被视为"affective fallacy"(移情谬误)。20世纪80年代批评界兴起的新历史主义、文化物质主义等各种文化研究流派、各批评派别都对文学的伦理内涵不予关注,甚至将伦理看成是权力、虚伪、非真实的代名词,或者是意识形态的载体。伦理本身也就成了受轻视、嘲讽和误用的对象。(Harpham 387)文学批评的伦理根基逐渐消失。帕克尔(David Parker)指出,20世纪70、80年代后结构主义大行其道的同时也压制了一些可能性的话语,即评价性话语特别是伦理话语,而在各种宗教和人文主义传统里正是这些话语部分地构成了我们本身。(Parker 3-4)

帕克尔在1994年评价道,当代文学批评话语里伦理兴趣明显缺失这一现象首先是由罗蒂(Richard Rorty)和努斯鲍姆(Martha Nussbaum)等一些著名的道德哲学家指出来。这些道德哲学家从伦理哲学领域里关注文学批评,为日后理论界的伦理转向起了建设性的作用。另外福柯在晚期著作里一改早期对主体在权力/知识领域里话语建构的重视,转而关注自我,并将之视为伦理行为。这无疑推进了文学批评界的伦理回归。解构派的主将之一德·曼(Paul de Man)在20世纪40年代效力于纳粹报刊的陈年劣迹于1987年12月1日在《纽约时报》上得以披露,从而引发了理论界对解构主义学派伦理立场的质疑和论争。伦理成了理论界关注的热点。由此,哈柏姆(Geoffrey Harpham)严肃而又戏谑地宣称"在1987年12月1日后,文学理论的性质发生了改变"(Harpham 389)。

---

① "延异"的拉丁文是"differre",而法语动词"différer"保留了原来差异和延迟的意义,但是名词"difference"却没有延缓(deferral)和延期(deferment)的意思,所以德里达创造了一个新词(différence)来集"时间和空间的差异"于一身。德里达在1968年做了题为《延异论》的演讲,具体内容参见朱刚:《二十世纪西方文论》,北京:北京大学出版社,2006年,第312-316页。

这标志着文学理论界的"伦理转向"(ethical turn)。其实,说成文学理论界的"伦理回归"更为贴切。

　　PMLA 在 1999 年设立伦理学与文学研究专号,刊发学界自 20 世纪 80 年代末以来成欣欣向荣之势的伦理批评研究成果。虽然理论界掀起了伦理回归热,但是并没有形成连贯统一、同质性的伦理批评范式;相反,伦理批评成了"复数形式的批评话语"。布伊尔(Lawrence Buell)在 1999 年的 *PMLA* 的专号里指出,"伦理(ethics)在成为倍受青睐的能指(signifier)的同时,其意义也越来越灵活多变,由此带来更多的理解困惑"(Buell 7)。凯拉普斯(Stef Crarps)根据哈柏姆(Geoffrey Harpham)的提法,将内涵各异的文学伦理学理论大致划分为两类:一是以自我为中心的新人文主义伦理学派,主张中心、本质的价值观有助于恢复人文主义传统,关注作为道德个体的自我的成长;二是以他者为中心的解构主义伦理学派。(Craps 389)

　　新人文主义学派主要从英美道德哲学和古典亚里士多德哲学获得灵感,主张做出具体实在的道德判断。代表性的哲学家包括:努斯鲍姆(Martha Nussbaum),泰勒(Charles Taylor)、罗蒂(Richard Roty)、默多克(Iris Murdoch)等。该派别的伦理批评家包括帕克尔(David Parker)、布斯(Wayne Booth)等。

　　努斯鲍姆是重要的代表性人物,她不仅是道德哲学家也是文学批评家。其著作《爱的知识:有关哲学和文学的散文集》(*Love's Knowledge: Essays on Philosophy and Literature*)和《诗学正义:文学想象力和公众生活》(*Poetic Justice: The Literary Imagination and Public Life*)集中体现了她有关文学与伦理学研究成果,她强调文学想象力在道德哲学和公众生活中的重要作用。她在文章《精确且负责任地辩护伦理批评》里,开篇就引证詹姆斯(Henry James)的观点来论证作家通过写作让我们更明晰地洞察现实,写作本身就是伦理行为,而我们作为读者"我们的阅读也是伦理行为"。努斯鲍姆倡导诗学正义,主张读者在该过程中作为"文学法官"

(Literary Judge)，通过同情、想象和理性等方式而达到理解他人目的，认为这是正直、自由和民主的根基。（Nussbaum, *Poetic Justice* 120-121）努斯鲍姆和其他一些哲学家、教育家等达成共识，认为可以通过培育公民情感而走向民主，移情是其中最为普遍的一种情感。总观努斯鲍姆的伦理批评思想，她始终关注的伦理问题是"我们该怎样生活？"（How should one live?）这个基本的伦理探究问题可以追溯至亚里士多德，其他的新人文主义伦理学派的哲学家、批评家也始终关注该问题。

布斯是新人文主义伦理批评派别的另一位代表性评论家。他在著作《我们结交的朋友》（*The Company We Keep*）里指出，伦理批评不但没有过时反而无处不在，而且伦理批判是最难的阐释范式。鉴于其反对者们常常把该批评范式误读为道德说教，他争辩说"伦理批评试图描述故事讲述者和读者或听众的情感相遇。尽管伦理批评者并不需要一开始就带有评价的意图，但是他们的描述总含有对所评价对象的评估"（转引自 Womack 111）。沃迈克（Kenneth Womack）认为布斯支持的是一种反思式阐释方法论，指出该伦理批评考虑了读者生活与阅读经历之间的相互联系，强调读者与文本之间的互动，认为阅读对读者的道德生活产生作用。[①] 可以看出，新人文主义伦理批评强调读者在阅读文学过程中文学对读者的道德影响作用，试图让读者通过阅读文学获得作为道德个体自我的成长。

泰勒是一位著名的道德哲学家，他的著作《自我的根源：现代认同的形成》（*Sources of the Self: The Making of Modern Identity*）无论在伦理哲学界还是在文学批评领域都影响甚巨。泰勒认为自我的概念（the concept of self）与道德（morality）缠绕一体，不可分离。

---

① 参见 Kenneth Womack, "Ethical Criticism", Ed. Julian Wolfrey, *Introducing Criticism at the 21ˢᵗ Century*. Qingdao: China Ocean University Press, 2006, pp. 106-125.

他认为我之所以成其自我、我的身份,本质上是由事物如何对于我来说具有意义而被定义的。剥离对自我的阐释而仅在抽象意义上询问自我是什么是没有意义的。(Taylor 34)他还强调只有在与他人的关系中才能对自我的阐释进行定义,是"讲话人之间的交换"。仅我一人不能成为自己,只有在与某些对话者(interlocutor)的关系中才能成为自我,这些对话者对于自我理解的语言极其重要。(Taylor 39)对于泰勒来说,道德感和自我感之间的联系意味着我们的基本愿望之一,便是需要感觉与我们看来对于我们和我们群体来说是"善"和至关重要的事物是紧密相连的。我们便有了某些根本的价值观念把我们引向这些基本问题的思考,诸如"过什么样的生活是值得的?"以及"什么构成丰富而有意义的生活而非空虚而无意义的生活?"(Taylor 42)在不同的文化里,"善"的生活的内涵也不一样。泰勒的根本论点的前提在于身份认同与道德空间的伦理指向之间具有本质的联系。不同概念的"善"也就与不同概念的"自我"相联系。泰勒从历史的角度强调,随着关于善的新的概念、新的叙述形式的出现以及对社会关系的新的理解,现代自我认同概念与早期文明里的自我概念迥然不同。泰勒关于现代自我的论述在新人文主义伦理批评里有很大的影响。文学批评者们分析文本里人物的道德、伦理问题,在很大程度上也就是探究现代自我在道德空间的伦理指向问题。

　　解构主义学派的伦理批评家则主要从欧陆道德哲学汲取营养。法国当代伦理学家利维纳斯(Emmanuel Levinas)的伦理哲学思想是其重要的源泉。代表性的伦理批评家包括伊果史东(Robert Eaglestone)、米勒(J. Hillis Miller),纽顿(Adam Zachary Newton)和吉布森(Andrew Gibson)等。利维纳斯关于异质性(alterity)的概念,及我们对与他人所负有无限责任的论述对批评领域影响甚巨。沃迈克(Kenneth Womack)在引介伦理批评的论文里,集中讨论了利维纳斯的异质性(alterity)概念和我们对他人的责任问题。简言之,异质性要求我们天生就对他者负有责任,这是

"伦理学的原初场景"（转引自 Womack 115）。异质性具有包括他者他性的无限可能性，以及让我们理解他人生存状态的无限可能性，这就表明了其基本伦理要求。异质性是外在性的，我们都有被异质的可能性。因此，当我们与他人相遇，我们就不能再（至少在伦理上）终止对他人的责任。解构主义伦理学派强调语言在文本中的作用，关注的不再是文本内的意义而是意义的建构。在伦理学意义上，"新人文主义伦理学派的阅读方式是把文本纳入熟悉的同一秩序中；解构主义伦理学派则拒绝赋予文本单一的主题思想，所采用的阅读方式是尊重作为他者的文本，拒绝把他者还原为同一"（Craps 9）。

尽管各伦理学派在对文本的阐释时其伦理要旨各有侧重，思柏瑞斯（Tobin Siebers）认为"承认伦理学在批评理论里占据的位置会赋予批评实践者批评的自主性，从而得出有关文本的结论，揭示其丰富的社会和意识形态的内涵"（转引自 Womack 108）。他指出："以伦理视角做出批评，批评者就进入特殊的行为领域即一个有关人的行为和信仰的领域。"（Siebers 1）伦理批评具体考察文学人物在虚构世界面对各种力量作用时如何做出回应。他们的各种行为也就为道德反思和结论提供了阐释的基础。可以看出，无论是新人文主义伦理批评关注的自我，还是解构主义学派伦理批评强调的他者，自我与他人之间的关系始终是伦理批评关注的重要内容。

伦理批评关注自我、他者及二者间的相互关系，这无疑是对后现代主义时期主体性解构热潮的反驳。后现代主义哲学的特征是持续不断的否定、解构，反对传统哲学所追求的总体性、完善性、连续性、同一性，强调破碎性、片断性、非连续性、非整体性。主体性自然成了后现代主义批判的矛头，福柯以"人的死亡"宣告主体的消解和现代性的终结。随着主体的消解，一切与主体相关的东西也就行将消亡，这又势必陷入虚无主义和相对主义的泥潭。伦理批评对自我和他者的关注，把主体性从被消解的困境中解救了出来。理论界的"伦理转向"给陷入相对主义困境的人们带来了希望。无论是关注道德自我成长的新人文主义伦理批评,还是以他者为尊的解构主义伦理批评,都恢复了人的主体性,人与人之间的道德生活、伦理关系成了关注的对象。

虽然麦克尤恩创作的早中期阶段正值后现代主义思潮活跃的时期,麦克尤恩本人对后现代主义思潮却无甚兴趣,他公开表示自己不认同与后现代主义思潮相联系的相对主义,但热衷于信奉认知心理学、进化生物学等以人为研究中心的智性科学。[1] 在《文学、科学和人性》一文里,麦克尤恩指出,"用认知心理学的术语来说,我们有关于心灵的理论,能够或多或少地自动理解成为别人意味着什么。没有这样的理解,我们将发现彼此几乎很难形成并保持相互的关系,无法读懂他人的表情或意图,也无法洞察我们如何被他人理解"(McEwan, "Literature, Science and Human Nature" 40)。这里所说的"或多或少地自动理解成为别人意味着什么"也就是他在多次访谈里反复提及的移情想象力。麦克尤恩认为移情想象力在人际关系和道德生活中发挥重要的作用。在一次访谈里,他说道:"正是我们的想象力使我们能够明白成为他人是什么情形。我认为你压根儿没有任何道德可言,除非凭想象你能明白成为那个你正考虑用棍子敲打他头部的人将会有怎样的感受。残忍的行为完全因想象力失败所致。"(McEwan, *Conversations* 70)在麦克尤恩看来,正是我们能把自己想象成他人这一点,构成了我们人际交往和社会活动的基础,而残忍、暴力等非道德的行为皆因想象力的失败所致,即对他人移情能力的失败。在"9·11"事件后第五天,麦克尤恩在《卫报》上发表的见解更加明确地表达了他有关移情的观点:"将自己置于他人的心灵而进行思考,这是移情的本质……如果那些持枪绑匪能够想象乘客们的思想和感情,将不会有进一步

---

① 参见 Ed. Ryan Roberts, *Conversations with Ian McEwan*. Mississippi: University Press of Mississippi, 2010, p.189.

的恐怖行动。一旦进入受害者的心灵，将很难表现出残忍。想象成为他人是什么样，这位于人性的核心，是同情的本质，是道德的起点。"（McEwan, "Only Love and Then Oblivion"）在麦克尤恩看来，作为人性核心的移情是道德的起始点，是"人们联结的前提条件"（Schemberg 88）。人性里自我对他人不同类型的移情想象力直接影响和决定人际关系的种种情形。麦克尤恩笔下，人与人之间的关系始终是重点描摹对象。用英国麦克尤恩研究学者齐尔兹的话来说，"麦克尤恩毫不感伤地呈现人际关系的温情和残酷"（Childs, *The Fiction of Ian McEwan* 6）。人际关系或渗透暴力与残酷，或充溢误解与矛盾，或交织悔恨与宽恕，或充满爱意与温暖，凡此种种皆呈现于麦克尤恩的笔下，因为他坚信"小说是对人性的探究"①。麦克尤恩对移情的重视不仅呼应前面所论及的新人文主义伦理哲学家努斯鲍姆所倡导诗学正义与移情的观点，也契合哲学、社会心理学、伦理学等领域内学者们对移情的重视。

当代哲学、社会心理学、伦理学等领域的学者们都很关注"移情"（empathy）。移情之所以重要，主要有两个原因。第一，移情与我们能否把握他人心灵的能力关系重大，能预测和解释他人的想法、感觉和行动。第二，移情的重要性还体现在我们对他人做出的伦理回应，我们不仅对他人的痛苦感同身受而且以某种伦理的方式做出适当的回应。（Coplan and Goldie Ⅷ）

社会心理学家、伦理学家以及专门从事移情研究的学者都纷纷追溯"empathy"的渊源，一致认为"empathy"作为德语词汇（Einfühlung）的英译词虽然在 20 世纪早期才出现在英语词汇里，但是"移情"在英国哲学和心理学领域受到重视可谓源远流长。移情概念可以追溯至休谟（David Hume）在《人性论》（*A Treatise of*

---

① 2010 年 3 月 26 日英国牛津大学文学节举行推介麦克尤恩新书《追日》的活动，笔者有幸与麦克尤恩进行了交谈，交谈中麦克尤恩也强调说"小说是对人性的探寻"。

Human Nature）里的相关论述。休谟用"同情（sympathy）"一词来解释各种心理现象，把"同情"看成是对于人性来说至关重要的沟通原理。① 他把同情看成自然的、自动产生的过程。18 世纪中期亚当·斯密（Adam Smith）在《道德情操论》（*The Theory of Moral Sentiments*）里关于同情的论述则源于休谟的传统，并在其基础上加以修正然后成为他自己关于道德理论的关键概念。（转引自 Coplan and Goldie XI）

> 通过想象置于他人的处境，假想自己正经历着相同的折磨，我们仿佛进入到他的身体，并在某种程度上变成了与他一样的人，因而大约知道他的感官感受，甚至也有了些感觉，尽管程度上要弱些，但并不表示与他们的感受完全迥异。因而，多为他人着想，少为自己想，抑制我们的自私，而多多散发慈善之情，这就是人性的完善；这样就能在人类彼此间产生情感和激情的和谐，而我们人类的光辉和体面也就洋溢在这和谐中。（Smith, Adam 9）

跟休谟一样，斯密诉诸"同情"来解释我们能体验他人的情感。但对于斯密来说，这还需要借助视角换位（perspective taking）的想象力来实现。在斯密看来，通过对他人表现出同情，多理解他人的感受，克制自私的倾向就能够完善人性。那么，斯密所说的同情指称高层次、需要想象力的移情。（Coplan and Goldie XI）

很多批评家指出，休谟和斯密所说的"同情"（sympathy）其实就是"移情"（empathy）。达维斯指出，斯宾塞（Herbert Spencer）在亚当·斯密提出"同情"概念一百多年后在《心理学原理》（1970）里关于同情的论述颇有影响。（Davis 3）在斯宾塞看来，同情很大程

---

① 参见 Michael Slot, *The Ethics of Care and Empathy*. Abingdon: Routledge, 2007, p. 13.

度上是社会成员之间交际的方式，因为他人的反应能够表明关于环境条件的重要信息。群体里的成员能很快体验同样的感情，也就有可能协调许多个人行为。20 世纪早期麦克杜格尔的《社会心理学导论》里也包含关于同情的重要论述，聚焦于生物机制的讨论，正是通过该机制观察者和目标方才得以共享情感反应，这与斯密通过想象实现相似情感体验的观点不同。（Davis 4）从休谟、斯密斯到斯宾塞，尽管对于同情的论述存有差异，但都聚焦基本的现象——两个个体之间共享情感，且都用"同情"来描述。差不多同一时期出现了描述自我与他人之间联系的另一概念即"移情"（empathy）。该词是从德语词 Einfühlung 翻译过来。Einfühlung 在 19 世纪晚期和 20 世纪早期用于美学和心理学。1873 年维斯切尔（Robert Vischer）首先把 Einfühlung 用作美学术语。不久，利普斯（Theodor Lipps）用该术语来解释人们体验审美对象的过程以及了解他人的心理状态的过程。① 在利普斯看来，Einfühlung（移情）指自然本能的内在模仿和内在回应的过程，它使我们模仿所观察到的物理对象和社会对象的运动和表达。利普斯所说的移情也就是主体将自我投射到审美对象之中。这种移情的自我投射不仅发生于我和审美对象之间，而且也可以发生在我和其他主体之间，因此我具有直接进入并把握到他人心灵生活的能力。特钦纳（Edward Titchener）于 1909 年在其著作《思考过程的基础心理学》（*Elementary Psychology of Thought Process*）里介绍 Einfühlung 时使用了"empathy"一词。利普斯和特钦纳都认为移情发生的机制内在模仿他人情感的过程。（Coplan and Goldie XIII）

---

① 利普斯(1851—1914)是胡塞尔同时代的著名的哲学家、美学家，也是 19 世纪德国盛行的心理主义学派的代表人物。他有关 Einfühlung 的观点主要受到美学讨论的影响。利普斯是休谟《人性论》的德语翻译者，并且指导有关休谟哲学的博士论文，所以他肯定也受到了休谟有关"同情"观点的相关影响。利普斯关于移情的论述在心理学和哲学领域具有广泛的影响。弗洛伊德声明曾受到利普斯的深远影响。参见 Coplan and Goldie XII。

　　达维斯指出了"移情"与早些时候的"同情"概念的微妙区别。从休谟、斯密到斯宾塞,他们所阐述的关于同情的概念具有被动的意味,重点在于观察者以某种方式感受另一个人的感情或者为他人的经验而感动。相形之下,"移情"则包涵更加主动的意味,个人主动进入到他人的情感世界并以某种审慎的智性方式抵达对方。当然,达维斯也指出该区分未必完美,因为斯密关于以想象进入他人情感的说法与主动意味的移情更接近。(Davis 5)总之,尽管与以往的"同情"有渊源关系,"移情"凸显了情感共享的主动性,即自我主动走出自我的情感世界而进入他人的情感世界。

　　20世纪初期,在利普斯有关移情观点的影响下,移情与现象学传统下的"理解"(understanding)概念关系密切。现象学家胡塞尔(Edmund Husserl)、斯坦因(Edith Stein)和舍勒(Max Scheler)都详尽论述过移情。胡塞尔和斯坦因批判性地吸收了利普斯的观点,把移情概念的讨论引入到他们各自关注的哲学问题,尤其是主体间性的问题上。从广泛意义上来说,主体间性的问题有时候被指称为有关他人心灵的问题,即关于我们是否能了解他人心理状态的理论。胡塞尔和斯坦因都抛弃了当时普遍的看法——对他人的认识是类比推论的结果,转向主张通过移情来了解他人心灵。在他们看来,移情是一种独特的意识模式,借此我们能体验他人的想法、情感和欲望。斯坦因认为,移情就是我们感知他人意识的过程,并把移情描述为"主体间性体验的基础"和"可能对外在世界认识的前提条件"(转引自 Coplan and Goldie ⅩⅢ)。斯坦因强调移情的主体间性和关系性层面,认为移情使我们不仅能够了解他人,还了解我们自身,感受他人体验我们的状态。因此,通过移情我们不仅辨析他人的心理状态,而且可以通过了解他人如何感受我们的经验来获取关于自我的知识。这种自我知识对于我们的发展至关重要。与利普斯相似的是,胡塞尔也认为我们对他人的认识是一种感知。但与利普斯不同,胡塞尔认为我们对他人的感知不具有一般感知的直接性,不仅是一种被动的情感投射,而更多的是一种与情感不能完全分割的认识。胡塞尔指出"当我以原初的方式在我称作我的身体上体验到'心灵生活'、感觉活动、表象活动、感受活动、意愿活动等,我就首先发现了我自己是人。然后如果我发现通常具有相同空间事物类型的,与我的身体处于相同的行为类型的事物,我就以移情作用的方式将它们经验为其他主观之表现,就这样我经验到其他的人,如我本身所是的人的人们"(胡塞尔 102)。与利普斯相比,胡塞尔所注重的并不是移情概念的审美和情感涵义,而是其认知性的意蕴。胡塞尔拒绝利普斯关于直接认识他人(内心生活)可能性的主张,在胡塞尔看来,这种基于审美幻觉的直接认知,完全抹杀了自我经验与他人经验之间质的区别。(孙小玲 88)

正如胡塞尔、斯坦因等现象学家在探讨移情时强调认知意蕴,随后不少从事移情研究的理论家都强调移情过程的认知特质。不同于以往理论家对感受他人情感的强调,科勒(W. Kohler)首先肯定移情的认知特质,认为"移情应该是更多地理解他人情感而不是分享他人的情感"(Davis 6)。著名理论家米德(George Herbert Mead)也认为移情过程中认知因素胜过情感因素,反复强调个人具有扮装他人角色的能力进而理解他人是如何看待这个世界,认为这是人们学会在高度社会化过程中有效相处的重要因素。(Davis 6)他所说的装扮他人角色的能力,就是后来很多理论家所说的"视角换位"(perspective taking)。通过"视角换位"性的移情,人们能够理解他人眼中的世界,欣赏和尊重他人的认知视角,并在情感上与他人保持联结。但是,在实际生活中,个体之间未必充分地运用了"视角换位",人际之间存有很多移情理解的障碍,从而妨碍了相互间的理解和沟通,造成人际关系的疏离。有关"视角换位"的移情理论为笔者探究麦克尤恩小说中疏离的两性关系提供了理论基础。

自利普斯将移情与心理学语境相联系之后,心理学领域有关移情的研究已经持续了一个世纪。弗洛伊德曾这样描述移情:"我们考虑某人的精神状态并把我们自身放置其中,通过和我们自身相比较而试图理解他的状态。"他认为移情"在帮我们理解他人身上较我们自我而言异质性的内在特征时作用重大"(Coplan and Goldie ⅩⅧ)。精神分析学家柯胡(Heinz Kohut)也重视移情在精神治疗方面的作用,并如此定义移情:"移情的能力也就是具有感受和体验他人内心生活的能力。"(Coplan and Goldie ⅩⅪ)柯胡认为移情具有认识工具和观察方式的作用,能有效地抵达他人的心灵世界。移情不仅在诊断心理学、精神分析学里受到重视,20 世纪 60年代后也引起了社会心理学和发展心理学领域学者们的极大兴趣,他们通过各种研究方法进行有关移情的实验。一些颇具影响的关注点包括:(1) 建立研究移情的客观尺度;(2) 个人移情能力的发展和其相关过程;(3) 移情在亲社会行为和利他主义行为中的作用;(4) 移情的准确度;(5) 移情回应中的性别差异。(Coplan and Goldie ⅩⅫ)

　　近年,在学界涌现出一批关于移情研究的新著作,其中巴伦(Simon Baron-Cohen)[①]的著作最具代表性。巴伦多年从事有关移情研究的实验,并根据其实验数据在 2010 年出版了著作《零度移情:关于人性残忍的新理论》(*Zero Degrees of Empathy: A New Theory of Human Cruelty*)。和以往学界对移情的关注相比,巴伦有关移情的研究对于人们从移情视角洞察人性残暴面呈现的缘由具有启迪意义,而且普通人能根据巴伦基于科学实验的描述审视自己的移情水平及其变化情况。巴伦这样定义移情:"移情指我们具有确认其他人正在想什么和感觉什么的能力,并且以适宜的情感回应他人的思想和感情。"(Baron-Cohen 11)巴伦的定义深入浅出,

---

　　① 巴伦(Simon Baron-Cohen,1958—　)是剑桥大学心理学和精神分析学教授,任剑桥大学享有世界声誉的自闭症研究中心的主任。巴伦多年来和他的同仁们展开了有关移情的各种科学实验,根据实验数据他自 2004 年开始写作《零度移情:关于人性残忍的新理论》,由于获取实验数据的时间跨度,六年后的 2010 年该著作才得以问世。

既包括了移情所具有的情感特质,也强调了移情具有的认知特质。他认为移情过程至少包括两个阶段:认可和回应。巴伦强调这两个阶段必不可少,如果只是认可他人思想和情感,没有相应的情感回应则不能称之为移情。当一个人全神贯注关注自己的目标时,往往忽视他人的情感和思想。在这种情况下,移情被屏蔽了。如果一个人能够移情他人,则意味着他能够准确地理解他人处境,能够确认他人处境。巴伦这样描述移情:"当我们搁置我们单一思维的注意力焦点,取而代之以双重思维的聚焦点,那么移情就产生了。"(Baron-Cohen 10)单一思维的注意力指我们只是关注我们自己的心灵,关注我们当下的思维和观察力,而双重思维的注意力则意味着我们同时也考虑其他人的心智情况。当移情被屏蔽后,我们考虑的只是我们自己的利益;当开启移情后,我们也聚焦他人的利益。(Baron-Cohen 10)巴伦根据科学实验结果,绘出钟面曲线图表示人们移情能力的高低情况:

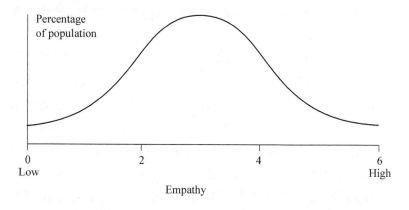

通常说来,少数人具有较高的移情能力,大部分人具有中等移情水平,另一些人的移情能力较低。他指出,具有极端低水平移情的那些人可能是我们称之为"邪恶"或者残忍的人。也就是说,这些人从来没有也可能永远都不会有较强的移情能力。而其他人也可能在特定的处境下暂时关闭移情而达到极低点。也就是说他们原本具有移情能力,但是暂时丧失了移情,不论其持续时间多么短暂。在移情的天平上,不管你是如何抵达了移情的极低点,结果皆一样,即你会把他人看成非人对象,将他人视为物体,而导致悲剧性的结局。(Baron-Cohen 13)作为从事移情研究的心理学家,巴伦通过各种科学实验证明人的大脑存有移情回路(empathy circuit),大脑的各个部分在移情机制发生作用的时候会有相应的活动。不同人其移情回路的作用也有差异,故表现出不同程度的移情。他认为人们移情水平的高低取决于基因、神经和后天环境等因素。他提出"零度移情"(zero degrees of empathy)的概念:

> 零度移情意味着你将不会有这些意识:将如何理解他人?如何与他人交往? 如何预测他人的感情和行为? 即你的移情机制(empathy mechanism)处于零度水平。你对自己人际关系的种种障碍大惑不解,自我中心主义变得根深蒂固;他人的思想和感受都远离你的雷达;你仅仅顾及自己的事务,陷入自我的小世界;你不仅忽视他人的思想和感情,而且忽视了还可能存有其他观点这一事实。你认为仅自己的思想和信仰百分百正确,那些持不同信念的人都被你判为错误的、愚蠢的。(Baron-Cohen 29)

持零度移情的人完全处于孤立的生存状态,在追求和实现自己欲望目标时,丝毫不考虑自己的言行会对他人造成怎样的影响。极端的情形下会犯下谋杀和强奸罪。持零度移情的人对他人感觉迟钝,会导致完全与社会隔绝的生存状态。巴伦深刻地提出有关人性的问题:我们所有人都可能杀人吗? 根据巴伦提出的理论,只有那些具有较低移情能力的人才会攻击或者杀害他人,也就是那些暂时或永久地屏蔽移情力量的人。(Baron-Cohen 115)我们大多数人的移情能力在中等水平,不会表现出残忍的行为。但是在特定情境下,普通人会遭遇"移情腐蚀"(empathy erosion)而屏蔽移情能力或移情能力降至"零度移情"水平,进而对他人做出暴虐的行为,展露人性的残暴面。巴伦从移情而非邪恶的角度理解人性残暴面的呈现,他提出的"移情腐蚀"和"零度移情"等有关移情匮乏的理论概念给笔者从移情视阈考察麦克尤恩对人性暴力面的剖析以及暴力历史书写提供了理论基石。

移情不仅在心理学领域备受关注,自 20 世纪 80 年代以来兴起的关怀伦理学(the ethics of care)也重视移情的作用。关怀伦理学是对以原则为基础的传统伦理学的挑战。传统的伦理生活模式强调公正性的抽象原则,其伦理主体首先是独立、自足的个人,往往运用理性而压抑情感。关怀伦理学的倡导者则认为,道德的思想和行为既需要理性也需要情感,应该关注他人的具体需求。在关怀伦理学家看来,个体是处于关系中的,在认识论和道德上个体之间彼此关联。诺丁斯(Nel Noddings)在《关怀:关于伦理和道德教育的女性视角》(*Caring: A Feminine Approach to Ethics and Moral Education*)一书里首次提出关怀伦理的思想。她认为关怀伦理要求个人行为具有关怀他人的性质,这意味着如果我们的行为表现出关怀他人的态度或者动机,则是正确的、被允许的。(Slote 10)以诺丁斯为代表的关怀伦理学家关注移情在关怀态度和关怀关系中的作用,某个人要关怀他人就得设身处地处在他人的情景中,开放地接纳他人的思想、渴望、恐惧等。当人们行为出于关怀他人的动机,则不会把自己关于何为善或者自认为将如何有益于所关怀对象的想法强加给对方。(Slot 12)诺丁斯所说的关怀行为要求我们在情感和动机上对某一特定的个体具有高度的敏锐性,真正做到以他者为尊,因而关注的重点是具体的个体需求,不是求助于抽象或宽泛的道德原则。(Slote 12)哲学家斯洛特(Michael Slote)在诺丁斯等人提出的关怀伦理的基础上,吸纳了移情研究的理论成果,于 2007 年出版著作《关怀和移情的伦理》(*The Ethics of Care and Empathy*)。与诺丁斯等关怀伦理学家相比较,斯洛特更加重视移情在关怀伦理中的作用,他明确指出,关怀是以移情为基础的关怀,也就是移情关怀(empathic caring)。斯洛特还指出,关怀伦理并不局限于女性视角,而是对哲学家们探讨的所有道德和政治问题都具有意义。他认为,以移情为基础的关怀伦理能够描绘出私人/个人层面和公共/政治层面的道德图景。(Slote 16)诺丁斯和斯洛特的相关理论,为笔者在移情视阈下透视麦克尤恩小说中一些主人公对他人移情关怀能力的嬗变过程以及他们探寻伦理存在的尝试提供了理论基础。

回顾有关移情的渊源和发展,从 18 世纪休谟和斯密最早强调同情(移情)于道德生活的重要作用,到现象学领域的哲学家重视移情在"理解"他人心灵过程中的作用,再到心理学家们强调通过移情了解他人异质于自我的精神状态,以及关怀伦理学家们对移情在关怀他人过程中的道德功用的重视,可见,移情在自我与他人之间构建伦理关系的可能性中发挥重要的作用。在移情视阈下研究麦克尤恩小说,也就是在伦理批评框架内从移情切入考察小说中自我与他人之间的关系,从而把握麦克尤恩小说所蕴含的伦理意蕴。本论文从移情切入,分三章论述麦克尤恩小说中自我对他人不同的移情类型以及相关的伦理问题。

第一章以小说《无辜者》《黑犬》和《赎罪》为主,考察移情匮乏和暴力历史之间的关联,探究小说人物如何在特定历史、政治情景下遭遇移情腐蚀、经历移情脆弱性和移情枯竭,从而呈现出人性的残暴面。麦克尤恩从细微的个体层面书写宏大的欧洲暴力历史,将暴力历史书写与残暴人性的探究融于一体。麦克尤恩把《无辜者》放置于"冷战"鼎盛时期,描摹主人公在特定意识形态下遭遇移情腐蚀后从一位内敛、单纯的英伦青年变成残忍暴徒的过程,既揭示了人性潜存的暴力冲动,也批判了"冷战"意识形态、军事暴力对普通个体的移情腐蚀作用;《黑犬》以审美逾越的方式间接再现大屠杀事件,探析大屠杀后人类移情脆弱性的表征并曝光人性阴暗的暴力欲望;在《赎罪》中,麦克尤恩对敦刻尔克大撤退中战争暴力的生动再现颠覆了民族记忆里关于大撤退奇迹的美化叙事,杀戮肆虐的战场使士兵们的移情濒临枯竭并显露出"平庸的恶",个体在集体病态的癫狂下显露出潜伏于人性深处的暴力习性。

第二章以《爱无可忍》和《黑犬》为主,分析移情理解的障碍如何导致两性关系的疏离。作品中的男女主人公们尽管相爱,但是他们往往囿于各自的性别身份、思维范式、价值取向,没有践行以"视觉换位"为特征的移情理解,即使对伴侣表现出了移情,但是在很大程度上受到自我中心主义认知框架的束缚,在情感和认知方面都没有抵达对方的异质性存在,故双方产生种种误解和冲突,最终情感趋于疏离状态。在《爱无可忍》里,男主人公经历道德自我的考验后,没有向伴侣袒露自己内疚的脆弱情感,试图重新建构自己的男性气质来获取对方的认可,虽然伴侣曾一度对他表现出移情理解,但却没得到他的移情回应,其封闭的男性自我妨碍了彼此之间的移情理解和沟通。《黑犬》中叙事人的岳父母双方都囿于各自的认知范式和价值取向而否定对方的他性存在,造成多年的情感疏离。

第三章以《时间中的孩子》《赎罪》和《星期六》为主,探析移情他人与自我之伦理存在的关系。麦克尤恩探究小说主人公如何经历了对他人缺乏移情关切嬗变至对他人的移情能力增强的过程,这些主人公通过不断移情理解和移情关怀他人行走在通往伦理存在的旅途中。《时间中的孩子》的主人公遭遇创伤后陷入自我中心的关切,最终在移情关怀伦理指引下移情关怀亲人和朋友,创伤才得以愈合。《赎罪》的主人公自幼缺乏移情关怀的滋养,年少无知的她将他人纳入自我中心主义的阐释框架而误解他人,让无辜者遭受牢狱之灾。随着年岁的增长她的移情能力不断增强,最后以移情书写他者的形式加深对他人他性的理解,以此来赎罪,实现自我伦理意识之反思。《星期六》的主人公沉浸于自我中心主义的隔离性自我而忽视了对边缘他者的移情关怀,经历了他者外在性的闯入后将移情关怀对象扩展至陌生人,对异质性他人的召唤做出了伦理回应,趋近了列维纳斯所说的作为责任存在的伦理主体。

第一章

移情匮乏与暴力历史书写

　　20世纪后半期尤其是80、90年代以来,英国当代文坛掀起了一股历史书写的热潮。布拉德伯里(Malcom Bradbury)在《现代英国小说》中介绍20世纪80年代以来的英国文学时指出,"很多英国小说家再次转向历史,回顾性作品一时蔚然成风"(Bradbury 451)。詹尼克(Del Ivan Janik)在《历史没有终结:以当代英国小说为例证》一文里列举拜厄特(A. S. Byatt)、艾克罗伊德(Peter Ackroyd)、巴恩斯(Julian Barnes)、石黑一雄(Kazuo Ishiguro)、斯威夫特(Graham Swift)等英国当代小说家的作品,阐述这些作家丰富多彩的历史再现方式。事实上,20世纪后半期以来,英国当代文坛中对历史书写表现出强烈兴趣的远不止詹尼克所提及的这些小说家。有评论者在2001年《赎罪》问世之际评论道:"过去三十多年以来,如何用语言呈现过去,已经成为英国小说极其关注的问题。"拜厄特也曾评论说,"英国作家创作的遥远过去具有超凡的多样性,而且对过去的建构形式也呈非同寻常的多样化"(Byatt 36)。从巴恩斯在《福楼拜的鹦鹉》和《10 1/2章世界史》中的后现代主义历史书写,到斯威夫特在《洼地》中对进步历史的改写,以及蒙特尔(Hilary Mantel)在《更安全的地方》中对法国大革命时期的想象,再到拜厄特在《占有》中对维多利亚历史的重新书写,历史再现已经成为当代英国小说家创作的重要主题,其表现方式亦呈多元化的态势。尽管各位小说家书写历史的方式迥异,各具特色,但他们"对历史都有着敏锐的触角,并都以犀利的笔触探讨了历史的意义或其潜在深意"(Janik, "No End of History" 161)。

　　詹尼克在他的论文中没有提及麦克尤恩。在20世纪70年代中后期,麦克尤恩的早期创作以沉浸于自我封闭、去历史化的语境为特色。正如麦克尤恩自己所承认,其早年创作深受卡夫卡存在主义风格的影响,不愿意把小说置于具体的历史时空之中。但到了20世纪80年代,麦克尤恩也尝试转型,力图从幽闭的私人空间转向更广阔的社会历史领域。1980年出版的电视剧本《模仿游戏》是麦克尤恩较为成功的转型尝试,它以第二次世界大战为历史背景。在该剧导言里,麦克尤恩谈到他有关二战创作的意图:"我阅读了《人民的战争》一书,它是有关二战的社会史。我来自军人家庭,尽管我在二战结束后的第三年才出生,但二战栩栩如生地伴随我整个童年。有时候甚至难以相信这样一个事实:在 1940 年夏天我竟然还没有出世。"(McEwan, *The Imitation Game* 15‐16)在随后的小说创作中,第二次世界大战及二战前后的暴力历史成为麦克尤恩作品中重要的智性景观。海德厄格(Pilar Hidalgo)曾说,"随着年岁的增长,麦克尤恩不可避免地把对乱伦、施虐、卑贱等的冷静分析置于身后,转而探究 20 世纪欧洲历史中的邪恶力量"(Hidalgo 83)。与詹尼克所列举的那些书写历史的小说家相比,麦克尤恩更感兴趣的是对 20 世纪暴力历史的再现。

詹姆斯·马丁·朗(James Martin Lang)评论说,麦克尤恩的作品在艺术上和哲学上与战后"愤怒的青年"[①](The Angry Young Man)这一代作家们紧密相连。这些作家大多在第二次世界大战期间成年,在战后经历了异化、迷茫和愤怒等情感的变化。二战及战后的震荡影响充斥他们愤世嫉俗的视阈。他们以新现实主义代替现代主义实验手法,聚焦描摹屡遭挫败的青年们所身处的狭隘而压抑的环境。(Lang 203‐204)斯莱则认为,麦克尤恩介于战后

---

① "愤怒的青年"是 20 世纪 50 年代在英国文坛上涌现的一个文学流派,并无固定的文学团体,亦无统一的文学主张,由一系列青年作家组成。这些青年作家大多来自社会下层,在文学倾向上表现为对现代主义文学主张的否定,对现实主义创作手法的回归。由于他们在各自的作品中都不同程度地表现了对社会现状和现代文明强烈的不满情绪,因而被称为"愤怒的青年"。它的代表人物有:约翰·魏恩(John Wain),代表作《大学后的漂泊》(*Hurry on Down,* 1953);金斯利·艾米斯(Kingsley Amis),代表作《幸运的吉姆》(*Lucky Jim,* 1952);约翰·布莱恩(John Braine),代表作《顶层的房间》(*Room at the Top,* 1957);艾伦·西利托(Alan Sillitoe),代表作《星期六晚上和星期日早上》(*Saturday Night and Sunday Morning,* 1958)和《长跑运动员的寂寞》(*The Loneliness of the Long Distance Runner,* 1959);斯坦利·密德尔顿(Stanley Middleton),代表作《简要回答》(*A Short Answer*)。参见瞿世镜、任一鸣:《当代英国小说史》,上海:上海译文出版社,2008 年,第 32‐33 页。麦克尤恩小说总体上也具有强烈的现实主义气息,多是对当代社会现状和文明的批判。

愤怒一代作家和新兴的后现代主义作家之间的分界线上,他既分享愤怒一代作家的新现实主义写作技巧,反叛英国中上层的传统习俗,同时也与年轻一代作家极为相似,"犀利地估量人性的残忍,通常将责任归咎于社会政治本身"(Slay 4)。与朗的评论相比较,笔者更赞同斯莱的评述——在肯定麦克尤恩继承愤怒一代前辈的新现实主义手法的同时,强调对暴力人性的呈现是麦克尤恩作品的重要主题,认为残暴人性的根源与社会政治本身密不可分。换言之,我们可以说麦克尤恩在他的数部小说中将暴力人性的呈现与暴力历史的书写融于一体。

无论是"愤怒的青年"还是新兴的后现代主义作家,第二次世界大战对于他们的创作具有特别的意义。这些作家在创作中或呈现实际的战争经历或揭示二战对英国政治和文化的持久影响。二战对英国的影响和冲击是空前的。在历史学家看来,它是极其重要的历史事件。比起世纪的更迭或一代君主的驾崩,二战更具历史意义,在心理上更令人不安,因为英国本土首次遭受了攻击并在日常生活层面体验了世界大战的内涵。二战带给英国的重创超过了以往的世界战争和殖民战争,是英国近代史上的分水岭。之后的几十年里,英国一直致力于"重振民族身份感"。如果说一战动摇了知识分子对各种秩序的信仰,促使他们通过艺术和审美的方式重新建立秩序,那么二战使很多知识分子们失去了对启蒙理性的信仰,充满了恐惧和怀疑。苏伊士运河危机中英国的表现再次向多数知识分子和艺术家表明,战前的理念和政治理论(包括英国多年来倾心打造的殖民主义理论和实践)在战后的世界里显得苍白无力,英国作为世界霸权的辉煌日子已经一去不复返。同时,核战争的威胁使知识分子们增添了新的焦虑和不安。知识分子们站在不同的立场,严肃地思考人类的命运和英国的前途。英国诗人、批评家阿瓦列斯(A. Alvarez)在 1962 年引介一诗歌专辑的导言里这样评述战后知识分子所体验的恐惧、疑虑以及所做出的智性探索:

　　　　刚刚过去的半个世纪中所发生的一切让我们逐渐意识到,我们全部的生活即使那些最文雅的部分也受到与文雅、体面和礼貌等绝无关联的力量的深刻影响,神学家们会将之称为邪恶,心理学家们则可能将之称为力比多。总之,分崩离析的瓦解力量摧毁了文明的旧式标准。其公共面孔表现为两次世界大战、集中营、大屠杀和核战争的威胁。(转引自 Lang 210)

阿瓦列斯的评论概述了战后英国艺术文化领域智性潮流的演变情况。思想家和艺术家们已经意识到他们战前所持有的思想理念、艺术规范已不符合时代的语境,转而探寻新的阐释机制以理解人类所经历的暴力历史。麦克尤恩书写暴力历史的小说隶属于战后英国这股文化上的智性潮流。在小说中,麦克尤恩将个体置身于二战前后暴力历史的背景之下,描摹阿瓦列斯所说的“公共面孔”下那些普通人的命运,探析他们人性里潜在的暴力冲动。在他看来,我们只有从个体、私人层面透视暴力历史,才能深刻地体悟历史对无数普通个体的巨大影响。与战后英国许多其他作家的作品一样,麦克尤恩书写历史的小说“试图找寻新的、启蒙后的理解方式,以理解人的境况及与之相关的虚构故事或历史故事”(Lang 211)。

　　麦克尤恩的小说《无辜者》《黑犬》及《赎罪》都以二战或随后“冷战”期间的历史为其探究对象,聚焦书写 20 世纪欧洲的暴力史。海德厄格评论说“麦克尤恩探究了 20 世纪欧洲历史的邪恶力量”。笔者认为,海德厄格对麦克尤恩作品的概述不足以传达麦克尤恩历史书写的深层含义,因为麦克尤恩一贯坚持小说是对人性的探寻,他的暴力历史书写蕴含着对残暴人性的探析。从事移情研究的心理学家巴伦致力于从新的角度理解人性的残忍,他以“移情”而非“邪恶”来观照人们之间的暴力行为。借鉴巴伦在著作《零度移情:关于人性残忍的新理论》中的相关观点,从移情与暴力呈现之间的关系入手,我们可以管窥麦克尤恩暴力历史书写与人性探寻之间的深层关联。麦克尤恩自创作初期就对人性残暴面的探寻持有兴趣,在他转型之后又将对人性残暴的书写与暴力历史的呈现有机地融为一体。

第一节　移情腐蚀与暴力呈现

对暴力的书写和探究一直是麦克尤恩创作的一大特色。詹姆斯·马丁·朗指出,麦克尤恩笔下的人物,无论是早期短篇小说中与社会格格不入的人还是后来小说《黑犬》中生活安定的沉思者杰里米,他们心理表层下都无一例外地潜伏着暴力冲突的倾向甚至血腥杀戮的残忍习性,用《黑犬》中琼的话来说,我们每个人身上都具有"逆反生命的恶"和"深层的仇恨"。(Lang 182－183)与早期去历史化语境的创作有明显区别的是,麦克尤恩的小说《无辜者》、《黑犬》和《赎罪》则以具体历史语境为背景;但就暴力主题而言,这几部小说与麦克尤恩的早期创作不无密切关联。穆勒-伍德(Müler-Wood)和伍德(Carter Wood)也指出,"暴力主题在麦克尤恩小说中得到充分而复杂的呈现"(Müler-Wood and Carter Wood 52)。

麦克尤恩从不回避对人性残暴面的书写,自创作伊始就致力于剖析和揭示人性中的暴力层面。在他看来,只有直面并承认人性阴暗的暴力面,才能在一定条件下克服人性的残暴并逐步完善人性。麦克尤恩在访谈里曾就书写暴力的话题发表过自己的见解:"我认为最诚实的书写暴力的方式在于承认它存于你自己身上……我们身上清晰地藏有对残忍和暴力的迷恋……"(McEwan, "Face to Face" 16)在首部小说《水泥花园》出版后不久的一次访谈中,麦克尤恩说"促使我从事小说创作的并不是那些美好、舒适、愉快、以某种方式给予肯定的事物,而是那些邪恶、困窘、令人不安的事物"(McEwan, "Adolescence and After" 526)。此话同样适用于随后的小说《只爱陌生人》的创作。如果说《水泥花园》里孩子们将母亲的尸体掩埋于地下室的举动以及姐弟触犯禁忌的乱伦行为令读者深感不安,那么《只爱陌生人》中罗伯特和卡罗林这对夫妻之间性施虐受虐的性错乱以及他们最后把主人公科林当作性玩具杀害、奸淫的残暴过程则更让读者惊骇难忍。虽然该小说在出版发行之前已获布克奖提名,面世后评论界对其暴力主题抨击的负面声音还是不绝于耳。裴安迪(Hossein Payandeh)评论说,该小说"激起批评家对麦克尤恩前所未有的严厉批评甚至道德谴责,他们认为该小说体现了麦克尤恩此前作品的典型特征:不详的背景、性变态的人物、涉及谋杀的阴森高潮等"(Payandeh 65)。尽管《只爱陌生人》的暴力主题曾招致无数负面的批评,但马尔科姆指出其接受总体上还是积极的。不少评论者认为该作品较之于前部小说《水泥花园》确实是一大进步,称赞它"短小精悍,是关于性的精妙之作"(转引自 Malcom 67)。有评论者称其精美之处在于它的艺术技巧。在专著《理解麦克尤恩》里,马尔科姆辟专章讨论了该小说,聚焦分析其复杂而具有自觉意识的叙事技巧。之后,不少批评家对《只爱陌生人》及其他早期作品蕴含于暴力和残忍之中的道德主题进行了挖掘。斯莱指出,麦克尤恩早期作品的道德效应源于他"震撼读者的自觉愿望,迫使读者直接凝视当代社会的恐怖"(Slay, *Ian McEwan* 6)。读者阅读后意识到"那些乱伦的、暴力的、不正常的变态人物代表了我们的邻居、熟人及我们自己"(Slay, *Ian McEwan* 7)。威尔斯在斯莱研究的基础上进一步指出,"这正是孕育疏离、孤独、自私和剥蚀他者的现代都市文化的产物"(Wells 34)。她借鉴杰西卡·本杰明(Jessica Benjamin)有关人物之间的掌控如何扭曲自我与他人之间伦理关系的观点,论证《水泥花园》和《只爱陌生人》两部小说中人物之间的伦理关系在彼此的掌控下遭遇腐蚀。从斯莱到威尔斯的研究,我们可以看出麦克尤恩小说中暴力书写的主题蕴有伦理探索的内涵。

　　如果说麦克尤恩在《只爱陌生人》里探究了人性的残暴如何呈现于脱离社会历史语境的个人欲望的实现上,那么他在《无辜者》中则将人性残暴的呈现放置于特定的历史政治情景之下,即充斥暴力和残忍场景的"冷战"时期的柏林。

人们习惯用"邪恶"概念来观照暴力历史,通常会说 20 世纪的大屠杀事件表明了人们彼此之间所能强加的邪恶的程度,于是"邪恶也就被看成是不可理解、不可深究的话题,因为其令人恐怖的程度是如此巨大而无可比拟"(Baron-Cohen 4)。巴伦指出,以"邪恶"来解释暴力历史的做法并不令人信服,"邪恶"不具有充分的解释力。巴伦在心理学和精神分析学领域从事研究已有三十余年,他致力于从新的角度理解人性的残暴,研究人们残暴行为的深层缘由。更准确地说,他探究促使人们将他人看作非人的物化对象而实施残暴行为的根由。他主张用"移情"而非"邪恶"来观照人们之间的残暴行为,认为这样能更有效地诠释人性残暴的根源。(Baron-Cohen 4)巴伦用"移情腐蚀"代替"邪恶"来解释人们彼此之间为何出现极端残忍的行为。在他看来,移情腐蚀起因于情绪腐蚀,诸如极度怨恨、复仇的欲望或者盲目仇恨、保护的欲望等。尽管从理论上说这些是转瞬即逝的情绪,移情腐蚀是可以逆转的,但是移情腐蚀可能源于更加恒久的心理特征。(Baron-Cohen 4－5)麦克尤恩本人也曾表示,"邪恶"这个术语并不是那么有用,人们的残忍行为是如此骇人听闻,我们会想到不可思议的"邪恶"这一说法。他暗示"最好试着用政治或心理的术语来理解残暴"(Head 103)。将巴伦有关移情腐蚀的论述与麦克尤恩强调的政治、心理语境相结合,探究麦克尤恩小说《无辜者》中主人公人性残暴的根源,更有利于透视麦克尤恩暴力历史书写的深层意蕴。

巴伦指出,"移情腐蚀"隐含"人们把他人视为物件"的观点,这可以溯源至奥地利哲学家布伯(Martin Buber)。布伯在他著名的论著《我与你》(I and Thou)里比较了"我—你"的存在状态和"我—它"的存在状态,前一状态中人们与他人相联系,这本身即目的;在后一状态中人们之所以与某人或某物相联系,是为了利用他们以达到某目的。布伯指出,后一种模式具有诋毁价值的作用。巴伦认为当我们屏蔽移情后,我们就处于"我"模式,在该状态下我们仅与事物相联系,或者与仿佛事物般的他人相联系。而对另一个人来说,最糟糕的莫过于自己被当作物体来对待,忽视其存在的主体性及其思想、感情。(Baron-Cohen 5)多年的怨恨、伤害(通常是冲突的结果)会导致移情腐蚀,更持续的神经性因素也会导致移情腐蚀。巴伦补充说,即使一个人追求的事业是积极而又有价值的,如果全心全意地追求而屏蔽了对他人的思想和感情,从定义上看也是非移情性的。(Baron-Cohen 6)巴伦所强调的是:当你把他人当成物体来对待,那么你就完全关闭了对他人的移情。

依据巴伦的研究,我们普通人的移情水平大都处于中等或者中等以上水平,不大会对他人做出极端的残暴攻击。(Baron-Cohen 13)但是在特定的历史政治背景下,普通人会经历移情腐蚀,将他人视为物件而忽视他人的情感和思想,达至零度移情水平从而呈现出人性的暴力残忍面。(Baron-Cohen 5 - 6)《无辜者》的主人公伦纳德是我们所熟悉的普通人,他对他人实施极端残忍的暴行之后还口口声声辩解自己是清白的无辜者。我们有必要探究伦纳德所经历的移情腐蚀与他所处的特定政治、历史背景的深层关联,从而深入透视一个普通而天真的英伦青年如何演变成了谋杀他人并肢解其尸体的极端残忍的暴徒。

与麦克尤恩早期创作一样,《无辜者》在1989年出版后曾引发评论界关于暴力再现的争议,小说的暴力书写成为评论的焦点。《星期天周刊》对《无辜者》的评论标题即为《性、死亡和隐藏的变态》。就其暴力书写的主题,麦克尤恩在访谈里说过,"我并无意于随意写这些麻烦事,我也不希望能借此赢得更多的读者,事实上这令我读者减少了。但是我们的社会充满暴力,作家必定要反映该现象。我认为重要的倒不是描写的是什么而是这样描写的缘由。我对暴力冲动如何在我们自己身上生成深感兴趣"(McEwan, *Conversations* 56)。在麦克尤恩看来,现实世界充满暴力,在作品中呈现暴力并探究人性潜存的暴力冲动产生的根源是作家义不容辞的伦理责任。麦克尤恩谈到对《无辜者》的构思源于自己1987

年的苏联之行。他作为"欧洲核裁军代表团"成员之一,随代表团访问苏联。访问团企图说服苏联停止迫害本国反对核武器的人们。当时苏联政府只是谈及美国的核武器,访问团则希望谈论苏美双方的核武器情况,并试图把持异议的人员组织到一起参与讨论。离开苏联时,麦克尤恩强烈地感觉到"冷战"即将结束。三周后他去了柏林,参观完柏林,便打算写一本关于"冷战"的小说,"不是关于'冷战'尾声的小说而是关于'冷战'的高峰时期,即1955年"冷战"最激烈的时候,我开始找寻故事,真实的故事。"麦克尤恩试图描摹"冷战"时期的历史画卷。他还论及1955年于英国人来说是一个特殊的年份:

> 至少对半数的英国人,比较优越的、更加智性的半数人来说,很明显1955年标志着英帝国的日子业已结束——也就是在苏伊士运河危机的前一年,这对英国人来说是个分水岭。帝国的接力棒已经传递到美国手中。很多英国人聊以慰藉的神话是:我们之于美国人就如希腊之于罗马,我们是更古老、更成熟的帝国而美国不过是新兴的更加强大的帝国而已,在经济、军事力量方面的欠缺我们有智慧给予弥补。(McEwan, *Conversations* 57)

《无辜者》中虚构与事实相杂糅,背景置于对英国人来说是具有分水岭意义的1955年,小说所涉及的柏林隧道①以及双重间谍

---

① 麦克尤恩在小说附录的作者按语里写道:书中提到的"柏林隧道"(又叫"金子工程"或者"金子行动")确有其事。它是美国中央情报局和英国军情六处合作的一个项目。它于1955年春夏之交建成后即开始正式运转,直到1956年4月间被苏联发现而破坏为止,历时将近一年。该工程的负责人为中央情报局柏林站的头儿威廉·哈维。乔治·布莱克从1955年4月起住在柏林梧桐林荫道26号。他也许早在1953年,当时他是设计委员会的秘书,就把这个项目的情报泄露给俄国人了。书中出现的其他人物和情节纯属虚构。参见伊恩·麦克尤恩:《无辜者》,朱乃长译,上海:上海译林出版社,2010年,第401页。

布莱克都是"冷战"历史上的真实事件和真实人物。25 岁的英国电子工程师伦纳德·马汉姆被派往柏林参与英美合作的情报工程。单纯、无知的伦纳德在柏林邂逅了 30 岁的德国女子玛丽亚,两人很快相爱但后来双双陷入困境。伦纳德将玛丽亚前夫打死并实施肢解其尸体的暴行。伦纳德和玛丽亚没有结合并最终分离,他自始至终声称自己是无辜者。麦克尤恩在访谈里谈道:

> 该小说试图说这里有爱情——我们能成就的最美好的事物,这里同时也有暴力的残忍行为,这是最恶劣的。欧洲人过着这般剧烈的双重生活。他们既创造了具有个性的政治文化,然而也实践了人类历史上规模空前的大屠杀。我试图在个体身上暗示欧洲文明的双面性特征,或许只有把它们放置到个体的层面,我们才会明白这一切……(McEwan, *Conversations* 65)

麦克尤恩力图将个体层面的暴力行为和欧洲集体暴力历史联系起来,他没有抽象地书写暴力历史,而是聚焦特定历史背景下个体人性残忍、暴力面的显现。如果说《只爱陌生人》中的个体在阴暗欲望的刺激下遭遇移情腐蚀而呈现人性的暴力和残忍冲动,那么《无辜者》中个体所遭遇的移情腐蚀则与特定的"冷战"政治环境相关,并由此表现出残暴的人性。

齐尔兹认为,伦纳德这个普普通通的英国青年在某种程度上也象征了当时英国在国际秩序中的形象:"英国已经丧失国际性的角色,在国际秩序中将以天真而过时的形象出现。"(Childs, *The Fiction of Ian McEwan* 76)刚踏上柏林大街的伦纳德则体现了这一英国形象:

> 对一个英国青年来说,当他第一次来到德国的时候,他不能不想到它是一个战败国,也不能不由于自己国家的战胜而

感到自豪。在战争期间他和他的奶奶住在位于威尔士的一村子里。敌机从来没有在它的上空飞过,他从来没有碰过枪,也没有在靶场以外的地方听见过开枪的声音。尽管如此,而且尽管这座城市是俄国人攻克的,那天晚上他确实还兴致勃勃地穿过了柏林,好像他是这块地产的业主似的。每走一步,他的脚似乎都踩在丘吉尔先生在发表演说时所采用的那个节奏的点子上。[①](10)

尽管伦纳德在欧洲战争胜利结束那一年才 14 岁,没有亲历战争的体验,甚至没有碰过枪、未耳闻过枪声。柏林的解放与英国也并无关系,英国在战后的国际秩序中已经不再占据重要的位置。作为一名英伦青年,他在 1955 年穿行柏林的时候却联想到丘吉尔的战时演讲,内心洋溢起怀旧的民族自豪感和战胜国的军事征服感。特定的政治意识形态下,伦纳德作为盟国的一分子渴望体验战争胜利带给个人的荣耀和征服感。这为他后来经历的移情腐蚀埋下了伏笔。

其实,踏入柏林城的伦纳德并不自信,其形象迥异于以往英国小说中那些踏出国门的自信的英伦青年。他与来自美国的上司葛拉斯之间的关系隐喻当时英美两国之间的关系:伦纳德单纯无知、缺乏自信;葛拉斯则成熟、老练、独立。在陌生的柏林城里,葛拉斯引导伦纳德适应这里的工作和生活。伦纳德潜意识里对葛拉斯代表的美国文化也有几分艳羡,早上换衣的时候,他反复掂量自己的装束:

他穿上了他那套最好的衣服,然后又把它脱了下来。他不想把自己打扮成昨天在电话里就让人听得出来的那副窝囊

---

① 引文出自朱乃长的译本,部分内容笔者参考原著后稍有修改。伊恩·麦克尤恩:《无辜者》,朱乃长译,上海:上海译林出版社,2010 年。文中标注页码为中文版页码。

相,这个下身着紧身短裤,上身穿母亲准备的加厚背心的年轻人,凝视着衣柜中三套西装和一件斜纹软呢外套,现在看上去倒确实有那么点美国式的强悍风度。他有个想法,认为他的外表生硬古板,让人觉得可笑。在他身上表现出来的那些英国人的特征,可不像上一代那样,使人觉得那是反映出一个人心里踏实的派头。它却使他觉得脆弱稚嫩,易受伤害。而那些美国人正好与此相反。他们对自己深有信心,所以处处显得落落大方,无拘无束。(13 - 14)

伦纳德的心理活动表明,在美国人面前他为自己是英国人的身份感到自卑、尴尬,他倾向于认同上司葛拉斯代表的美国文化而不是自己的英国文化。不仅如此,伦纳德在柏林从事的机密工作也没有带给他更确实的身份感和自信心。

伦纳德在柏林参与"金子工程",在隧道里截取苏联的情报,其工作的性质注定与"机密"相联系。在这个自足系统里一切充满机密,参与其中的当事人对自己于整个系统的具体作用并不确定。麦克尤恩旨在揭示,"冷战"时期无数个体身不由己地卷入了规模宏大却毫无意义的政治事务。置身其间的伦纳德保守机密,也被机密所代表的政治系统所操纵。伦纳德浸泡于"机密"的政治语境,也就与"真相"绝缘,对自己和他人的角色都不确定,他所做的是观察机密的传递。在这里安全检察系统分不同的等级,葛拉斯告知伦纳德:

> 关键是,每个人都以为他达到的那个安全级别是最高的那个级别,每个人都以为他所知道的那些情况才是真实情况。只有当别人对你这么说的时候,你才会知道,另外还有一个更高级别的安全检查。可能还有第四级别的安全检查。可我不知道究竟是怎么回事。不过,有人告诉我,我才会知道有关它的事。(25)

事实上位于最高级别的只有当政的政治家,在隧道系统的每个人都是政治的棋子和爪牙,遭遇政治对个体的钳制和挤压。后来伦纳德和恋人玛丽亚交往的隐私细节也不得不曝光,上司出面干预、调查他们交往的详情。这表明个体本应有的个人隐私在政治系统操纵的秘密规训下被侵袭和剥蚀。在这里,个体的正常生活遭到腐蚀,盲目服从谍报规则是这里唯一的行动准则。

麦克尤恩对隧道的描写具有隐喻意义。与外部世界形成鲜明的对照,隧道作为自足的封闭系统,仅限少数人进入,伦纳德在上司的引导下进入这个符号系统。如果说移情是自我与他人之间心灵沟通和交流的途径,那么置身于隧道符号系统的伦纳德和他人之间除了工作已经失去了最基本的沟通交流,"他自己也养成了这种习惯:你不要和人家说话,除非他们的工作和你的有关。之所以会形成这种办事的规矩,主要是为了保密。他后来发现还有另外的原因:处于相互竞争的缘故。遇到陌生人,你不妨不予理睬,就当他们并不在场"(33)。人与人之间缺乏交流,移情原本是自我和他人之间沟通联结的桥梁,在这里也就被搁置下来。隧道里的一切工作都是机密,尽管伦纳德所做的事情在整个系统中无足轻重,可上司一再嘱咐他工作的保密性和重要性,"我要你有一个崭新的心理状态来对待这件事情。无论你做什么事情,你都要停下来预先考虑一下,它会产生什么样的后果。伦纳德,这是一场战争。而你则是这场战争里的士兵"(75)。扮演士兵角色的伦纳德在战后的柏林遵从权威、执行命令,在这个极权主义系统里,一切皆与自由无缘。

如果说伦纳德在隧道的工作不过是机密系统里无足轻重的一环,那么他在与恋人玛丽亚的私人交往中则试图占据主导性的地位,从而确立自己的身份感,增强自信心。伦纳德视玛丽亚为自己的"秘密",同时在玛丽亚面前又不得不保守关于"隧道"的秘密,他往返于隧道和玛丽亚这两个"独立的世界"。"移情"是个体间本真存在相联结的桥梁,且与想象力紧密联系。(Agosta 17)但在特定历史政治语境下,伦纳德对恋人的正常移情能力遭到军事侵略意识形态的腐蚀,其想象力不是把自己置于对方的立场来体察和理解对方的情感和思想,而是充满了二战军事意象,把自己想象成战胜国的士兵,把玛丽亚想象成战败国的士兵,在和玛丽亚的性生活中他充满了实现自己暴力欲望的想象。毫无性爱经验的伦纳德开始还疑虑重重,担心自己的表现逊色,可"当一切疑虑都已消除,当他确信玛利亚是真心喜欢他和需要他,而且她会一直需要他,于是他和她做爱的时候,就开始有了许多他无法排遣的念头。这些念头很快就和他的欲念结合为一,变得无法分开了。这些荒唐的幻想每次都越来越真切,每次都在继续增添……"(138)他感觉自己已经无法排斥这些念头,于是

> 在他第三次或者第四次产生这种念头的时候,它以一个简单的意识开始了。他看着他下面的玛利亚——她正闭着眼睛——想起她是一个德国人。这个概念毕竟还没有失去它的那些涵义。他又回想起她刚到柏林的那一天的情景。德国。敌人。死敌。打败的敌人。最后这个念头使他心里涌起一阵狂喜……然后,她就是那个被打败了的人,他有占有她的权利——由于征服,由于难以想象的暴力和英勇的行为和牺牲才获得的权利。多么得意啊!这是权利,是胜利后被奖赏的权利……他体格强健,孔武有力。他干得更快,更猛烈——他几乎在她身上蹦跳不已。他是个胜利者,他又好又强壮又自由。(139)

伦纳德在幻想中构筑并满足自己作为军事征服者的权利欲望,这个普普通通的二战盟国的公民在性爱过程中满脑子充斥着二战军事意象。他将爱人想象成被打败的敌人,而自己是胜利的征服者,理所当然地占有和享用作为战利品的玛丽亚。可见,浸染于"冷战"意识形态的伦纳德,他原本正常的移情能力在暴力军事权威的

影响下遭到腐蚀,其存在状态陷入巴伦所说的"我"的模式中,他和玛丽亚的关系则处于布伯所描述的"我-它"存在状态,玛丽亚已经演变成了满足他荒诞的军事统治欲望的物件对象。遭遇移情腐蚀的伦纳德在病理性的幻想中颠覆了和恋人之间和谐的性爱伦理,在暴力欲望的驱使下逐步陷入性爱伦理的混乱中。

伦纳德原本天性内敛、单纯;长他 5 岁的玛丽亚则成熟、主动,甚至还充当他的性爱向导。伦纳德深知,在他们的爱情世界里,玛丽亚与战败国意象毫无关联。他理智的时候意识到自己欲念的荒诞性:

> 他想起了这些概念的涵义,他觉得有点窘迫,他就把它们推在一边,不去多想。这些念头和他谦和的天性并不相容,它们触犯了他什么算是合乎情理的观念。你只要对她看上一眼,就会知道玛利亚身上根本没有什么地方给人打败过。她由于欧洲战争而被解放了,不是被摧毁了。而且至少在他们的欢爱里,她不是他的向导吗?(139)

伦纳德尽管深知自己暴力欲望的幻想与自己理性的一面相冲突,他没有将自己的幻想遏制于理性的伦理限度内;相反,他作为暴力欲望主体,对欲望客体的征服性幻想逐步升级,并且企图将幻想演绎成现实。幻想中他竭力展示自己权力的强大和玛丽亚作为欲望客体在自己掌控和征服下的绝望无助,"这一次由于征服了她而把她占为己有,而且,她对此无可奈何……她是他的。她无计可施。她永远逃不了……"(139)最后,伦纳德的头脑里形成了一个更加富于戏剧效果的幻想,它概括了所有他以前想到的那些幻想的要点,"是的,她被打败了,被征服了,他有权占有她,她逃不了,而现在,他是一个士兵,疲惫,伤痕累累,鲜血淋漓——可依然斗志旺盛,富于英雄气概,并未失去战斗力。他俘虏了这个女人,并且在强逼她。她对他则又怕又崇拜,不敢有所违拗……"(140)伦纳德的想象过程淋漓尽致地展示了他侵略性的军事征服欲望。这种病理性想象搁置了想象他人情感和处境的移情性想象力,使他从暴力欲望的想象中获得征服他者的快感。而且,他已不满足于仅沉溺于暴力幻想之中,他最终需要的是在现实中实现暴力的征服欲望并得到玛丽亚的认可。"他独自一个人的演出变得对他不够刺激了,他需要他们两个相互配合,真人真事,不是幻想。"(141)如果说在《只爱陌生人》中罗伯特的暴力欲望在他者身上轻易得到了回应和实现①,那么在《无辜者》中伦纳德的暴力欲望则在恋人玛丽亚身上受挫,并付出了险些失去爱情的沉重代价。在玛丽亚的住处,伦纳德欲对她实施强暴的企图止于玛丽亚平静的驱逐令中,"我要你离开。我要你回家去"(145)。伦纳德放弃了行动,四周陷入沉寂,"这不公平——这无言的谴责不公平。他向着一个想象中的法庭提出了申诉。如果这并不只是一场闹着玩儿的游戏的话,如果他存心想要伤害她的话,他就不会像刚才那样,一看见她那么紧张就马上煞住……他在对她生气而且迫不及待地想要得到她的原谅。可是他说不出口来……"(146)伦纳德没有反省自己的暴力行为,相反,他为自己的行为寻求开脱责任的托词。伦纳德脑海里闪过一辆童年时候靠发条开动的机车玩具。他用发条太紧而断裂的意象来隐喻和玛丽亚之间暂时的疏离,试图以纯真的童年玩具意象来粉饰并淡化自己暴力行为给恋人造成的伤害。与之相对照,伦纳德的暴力企图勾起玛丽亚沉重的创伤记忆。玛丽亚回忆起十年前在柏林沦陷后目击一名五十来岁的受伤妇女被一名俄国士兵当众奸淫的创痛情景。从玛丽亚的创伤回忆,读者可以管窥暴力历史期间普通个体所遭受的暴力和承受的创痛。伦纳德的暴

---

① 在《只爱陌生人》中,罗伯特是性虐待狂,他残忍地对待他的妻子卡罗琳,但是卡罗琳在被虐待中获得了愉悦,因此在妻子身上罗伯特轻易地实现了自己暴力虐待的欲望。当玛丽和情人柯林来到罗伯特所居住的城市度假,罗伯特夫妇把施虐-受虐的冲动转移到柯林身上,将他谋害。但是柯林的人性深处似乎也藏有受虐的欲望,于是在柯林身上罗伯特夫妇轻易地实现了残暴的欲望。

力欲望和企图摧毁了他和玛丽亚之间原本美好的爱情。

置身于"冷战"时期的伦纳德,在军事侵略意识形态下遭遇移情腐蚀,原本性情温和的他在病理性的想象中将情人物化成实现自己军事征服欲望的物件对象,展露出人性的暴虐和残忍。如果说伦纳德的暴力欲望在恋人玛丽亚身上的投射止于她的反抗以及伦纳德及时的理性反思,那么后来在玛丽亚居所和其前夫争斗并将他杀害、肢解其尸体的过程中,伦纳德身上潜伏的残暴人性则展示至极致,这恰是小说呈现他残忍人性的高潮部分。在这之前,还有个细节也揭示了伦纳德在遭遇移情腐蚀后产生暴力冲动。玛丽亚和伦纳德之间产生矛盾后,玛丽亚住回到位于苏联人管辖区的父母家。在葛拉斯看来,玛丽亚行踪可疑——先是在舞会派对上主动吸引伦纳德的注意,使伦纳德深陷情网进而两人同居,最后又回到苏联辖区——怀疑她是苏联方的间谍,坚持要调查玛丽亚的身份。伦纳德和玛丽亚之间的私人生活受到了"冷战"政治的侵袭。伦纳德心头涌起仇恨的情绪,经历了短暂的移情腐蚀,进而关闭了对他人的移情能力,产生暴力攻击对方的复仇欲望:"伦纳德在一刹那间把葛拉斯恨得什么似的,想象自己会用双手揪住他的胡须,把它连他脸上的皮肉都一起拔下来,再把这一堆又红又黑的玩意儿丢在地板上,在它上面狠狠地踩上几脚。"(161)此处伦纳德遭遇移情腐蚀后所产生的暴力冲动还仅仅停留在想象中,他转身离开了葛拉斯。后来他打死玛丽亚前夫奥托并将其碎尸的全过程则从行动上展示了残暴人性所企及的极端程度。葛拉斯是伦纳德所艳羡的代表强势权力系统的美国人;奥托,一个柏林的酒鬼无赖,在伦纳德眼里不过是战败国的化身。尽管伦纳德在与这两人的交往中都经历了移情腐蚀而产生暴力冲动,但由于在"冷战"意识形态下他们呼应完全不同的军事角色,伦纳德的暴力冲动也就以截然不同的方式而终结:面对葛拉斯,伦纳德仅仅在想象中暴力攻击对方;面对奥托,伦纳德则极其残忍地展现了暴力行为。

在访谈中,麦克尤恩表明"在《无辜者》中一名普通的男子陷入困境并变得极其残暴。主人公的脑子里充斥了二战意象。我想展示该男子所能达到的残忍程度——他将尸体的解剖比作对城市的分割——即饱受炮火侵略的战后柏林"（McEwan, *Conversations* 56）。在玛丽亚住处，伦纳德出于自卫打死了奥托。后因惧怕坐牢，伦纳德在玛丽亚的诱导下肢解奥托的尸体以便放入箱子转移出去。伦纳德与奥托争斗还没开始时，叙事人就从伦纳德的视角用"纯粹战事、枪战的术语"（McEwan, *Conversations* 63），描述玛丽亚和奥托的争吵："这是一场由来已久的战争，在交战双方猛烈的炮火里面，他只听得出那些动词，它们被堆在节奏断断续续的句子末尾，就像一些射程过远而发挥不出原有威力的弹药似的……"（261）在打死奥托并肢解其尸体后，伦纳德在意识里冷静地使用军事外交辞令，将奥托的尸体想象成他行使军事使命的战场。对于他来说，处置奥托不过是去毁灭一个城市而已，发现"现在，留在桌子上的已经不是什么人了。它成了一个战场。它只是伦纳德奉命去毁灭的一个城市而已"（298）。麦克尤恩也指出，伦纳德看着被自己肢解的奥托恰如"具有明确目标的轰炸手在看自己的轰炸目标"（McEwan, *Conversations* 63）。他因此理直气壮地完成使命。可见，特定的历史政治背景下，遭遇移情腐蚀的伦纳德将他人物化为与二战军事意象紧密联系的非人的对象，显露出人性里潜藏的残暴面。

　　麦克尤恩不仅展示了普通个体伦纳德遭遇移情腐蚀后所表现出来的残暴人性，也批判了政治暴力的残暴行径。"冷战"时期的柏林遭遇英、美、苏各国的侵占，麦克尤恩"用碎尸情景创造了概念性的隐喻，即把伦纳德对奥托尸体的处置比作小说里的身体政治：'冷战'时期的柏林。该小说不仅呈现伦纳德对奥托施加的暴力，也是关于施加于社群的政治暴力"（Ledbetter 91）。在该隐喻中，麦克尤恩把对普通个体残暴人性的探究融于对"冷战"时期政治暴力的批判之中。

　　麦克尤恩通过描摹个体的暴力人性来书写宏大的欧洲暴力历

史。在 1990 年的一次访谈里,麦克尤恩谈到,《无辜者》通过展示打斗、碎尸情节所蕴含的暴力,意在向读者表明"我们身处欧洲世纪之末,两次世界大战以及大屠杀等极端恐怖的暴力事件充斥了欧洲的社会记忆"(McEwan, *Conversations* 64)。关于伦纳德拎着装有奥托被肢解尸体的箱子行走在柏林街头的形象,麦克尤恩解释说"背负箱子的伦纳德背负着记忆——不仅仅是字面意义上的记忆,也指隐喻意义上的记忆。欧洲人都背负着这样的箱子,几乎所有的欧洲生命都受到战争及围绕战争迁移的影响而发生巨大的嬗变"(McEwan, *Conversations* 64)。在麦克尤恩看来,作家有责任记忆和书写 20 世纪欧洲残暴历史,并试图在普通个体身上映现暴力的极端程度。通过描摹负载暴力记忆的个体身影,麦克尤恩企图书写欧洲集体暴力历史。装有奥托尸体的箱子最终被送达象征"冷战"局势的隧道。对于该细节的隐喻含义,麦克尤恩是这样阐释的:

> 这意味着完成了一个循环,表明对暴力姿态的冻结反而把其所遏制的暴力吸回自身。那些箱子被送回隧道就好像事物被吸回自身之中。因此,不管怎样,将"冷战"前导致五六千万甚或七八千万人不仅在战斗中而且在集体大屠杀或这个世纪前前后后其他各类屠杀中死亡的"热战"吸回"冷战"、把"冷战"看成冻结行为中的暴力显得非常重要。(McEwan, *Conversations* 64)

"热战"后的"冷战"具有冻结暴力的重要功能。伦纳德将装有奥托尸体的箱子带回到象征"冷战"的隧道,这也就意味着他把施加于他人的暴力暂时冻结了起来。麦克尤恩用伦纳德个体冻结暴力的行为隐喻"冷战"时期各个政治实体暂时冻结暴力的意图。然而令麦克尤恩忧虑的是,"冷战"结束后象征暴力的幽灵又会回来。他列举了"冷战"后欧洲出现的诸如法国反犹太主义、一些动乱、民族仇恨引起的纷争等暴力事件。他指出，"我们的确具有毁灭的本性，这与辉煌的欧洲文明形成了鲜明的对照"（McEwan, *Conversations* 64）。在麦克尤恩看来，人类必须承认、直面人性的残暴成分，从暴力历史中吸取教训才能逐步完善人性，走向和平的未来。

伦纳德向苏联人出卖了有关隧道的情报，希望以此掩盖自己杀人并碎尸的罪行。具有讽刺意味的是，苏联早已知道隧道的秘密，双重间谍布莱克抢先通知了苏联。伦纳德清醒地意识到自己的罪行——背叛祖国、杀人和肢解尸体。可是，在他想象的法庭上，他义正词严地为自己的每一项罪过辩护，口口声声称自己是无辜的。伦纳德在特定处境下经历了移情腐蚀，将他人物化成非人的军事意象，对之施以残暴的行为，从一名单纯、内敛的普通青年演变为极其残暴的人；在丧失纯真的过程中，他遭遇了道德伦理主体的丧失而陷入伦理混乱。麦克尤恩揭示伦纳德丧失纯真的过程也隐喻"冷战"时期各个国际政治实体诉诸军事暴力、拒斥任何人类行为规范的本质。历史上的"金子工程"是美国联合英国对付苏联的谍报系统，该隧道的建立以及盗取苏联情报之目的早就很明确，苏联甚至在隧道建立之前就已经获悉相关情报，只是为了保护相关谍报人员的安全而迟迟没有公开。美国著名的"冷战"理论家加特霍夫（Raymond L. Garthoff）转引"冷战"期间一位美国情报官员的观点来概述"冷战"哲学：

> 现在，显而易见的是，我们面对的是一个公开宣称其目的是不惜代价、不择手段统治世界的死敌。在这场游戏中没有规则可言。一切迄今为止可以接受的人类行为规范都不适用。如果美国要生存下去，那么必须发展有效的间谍和反间谍机构，必须学会使用比敌人更聪明、更先进、更有效的办法去颠覆、破坏和消灭我们的敌人。（加特霍夫 401）

可见，"冷战"意识形态下各个政治联盟从来就没有遵守过合乎人类行为的规则，从来就没有过纯真；在你死我活的敌对状态下，仇恨和报复的腐蚀情绪也腐蚀着卷入其中的普通个体的移情能力。在"金子工程"之后，"他们更倾向于诉诸违反国家、国际法律的手段，包括在和平时期使用武力与暴力"（Martin 59‑60）。麦克尤恩也曾援引戴高乐将军的话，"对于国家和政府而言，没有道德，因此也就没有纯真可言"（McEwan, *Conversations* 62）；在麦克尤恩看来，国家、政府的行为都是出于自我利益。

麦克尤恩强调暴力历史在个体层面的体现，呈现暴力历史风云变幻中普通人的命运。伦纳德和玛丽亚经历暴力事件后最终没有结合，玛丽亚后来同葛拉斯结婚并在婚后去了美国。在小说的尾声部分，1987 年 6 月 67 岁的伦纳德重新回到故地柏林，怀中揣着寡居的玛丽亚从美国寄来的信件。玛丽亚的来信只字未提两人共同经历的暴力事件。相反，她用童年来比喻与伦纳德在一起的美好记忆，向伦纳德澄清了许多当年被他误解的事情的真相，希望与伦纳德重拾旧爱，恢复往昔。虽然玛丽亚的记忆有粉饰暴力历史的企图，但她试图与伦纳德重新建立情感联结的愿望是真实的。伦纳德和玛丽亚这对情侣在"冷战"期间经历暴力历史而分离开来，他们还有可能恢复昔日的情感吗？小说没有明确给出答案。麦克尤恩曾谈到，1989 年象征"冷战"结束的柏林墙倒塌后不久，他去了柏林，面对柏林墙的拆毁他体验了一种矛盾的情感，既感到欢欣鼓舞，同时也有一种极其强烈的挥霍感，他希望小说《无辜者》能捕捉这种感觉，所以没有简单地安排伦纳德和玛丽亚团聚。他试图让小说传达这种双重的感觉：又苦又甜的感觉。伦纳德最终走过来了，明白自己当年错怪了玛丽亚，识别了很多真相也吸取了教训。但是光阴荏苒，伦纳德已经 67 岁了。麦克尤恩类比说，在他看来，柏林墙的倒塌也是如此，不仅仅令人感到纯粹的欢欣，在那一刻你也感到整整一代人，甚至两代人已经挥霍了光阴、错过了时机。（McEwan, *Conversations* 63）在此，麦克尤恩批判"冷战"政治的荒诞和徒劳，无数普通个体卷入其中，付出了沉重的代价。因此，从某种程度上说,伦纳德和玛丽亚这两个普通的个体也是"冷战"时代的牺牲品。如果不是置身于特定的政治历史语境,伦纳德这位普通而内敛的英伦青年不会遭遇移情腐蚀而呈现出暴虐的人性,他们的爱情在彼此之间正常移情的滋养下可能会结出丰硕的果实。

在某种程度上,我们从伦纳德这位普通个体的身上能管窥背负暴力社会记忆的欧洲历史。麦克尤恩从细微的个体层面书写宏大的欧洲暴力历史,他既揭示人性里潜存的暴力冲动,也批判"冷战"政治意识形态、军事暴力对普通个体的移情腐蚀作用。麦克尤恩剖析伦纳德遭遇移情腐蚀而呈现人性残暴的过程是重新审视和反思欧洲暴力历史的过程。在他看来,我们只有直面暴力的社会历史、承认人性的残暴层面才能从暴力历史中吸取教训,克服残暴人性的阴暗面,走向和平的未来。

第二节　大屠杀后移情的脆弱性

在《无辜者》中麦克尤恩呈现了"冷战"时期普通个体经历移情腐蚀并展露残暴人性的过程,1992 年出版的《黑犬》则探究了大屠杀后人类表现出来的移情脆弱性。尽管"《黑犬》并不是严格意义上的关于大屠杀事件的小说"(Sicher 192),读者依然能强烈地感受到弥漫于文本的大屠杀的阴影。黑犬的象征意义、叙事人和詹妮参观波兰集中营的细节以及贯穿文本的暴力片段都间接或直接地指向了大屠杀事件。

作为现代史上的极端暴力事件,"大屠杀逾越了文化禁忌,侵犯了基本人权和人的价值;因此,对大屠杀进行历史记忆并将之呈现为'文明肌肤'的异常疤痕和'分水岭'也就具有警示后代的重要意义"(Heiler 243)。然而,学界对于该以何种方式记忆、再现和阐释大屠杀颇有争议。拉凯普拉(Dominick LaCapra)把大屠杀称作是"具有限度的事件"(limiting event),指出该事件向人们揭示了再现历史的传统方法的局限性,质疑了用传统方法呈现历史上大屠杀事件的可能性。(Friedlander 110)鉴于传统历史书写方式对于呈现大屠杀事件的局限性,不少学者试图以类比的方式在大屠杀和其他暴力历史事件之间建立联系,并将大屠杀事件神秘化。针对该做法,历史学家鲍尔(Yehuda Bauer)在《历史视角下的大屠杀》(*The Holocaust in Historical Perspective*)中指出:这种实践对有关大屠杀的历史和哲学著作来说是潜在的陷阱,"清楚地存有这样的危险,即逃离纳粹政体及其后果进入杂乱而只具有普通意义的人文主义。于是,所有的迫害都成了大屠杀,对邪恶进行的空泛而没有意义的谴责则在自我和真实之间构筑了一道屏障。我们对这种逃避行为应该予以抗击"(Bauer 3)。

鲍尔认为将大屠杀事件神秘化和历史化是一种逃避行为,并不能揭示大屠杀事件本身具有的警示意义。达维多维奇(Lucy Dawidowicz)对于将大屠杀用作隐喻和类比来说明其他历史事件以及人类境况的本质面貌的做法也曾给予过批判:"把奥斯维辛看成邪恶的普遍范式,实际上是否认德国独裁政府杀害犹太人的独特意图这一历史现实。"(Dawidowicz 15)达维多维奇认为,人们在将奥斯维辛与其他残暴事件进行类比的过程中,否认了奥斯维辛事件的独特性以及那些受害的犹太人的存在。鲍尔进一步分析了为什么历史学家和学者们倾向于将奥斯维辛事件置于更广大的历史框架来做类比,以逃避大屠杀事件本身指涉的残酷现实。在他看来,这种以回避的方式来理解大屠杀的做法源于大屠杀事件本身的性质,"该事件具有如此巨大的维度,使得普通人的心灵不能够承受它。因此,自然会逃避它,否认它,将之简化为我们在实际经验中能应付的形态和规模"(Bauer 30)。尽管鲍尔能理解这种回避的方式,但是他批判该做法,认为一旦将大屠杀事件象征化、神秘化或讽喻化,则会剥离了事件本身的独特性和特殊性,从而丧失对那些受害者应持有的正义感,不能从该历史事件中吸取教训。

　　那么,该怎样再现和历史化大屠杀? 这是很多历史学家所困惑的问题。在关于大屠杀表征问题的论文集《追问表征的极限:"纳粹及终极解决方案"》(*Probing the Limits of Representation: "Nazism and the Final Solution"*)的引言里,著名的大屠杀研究历史学家弗里德兰德(Saul Friedlander)提议,或许可以借用艺术和文学中对大屠杀的描写,来抵制历史学家以类比或令心灵麻木的历史细节或脚注等方式湮没该历史事件的做法。但对大屠杀的艺术表征他提出了警示性的建议,表明讽喻的模式可能会消减恐怖的程度并隐去事件的特定性,太赤裸和生动的暴力描写可能刺激读者的暴力欲和淫欲。为此,他提出了一种介于这两个极端之间的再现方式:"排除直截了当的文献现实主义……使用某种暗指式或保持距离的现实主义。赤裸裸的现实摆在那儿,但是通过记忆、空间移位、不加言说的叙事空白等过滤器来审视现实。"(Friedlander 17)弗里德兰德所倡导的是虚构和历史传记的融合,既保持与现实主义、文献资料的联系,也使用文学再现的虚构技巧和手法。拉凯普拉也持有相似观点,认为传统的历史书写技巧在处理像大屠杀这样的"限度事件"时具有不充分性,需要重新考量历史传记的书写要求。(Friedlander 110)拉凯普拉不仅质疑传统历史传记技巧的充分性,而且指出需要其他种类的话语和认识模式来给予补充。

　　弗里德兰德和拉凯普拉所倡导的大屠杀表征方式是以文学虚构叙事和历史传记相结合的形式。这种再现模式在大屠杀事件和其他暴力事件之间进行间接的类比而不削弱大屠杀事件的独一无二性,进而彰显了虚构叙事相较于传统历史现实主义的优势。詹姆斯·马丁·朗认为麦克尤恩在《黑犬》中尝试的正是弗里德兰德和拉凯普拉所倡导的一种保持距离的现实主义再现方式。(Lang 237)笔者赞同朗的观点。无独有偶,弗里德兰德和拉凯普拉提倡的这种大屠杀表征方式也契合赫勒(Lars Heiler)针对大屠杀再现所说的"审美逾越"方式（aesthetic transgressions）①，即不以传统的现实主义而采用创新的叙事手法来表征大屠杀。赫勒认为，大屠杀表征的困难性已是学界的共识。一方面，有风险将受害者的灾难变成奇观，或将之贬低或没有反应出残暴行为的总体规模；另一方面，大屠杀通常被认为是前所未有的事件，很难以传统的艺术方式再现，于是在艺术表征的时候需要转向"间接表征的方式，即接近抽象油画所使用的抽象法但并不影响其表征目的以及对讽喻、寓言、超现实主义和模糊传统文类等策略的使用，对传统文类的模糊不仅是以破坏样式为目的，而且也是为了结合各样式中原本彼此并不相干的各个元素"（转引自 Heiler 244）。

赫勒指出，麦克尤恩的《黑犬》、马丁·艾米斯的《时间之箭》和D.M.托马斯的《白色旅馆》等当代英国小说正是以审美逾越的形式重新书写不可理解的大屠杀历史事件。赫勒认同伯里·朗（Berel Lang）提出的"以大屠杀为写作对象的作品既需要审美理由也需要道德理由"的观点（转引自 Heiler 244），并论及这几部当代英国小说的审美逾越如何对叙事所具有的伦理维度产生影响。笔者在詹姆斯·马丁·朗和赫勒对《黑犬》探讨的基础上引入移情视阈，进一步探究《黑犬》对大屠杀事件的间接再现及该小说所体现的对大屠杀后人类移情脆弱性的表征。

具有审美逾越特征的《黑犬》虽然具有现实主义再现的元素，但并非是传统意义上的线性叙述。它主要由四部分组成：第一部分设置于1987年，由叙事人杰里米介绍岳父母结婚后长期以来的情感疏离和不同的价值取向，并以此为起始点希望为身患绝症的

---

① 赫勒这里所说的审美逾越（aesthetic transgressions），指作为20世纪人类巨大创伤的大屠杀历史事件，史无前例，令人难以理解，因此艺术家试图再现大屠杀历史事件的时候，不可能以传统的艺术形式来表征大屠杀事件，必须以一些逾越传统艺术再现方式的形式来再现大屠杀事件，故称为审美逾越。参见 "The Holocaust and Aesthetic Transgression in Contemporary British Fiction" in *Taboo and Transgression in British Literature from the Renaissance to the Present*. Eds. Stefan Horlacher, Stefan Glomb, and Lars Heiler. New York: Palgrave Macmillan, 2010, pp. 243 - 256.

岳母书写回忆录;第二部分杰里米叙述自己陪同岳父前往柏林见证柏林墙的倒塌;第三部分杰里米叙述自己在 1981 年访问波兰时如何结识未来的妻子詹妮并一起参观卢布林集中营的过程;第四部分呈现杰里米为岳母撰写的回忆录,主要记叙岳母于 1946 年在法国度蜜月途中遭遇黑犬的经历如何成为她转向神秘主义信仰的主要原因。反复出现的黑犬意象将这四部分串联起来。

麦克尤恩将黑犬的隐喻性意义置于非线性的不确定的叙述中,这就要求读者主动参与到文本中来推断其具体涵义。读者能确定的是叙事人岳母琼于 1946 年在法国度蜜月的途中遭遇了三只黑犬的袭击,惊恐中的琼最终战胜黑犬并得以脱险。这次遭遇对琼而言是她人生的转折点,动摇了她业已形成的个体身份和政治身份。之后,她退出了共产党,与丈夫产生分歧并独自隐居法国多年。遭遇黑犬的经历之所以带给琼如此巨大的影响,是与她从当地旅店主人奥利亚克夫人处获悉的黑犬信息密切相关。这些黑犬并非普通的狗,它们是当年纳粹进驻该村时用来恐吓群众但后来窜逃在外的野狗。叙述中,琼回忆当晚在奥利亚克夫人处获悉村长有关盖世太保进驻村落时带来一群狗的讲述是确定的,可村长关于盖世太保训练狗的真正用途以及有关受害妇女贝尔特朗夫人的讲述却充满了悬疑、争议和不确定性因素,"……不管我所说的这一切如何,1944 年 4 月发生的那些事令我毛骨悚然"[1](205 -206)。村长讲述了贝尔特朗夫人当年的创伤经历,其讲述立即遭到奥利亚克夫人的质疑和打断,但村长执意继续讲述。奥利亚克夫人赶紧给琼解释:"她被盖世太保强奸了。对不起,夫人。"村长却立即驳斥了奥利亚克夫人的解释,"当时我们也都是这么想的。"村长不顾奥利亚克夫人的阻止继续其讲述,"强奸她的并不是盖世太保。他们用……""您必须明白,夫人……索维兄弟俩透过玻璃

---

[1]　引文出自郭国良的译本。伊恩·麦克尤恩:《黑犬》,郭国良译,上海:上海译林出版社,2010 年。文中标注页码为中文版页码。

窗看到了一切……而且我们后来也听说,在里昂和巴黎的审讯室里,这样的事情也发生过。事实很简单,动物可以被训练……"(207)读者从村长并不连贯、不完整的讲述里能推断出惊恐骇人的事实:盖世太保训练狗来强奸妇女,村里的贝尔特朗夫人是受害者。

如果说村长断断续续的讲述揭示了纳粹的极端邪恶和非人的残暴行径,奥利亚克夫人对其简单事实的最终质疑和颠覆,则令读者重新陷入了到底什么是历史真相的伦理思考。她说:

> 简单的事实? 我才是这个村子里唯一了解达尼埃尔的人,我会告诉你们什么是简单的事实! 简单的事实就是:索维兄弟是一对醉鬼,而你和你的亲信讨厌达尼埃尔·贝尔特朗,因为她长得漂亮,又一个人住,而且她自认为不欠你们任何人一个解释。当这件可怕的事情发生在她身上时,你帮助她反抗盖世太保了吗? 没有,你站在了他们那边。你用这个故事,这个罪恶的故事,加重了她的耻辱。你们所有人,都宁愿相信两个醉鬼们的话。它给了你们很多乐子,对达尼埃尔而言则是更多的羞辱。你们无法闭嘴。你们把这可怜的女人赶出了村庄,但是她比你们所有人更有价值,而且该羞愧的人是你们,是你们所有人。(208)

奥利亚克夫人对村长讲述的质疑和批判披露了村长在讲述有关受害妇女故事时所藏匿的阴暗心理,他从罪恶的故事里寻求羞辱受害者的乐趣。他和村里其他男人并没有移情关切受害妇女的痛苦并予以同情;相反,他们却暴露出与加害者盖世太保共谋的邪恶心理,他们执意羞辱并加重受害妇女的痛苦。那位受害妇女最终没有在这个移情脆弱的社群里继续生活,而是离开了该村落。麦克尤恩这段有关狗的并不确定的历史叙述既揭示了纳粹灭绝人性的暴行,也披露了群体在纳粹猖獗时期所表现出来的移情脆弱性,作为社群之首的村长竟潜藏着与盖世太保共谋的邪恶心理。如此看来,黑犬在琼和读者眼中不仅隐喻了纳粹灭绝人性的恐怖与邪恶,也指向人类内心深处的阴暗暴力面。正是透视了人性阴暗的暴力面,琼遭遇黑犬的经历才成为她人生的转折点。之后,她隐居法国多年以期从精神上寻求慰藉。

移情的脆弱性不仅体现于纳粹猖獗时期这位法国乡村村长以及该社群的其他男人身上,叙事人杰里米在参观纳粹集中营的过程中也证实了大屠杀后人类移情的脆弱性。小说第三部分中叙述人杰里米参观波兰卢布林集中营的经历,揭示了当代人在直面大屠杀历史时暴露出来的移情脆弱性。迪恩(Carolyn J. Dean)在《大屠杀之后移情的脆弱性》(*The Fragility of Empathy after the Holocaust*)中诊断了移情脆弱性这一对不幸人群表现出漠然、麻木而不是有意义的移情关切的社会问题。她指出,20世纪的人们在了解太多的人性残酷事件之后"心灵变得厌倦和麻木"(Dean 1)。历史学家库西尔(Tony Kusher)在论述对大屠杀的关注时说,"大屠杀作为一自足的实体,在20世纪60年代以前还未进入西方社会普通人的意识或记忆"(Kusher 139)。20世纪60年代以后,学界对第二次世界大战的讨论从泛泛而谈的战争犯罪转移到欧洲犹太人的灭绝以及更广泛意义上的大屠杀,而"践踏人性的犯罪"这一新词也由此逐渐普及开来(Dean 4)。1961年阿希曼的审判披露了英美两国在战争中的被动性,暴露了英美盟军在二战期间表现出的道德上的模棱两可性,从而质疑了以往有关盟军正义战胜邪恶的胜利叙事。正是在该语境下,有关移情脆弱性的讨论变得更加具有自觉意识。迪恩认为,对他人命运麻木不仁的探讨已成为亟待系统化探究的文化叙事。有学者从哲学、道德、心理分析等角度观照人们漠视他人命运的问题。迪恩则坚持认为"有关人们麻木问题的讨论是当前大屠杀表征所造成的社会文化和历史的问题"(Dean 4)。《黑犬》中叙事人杰里米参观集中营的经历展示了大屠杀后当代人的移情脆弱性。

在 1981 年随英国代表团访问波兰期间，叙事人杰里米受团里唯一女成员詹妮的邀请一起去参观集中营。杰里米坦承自己曾参观过贝尔森的集中营，自觉地意识到对集中营的"第一次参观是一种必要的教育，第二次再去就成病态了"（127）。此处的"病态"含有满足某种窥视欲的意蕴。即便如此，杰里米还是欣然应允詹妮的陪同要求，给自己一次体验"病态"的机会。集中营所在地马伊达内克距离城市卢布林非常近，然而当年就是这个毗邻城市文明的集中营"吞噬了占全城总人口四分之三的所有犹太人"（130）。杰里米和詹妮驻足集中营大门口，读着标识牌上的文字："有数十万的波兰人、立陶宛人、俄国人、法国人、英国人和美国人死在这里"（130）。詹妮的低声耳语是她对集中营的第一反应："根本没有提到犹太人。看到了吗？ 一切还是老样子，而且还是官方认可的。"然后她又加了一句，更多的是自言自语："黑狗。"（130）杰里米当时尚未知道黑狗的具体指称意义，但从詹妮对集中营标识牌的评论看得出标识牌对犹太人的忽略表明人类并没有从残暴的历史中吸取教训："一切还是老样子"，占全城总人口四分之三的犹太人都在此遇难，官方标识牌对之却只字未提。詹妮所说的"黑狗"有指称人性恶的意味。集中营纪念馆建立的初衷应当是对抗遗忘以纪念在此遇难的受害者，警示后代铭记人类历史上前所未有的、践踏人权和生命的大屠杀暴行。如果说詹妮对标识牌的反应表明她能移情关切在此遇难的犹太人，那么具有官方话语特征的标识牌对犹太受害者的公然遗忘则在某种程度上折射出对邪恶的纵容和默许。杰里米意识到：

> 最后两个字并未引起我的注意。对我而言，即使不去考虑修辞上的夸张，詹妮其他那些话中所残存的真实也足以把马伊达内克在转瞬之间从一座纪念碑、一种民众为了对抗遗忘而采取的令人肃然起敬的手段，变成一种空想的顽疾和现世的危机，一种令人难以察觉的对邪恶的纵容和默许。（131）

这种对邪恶难以察觉的纵容和默许正是大屠杀后人类移情能力脆弱的表征。对大屠杀的纪念原本是为了激起参观者们对所有受害者苦难命运的移情关切，控诉法西斯加害者灭绝人性的罪行以警示后代，从而捍卫生命的尊严。然而官方话语只提及部分受害者，对犹太遇难者的名字却只字未提。人们对那些犹太受害者的遗忘、漠视无疑也就屏蔽了对犹太遇难者的移情关切，在某种程度上纵容了历史上极端暴力的大屠杀事件。叙事人杰里米接下来参观集中营的体验进一步印证了大屠杀后人类移情的脆弱性。

杰里米在集中营逶巡而过，所见所感并没有移情想象在此遇难的那些受害者的不幸际遇。相反，他倾向于认同施害者：

集中营里异常整洁，铺上了一英尺厚的新雪……四处都是棚屋，比我想象的更狭长、更低矮、数量更加庞大，充塞着我们的视野……那座如一艘脏兮兮的、只有一根烟囱的不定期货船的建筑，就是分尸炉……进入一间小棚屋，看到屋内的铁笼里塞满了鞋子，成千上万只那么多，就像被晒干的水果一样压平卷曲着。在另一间棚屋里，鞋子更多，而在第三间里，难以置信的是，数量还要多，已经不用笼子来装了，而是成千地铺散在地板上。我看见一只钉有平头钉的靴子，旁边是一只婴儿鞋，鞋子上温顺的小羊羔图案仍然从尘埃中显露出来。生命变成了廉价的货品。如此庞大的规模，那些可以轻易说出口的数字——几万，几十万，上百万——将幻想中人类高尚的同情心和对苦难的合理掌握统统否定，阴险地将人们诱向迫害者设定的前提：生命是廉价的，不过是堆在一起接受检查的废物。我们继续往前走，我的情感也僵死了……我们只是像游客一样在这里闲逛。要么你来到这里，感到绝望，要么你把手更深地插进口袋里，紧攥住带着体温的零币，发觉你已经距离噩梦的制造者们又近了一步。这是我们无法逃避的耻辱，我们共同承担的悲惨境遇。我们处在另一边，在这里自由

　　地走动，就像从前集中营的司令官或其他政治领导人所做的一样，四处看来看去，心里对出去的路很清楚，并且完全确定下一顿饭正等着我们。（132）

　　杰里米的心理活动表明他一步步走向施暴者而非受害者的认知视角。目睹无以计数的遇难者的鞋子，也就是见证在纳粹暴行下逝去的无数生命。杰里米却没有移情感知受害者的灾难并激起对践踏生命的反人性的纳粹分子的愤恨。他觉得自己的情感"僵死了"。这是迪恩所说的面对他人不幸命运所表现出来的麻木不仁。这种漠然、麻木"挑战了我们的自由理念——即我们能够将自己移情投射到与我们一样分享普通人性的他人身上，无论是陌生人还是邻居"（Dean 5）。杰里米没有移情体验那些遇难者的痛苦，反而承认人类高尚的同情心在此已经泯灭，并认同迫害者将受害者生命视为廉价物件的行凶前提——"生命是廉价的，不过是堆在一起接受检查的废物"。在此，麦克尤恩对杰里米阴暗心理的剖析既曝光了人性中潜藏的暴力阴暗面，也探究了 20 世纪大屠杀后人类移情的脆弱性。杰里米不仅肯定施暴者物化受害者生命的做法，还承认自己此刻仿佛扮演的正是前集中营的司令官、领导人的角色。杰里米在集中营的体验恰似观看暴力情色展演后窥见了自己潜藏至深的暴力倾向和阴暗心理。可见，集中营里受害者遗物的戏剧化呈现没有激起杰里米的同情和惊恐；相反，杰里米情不自禁地对迫害者及规模空前的现代性大屠杀产生了钦佩心理：

　　　　过了一会儿，我再也受不了受害者，我只想着那些迫害他们的人。我们穿行在棚屋中间。它们搭建得这么好，经历了这么长的时间仍保持完整。从每一扇门那里，都有一条整洁干净的小径连接我们走过的道路。在我们前方，棚屋群落一直延伸到很远很远，我无法看到它们排列的尽头。这还只是一排棚屋，只是集中营里的一部分；这里还只是一个集中营，与其他地方的集中营相比，规模还算是小的。我陷入了正邪颠倒的钦佩和阴郁的惊讶反思，建设它们，如此苦心积虑地布置、运作和维护它们，还要从城镇和乡村中征集供它们消耗的活人燃料。如此巨大的精力，如此热忱的奉献。人们怎么可以把它称为一个失误呢？（133）

有评论者认为，杰里米作为虚构人物参观集中营的体验其实是有现实基础的。（Müller-Wood and Carter Wood 51）诺维克在其《大屠杀与美国人的生活》（*The Holocaust and American Life*）一书里对人们是否能从大屠杀事件中吸取"教训"持怀疑态度，指出了人们参观华盛顿大屠杀博物馆后模棱两可的反应，"的确，参观者们得出他们自己的结论、总结出自己的教训。一位'肯定生命'的参观者报道说该展览坚定了她这样的信念：那些漠视人工流产的人们就像那些对犹太人命运熟视无睹的德国人。一位来自天主教教会学校的老师告诉学生，说她在博物馆里思索倘若欧洲的犹太人认同耶稣为弥赛亚，那么上帝会更清楚地听见他们的祈祷。"（转引自Müller-Wood and Carter Wood 51）杰里米就像诺维克所列举的这两名参观者，既不会有意识地支持纳粹主义，也不会否认大屠杀事件。但是，"即便是没有'遗忘'的危险，杰里米和这两位参观者的反应都指向充满焦虑和不安的记忆的过程"（Müller-Wood and Carter Wood 51）。换言之，杰里米以及这两名大屠杀博物馆的参观者尽管没有遗忘大屠杀事件，但他们对大屠杀事件的记忆态度体现了道德上的模棱两可性。依笔者之见，尽管杰里米更多地表现出了对纳粹迫害者的钦佩而不是对受害者的同情，但他自觉地意识到"陷入了正邪颠倒的钦佩和阴郁的惊讶反思"，这表明他最终没有认同纳粹主义。更准确地说，杰里米和诺维克所说的这两名参观者对大屠杀的态度，是当代人们面对大屠杀事件所展示出来的移情脆弱性。他们虽然没有否认大屠杀的历史事实，但是也没有对大屠杀的受害者命运表现出有意义的移情关切。

杰里米参观集中营时所体现的移情脆弱性具有迪恩所说的大屠杀"色情"(holocaust "pornograph")意味。迪恩认为,我们对身体的苦难,尤其是对欧洲犹太人在大屠杀期间所遭受的苦难做出回应的时候表现出了日趋严重的焦虑感和倦怠感,在这种文化语境下,"色情"一词具有特定的文化意义。她指出,不少批评家使用"色情"来描述大屠杀表征的"市场化"现象,即描述将人简化为商品的情形——将脆弱的人们所遭受的最深的重灾难时刻曝光于公众,这无异于让受害者再次蒙受伤害。迪恩注意到,批评家们广泛使用"色情"来指称美国人与大屠杀之间的关系,尤其是用"色情"来描述"适度移情的匮乏"现象。(Dean 16)她指出,1993年美国大屠杀纪念馆开放后,确实存在一些"适度移情的匮乏"的现象。令迪恩感兴趣的并不是研究新的表征技术对原创性和真实性概念的影响,或者媒体是如何影响有关历史和记忆的建构的问题,而是探究"色情"一词是如何被用来理解、表述甚至形塑了我们对"同情的新历史性限度"(the new historical limits on compassion)问题的认识。(Dean 17)迪恩所论及的色情概念涉及从博物馆展览到"大屠杀记忆"的学术讨论等文化领域。(Dean 18)她归纳认为,大屠杀"色情"的内涵包括商业化、施虐性的自以为是、道德麻木和窥淫癖迷恋等这些彼此联系但并没有被明确阐述的内容。(Dean 18-19)《黑犬》的叙事人杰里米在参观集中营的过程中没有表现出对受害者的移情,反而进入迫害者的认知世界,他所表现出来的道德麻木感也就是迪恩所指的适度移情的匮乏。

杰里米的经历也类似于柯尔(Tim Cole)在《出售大屠杀》一书里所描述的他首次赴奥斯维辛的感受:我们是内疚而又正直的观光者,感到内疚的是那种色情感,即几乎有种窥淫癖般的期待。他还引用以色列一位心理学家阅读有关大屠杀叙事后的反应:"阅读让我兴奋起来⋯⋯谋杀事件一桩接一桩⋯⋯我更兴奋了⋯⋯几乎是一种性的快感⋯⋯我继续阅读下一篇谋杀叙事,自己也变成了谋杀者。"(Cole 114)柯尔反复地把自己及第二目击证人(不管是游客、历史学家,还是评论者)描述成窥淫癖者,他们"都以一种绝不拘泥的方式体悟了'潜在的兴奋……甚至强劲意象所表现出的不可抗拒的诱惑'"(转引自 Dean 25)。迪恩指出,现在有不少评论者在描述大屠杀博物馆展览或者对奥斯维辛集中营的访问时都使用"色情的"(pornographic)一词。诸如期待、兴奋和窥淫癖好等,这一切逾越了记忆的尊严性,因为历史事件被剥离了具体的历史语境而被挪用来满足我们的愉悦,不可能产生有意义的移情。(Dean 26)同样,杰里米出发之前就用"病态的"来形容自己的第二次集中营参观之旅,即包含有满足自己愉悦的期待、兴奋之感的意蕴。参观过程中,杰里米通过想象认同迫害者的认知世界,管窥了自己内心深处隐秘的残忍性、与纳粹的共谋性及对他者不幸命运所表现出来的冷漠态度。

杰里米在感受对受害者命运的移情能力削弱的同时却想象地认同了迫害者的心理,这既剖析了他深藏的暴力欲望,也揭示出他对詹妮所生发的暴力征服的隐秘欲望。杰里米对詹妮的征服欲望似乎回应了詹妮急切通过联结他人来寻求安全感的心理需求。她刚刚移情感受了那些集中营遇难者的悲剧性灾难,倍感生命的脆弱和无助,因此渴望通过人与人之间的移情联结来救赎脆弱的生命,"我们就像从长期的监禁中被释放出来一样,对于重新成为这个世界、成为卢布林的平稳的交通高峰里正常生活的一部分而感到兴奋,不知不觉中詹妮挽住了我的手臂……"(135)杰里米坦白自己对性和爱情一向讳莫如深。在那天他的表现却非同寻常,"我在詹妮讲到一半的时候打断了她,亲吻了她,接着我还告诉她,她是我见过的最美丽的女人,在这天余下的时间里,我只想和她做爱"(135)。令杰里米深感意外的是,他竟然得到了詹妮的积极回应,他们在就近的旅馆待了三天,十个月后结了婚。海德认为,杰里米和詹妮之间爱情的绽放是对遗忘暴力历史行为的挑战,小说通过赞美爱情来揭示必须有这种个人层面的善才能战胜"黑犬"。(Head 109)依笔者之见,杰里米在参观集中营过程中流露出阴暗的暴力人性,他和詹妮的结合以大屠杀集中营参观之旅为背景,杰里米也就具有实现暴力征服欲望的意味。貌似美好的爱情潜藏着暴力征服的因素。

如果说杰里米在参观过程中几乎没有对受害者产生移情认同,詹妮则对无数犹太遇难者表现出同情。在集中营的一个小时里,詹妮第一次开口对杰里米说,"1943 年 11 月的一天,德国当局用机枪屠杀了 36000 名卢布林的犹太人。他们让受害者躺在巨大的坟墓里,然后在扬声器放大的舞曲声中屠杀了他们"(134)。两人又谈到大门外那块标识牌上面的遗漏。詹妮还对集中营纪念馆纪念和表征大屠杀的不充分性表示质疑和不满;在自言自语地说了"黑狗"之后,她又在杰里米面前评论说,"德国人帮了他们的忙。即使这里已经没有犹太人了,人们仍然恨他们"(134)。詹妮的评论指向了法西斯纳粹以外无数冷漠的、与纳粹分子共谋的德国人。用米勒的话来说,这是一个问题化的社群。那些与纳粹共谋的德国人,无论是被动的旁观者还是对犹太人怀有民族仇恨情绪的主动共谋者,应该对所发生的大屠杀事件集体承担责任。在此,麦克尤恩通过詹妮之口提出了人类应该对大屠杀承担集体责任的问题。这种"针对反人性犯罪应当承担起集体责任的阐释既包含了历史上的冷漠现象,也包括了我们面对受害者反对他人侵犯的斗争时可能表现出来的冷漠行为"(Dean 78)。如此看来,詹妮针对标识牌遗漏所说的"黑狗",具有人类应当对暴力历史承担集体责任的象征意味。

实际上,黑犬在麦克尤恩笔下具有丰富的多重象征意义,小说中各个人物对其具体指称意义也并不确定。赫勒认为,黑犬"既象征人性的邪恶,也指涉人类无法言说的大屠杀创伤,麦克尤恩并没采用现实主义的手法来借代性地捕捉大屠杀,而是通过盘踞于人物想象里的黑犬隐喻性地呈现大屠杀恐怖事件"(Heiler 244 - 245)。当杰里米询问詹妮"黑狗"的具体指称意义时,她回答说"它是一个家族典故,来自我的母亲"(134)。但是詹妮并没有直截了当地进一步解释，而是欲言又止。詹妮阐释"黑狗"时的迟疑与她父亲阐释黑狗指称意义时的不确定和犹豫颇为相似。1989 年陪同岳父伯纳德在柏林见证柏林墙的倒塌并遭遇光头仔暴力事件后，杰里米询问岳父关于黑狗故事的原委，随后才呈现 1981 年与詹妮一同参观波兰集中营纪念馆的这段回忆。黑狗意象反复出现，成为串联各片断式回忆的有效聚合元素。

尽管黑犬在小说中具有多重象征意义，其反复出现的意象总是和人性残暴面的显现密切相关。从盖世太保训练黑狗来蹂躏无辜女性的暴行到无数犹太人遇难的大屠杀，再到柏林墙倒塌后的新纳粹主义的抬头，在不同的政治情境下人性的残暴显露无遗。小说表明"如果我们简单归咎说是意识形态将暴力强加于现实世界，那么则显得过于天真，因为——文本似乎表明——暴力不过是我们身上的某种共性，它以特定的意识形态的方式表现出来"（Müller-Wood and Carter Wood 52）。更准确地说，在特定的意识形态和政治情境下人们遭遇移情腐蚀，移情能力趋于脆弱或者达到零度的水平，从而将他人物化为非人的对象，并对之表现出极度残忍的暴力行为。

不仅如此，暴力也渗透于杰里米私人生活的各个领域。杰里米外甥女自幼浸染于父母的暴力生活，成人后也具有暴力倾向而不能照顾自己的儿子。杰里米和詹妮的婚恋在参观集中营的背景下具有实现暴力征服欲望的意味。在一家法国餐厅目睹一名无辜儿童在遭遇父母暴力虐待后，杰里米挑战其暴力父亲；在打斗过程中杰里米联想到自己不幸的童年而产生复仇的情绪，险些将对方伤害致死。透过移情的视角，我们看到杰里米在情绪腐蚀下遭遇了巴伦所说的"移情腐蚀"，瞬间屏蔽了移情能力，在暴力袭击对方的过程中已超出了正义防卫的范畴。可见，受害者与迫害者的界限在移情被屏蔽后变得不再清晰，受害方或者捍卫正义的一方也可能转而沦为加害方。

在麦克尤恩笔下，历史与暴力息息相关。在《黑犬》中，"历史被描写成暴力的历史，而暴力则呈现为历史的结构：无论是在动机上（杰里米为过去的痛苦而生发复仇的动机）还是在想象性建构（譬如杰里米在集中营复杂的反应）上，暴力都呈现为历史的形塑结构"（Müller-Wood and Carter Wood 53）。在麦克尤恩看来，20世纪的历史是充斥暴力的历史，我们要直面历史就必须直面暴力，不仅要记忆和反思暴力的历史，还要检视我们人性潜藏的暴力习性。叙事人杰里米在集中营的经历表明个体在审视暴力历史的过程中发现自身也具有潜在的暴力习性和阴暗的暴力欲望。对于小说人物直面自身的暴力冲动和行为是否等同于与暴力、邪恶共谋的问题，评论家们意见不一。在评论《黑犬》时，德瑞兹说"像《黑犬》这样的小说虽然直面了历史怪兽，但并没有把最优秀的洞察力展示出来，因为它也涉嫌与邪恶共谋，具有顺从意识"（Delrez 8）。其他评论家注意到，主张小说人物直面暴力历史的同时坦率地审视自身幽暗的人性，这是道德思想和道德行为的前提条件。"弥漫《黑犬》文本的暴力并不证明麦克尤恩迷恋于残暴和恐怖，这表明麦克尤恩对公共领域与私人领域之间的互动影响颇感兴趣，这也正是麦克尤恩自己所承认的、对个体私人领域和个体所属的公共领域之间张力的兴趣。"（Müller-Wood and Carter Wood 54）杰里米审视自身潜在的暴力倾向和移情脆弱性的同时并没有与邪恶共谋。在他越来越近地捕捉过去、接近历史之际，他对自己亲人的了解也愈加深入，并最终完成了关于岳母的回忆录。杰里米走近历史、想象岳父母过往岁月的过程是移情能力得以发展和增强的过程。当然，该过程也显得很复杂，他不仅与受害者相联系，也想象进入了加害者的视角。这就对读者提出了更高的伦理判断的要求。瑞恩曾这样评价麦克尤恩，认为"他的小说力图动摇我们的道德确定性并挫败我们的信心，即麦克尤恩的小说通过让我们意识到我们参与了我们所阅读的东西而做出判断"（Ryan 206）。《黑犬》中的叙事人杰里米对自己表现出来的移情脆弱性和人性暴力面做出了具有自觉意识的反思和剖析。通过参与这种不确定性质的叙事，读者可以反观自己的行为，反思自己在各种历史情景下可能表现出来的移情能力，进而重新做出道德判断。

　　在某种程度上说，"《黑犬》似乎具有神奇的预见性，质疑了那些对 1989 年后世界的乐观（或者天真）的回应"（Müller-Wood and Carter Wood 56）。现实中的欧洲在经历一体化和平进展的同时，民族主义仇恨和冲突所引发的杀戮乌云仍然萦绕在欧洲上空，暴力历史阴魂不散。德里达指出，"阴魂不散的历史构成了欧洲存在本身的标志"（Derrida 4）。当人们的移情能力趋于脆弱、降到较低的程度甚至趋于零度水平，把与自我相异的不同意识形态、不同种族、不同民族、不同社群的人们看成他者甚至视为非人的物件对象，那么必然出现反人性的残暴行为。麦克尤恩曾说"移情是道德的起点"，自我一旦对他人屏蔽移情也就无道德可言。《黑犬》以审美逾越的形式直面暴力历史，间接呈现对大屠杀的记忆，探究大屠杀后人类移情的脆弱性，犀利地剖析人性潜藏的暴力残忍面。该过程可能显得较为阴暗："《黑犬》可能对人类投以悲观的一瞥，但它的动机不在于渴望惊扰读者，而是为了持续观照或许因此试图掌控我们自身的阴暗面、我们的过去及人类的集体未来。"（Müller-Wood and Carter Wood 56）其实，叙事人杰里米在直面暴力历史、管窥人性暴力阴暗面的同时，最终肯定生命救赎的力量是爱，经历了对他者移情能力增强的过程。可见，小说最终传递出麦克尤恩对人类未来以及人性的肯定。

第三节　战争暴力再现与移情枯竭

　　麦克尤恩在《黑犬》中探究了大屠杀后人类移情的脆弱性，在《赎罪》中则聚焦再现战争暴力以及战场上士兵们遭遇移情枯竭、濒临零度移情并呈现人性残暴的境况。

　　第二次世界大战是麦克尤恩创作中重要的再现图景，这与他

75

的军人家庭背景息息相关。麦克尤恩的父亲曾是一位职业军人，二战爆发后加入英国远征军并在敦刻尔克大撤退中负伤；麦克尤恩母亲的前夫也牺牲于二战。自幼年起，麦克尤恩便浸染于父母有关二战的回忆和故事讲述中。他经常聆听父亲讲述敦刻尔克大撤退时的生动场面，感觉二战构成"整个童年的活生生的现实"（McEwan, *The Imitation Game* 17）。在一次访谈中，麦克尤恩坦言自己是二战阴影下成长起来的一代——"父母关于那场冲突的故事讲述确实占据了我们的童年"；对于二战，他和同辈们感受到"一种没有能在场给予帮助的负罪感，或者与过去有这样一种活生生的联系但无法对之做出解释：我们虽不在现场却总有种在场的感觉，因为那些故事确实塑造了我们的童年；因此，我们这一代应该向亲历战争的父辈们致以敬意，这一点在情感上非常重要"（McEwan, Interview on *World Book Club*）。麦克尤恩的同辈作家如艾米斯、斯威夫特、石黑一雄等也是英国当代文坛很有分量的几位小说家，他们都以自己的方式在创作中再现了对第二次世界大战的记忆。艾米斯在《时间之箭》（*Time's Arrow*, 1991）中以时光倒流的方式呈现了二战中纳粹医生的故事；斯威夫特的小说《糖果店主》（*The Sweet-shop Owner*, 1980）和《羽毛球》（*Shuttlecock*, 1981）中的男主人公们均有参加二战的经历，在生活中都承受着二战创伤的影响；石黑一雄的小说《长日留痕》（*The Remains of the Day*, 1989）以二战为背景并借助琐碎的日常事情映现二战期间的重大历史事件，他的《上海孤儿》（*When We Were Orphans*, 2000）则涉及二战期间日本侵华的那段历史。在作品中，这几位同辈作家都没有直接书写战争暴力。麦克尤恩对战争暴力的再现则表现出极大的兴趣，对战争暴力的生动描摹构成了麦克尤恩二战历史书写的一大特色。

在《赎罪》中，麦克尤恩再现了敦刻尔克大撤退时的场景。他曾说过，他父亲在人生岁月的最后阶段里对敦刻尔克大撤退的经历更加记忆犹新。法国北部一带也曾是第一次世界大战的战场，麦克尤恩祖辈及父辈都曾在这一带浴血奋战过，当年他父亲从敦

刻尔克撤退后在利物浦接受治疗的医院也正是他祖父在 1918 年
受伤后住院治疗之地。因此,《赎罪》关于大撤退这段创伤历史记
忆的呈现既以个人创痛为出发点,也承载了集体记忆的伦理责任。
保罗·吴尔里奥指出,20 世纪上半叶全球冲突中各主要军事国家
所征用军事技术的幅度、威力和速度不断增强,这意味着产生空前
规模的创伤。法国学者达瓦纳(Francoise Davoine)和戈迪利埃尔
(Jean-Max Gaudilliere)在其著作《创伤以外的历史》(*History Beyond
Trauma*)里论证,世界各个地区的很多后辈们继续承受了其父辈和
祖辈在那些巨大的灾难性浪潮中所经历的创伤性巨变。(转引自
Crosthwaite 65)麦克尤恩自幼浸淫于父亲有关大撤退的反复讲述,
父亲辞世前不久还再度追忆那段经历,这表明现代性战争的创伤
性后果不仅在父亲的一生中阴魂不散,麦克尤恩这一代也将继续
承受着父辈所经历的战争创伤的影响。作为亲临战争老兵的下一
代,麦克尤恩认为自己有责任重新想象并再现这段暴力历史。

呈现集体记忆的官方历史大多从正面书写历史事件,往往粉
饰历史事件背后的暴力真相,像敦刻尔克大撤退这样的创伤历史
事件也不例外,民族叙事呈现的多是关于敦刻尔克大撤退奇迹的
辉煌记忆。麦克尤恩对大撤退的历史再现则是另一番景象,战争
暴力下的残酷现实在他笔下被描摹得淋漓尽致。《赎罪》出版后不
久,诺克斯(Jonathan Noakes)采访了麦克尤恩,并提出了有关暴力
再现的问题:"《赎罪》里有些极为生动的暴力细节。一般来说,通
俗文化里暴力描写很常见。那么,在你看来艺术再现暴力和色情
再现暴力的区别是什么?"(McEwan, *Conversations* 87)麦克尤恩清
晰地阐述了两者之间的区别,并就自己书写暴力的方式及意图做
出说明:

> 如果暴力仅仅令读者为之兴奋,那么该暴力描写是色情
> 性的。我本人严肃地书写暴力——这意味着涉及暴力问题我
> 不感情用事——你总是会赋予书写一种探究品质,你所展示

> 的不仅仅是暴力,你从事的是有关暴力的写作。你所展示的无疑是人性里某些共同的东西,你不一定持有某种立场,也不一定总得产生某种道德态度,但在更宏大的规划上你必定使读者对具体情景持某种形式的批判性态度。你书写时总是怀有重要的意图。(McEwan, *Conversations* 87)

麦克尤恩对暴力历史书写的严肃态度由此可见一斑:他以探寻的态度书写暴力,探究人性共有的暴力层面;他所呈现的不仅仅是暴力,而是在写作中对暴力的深层探究;在书写暴力的过程中,他并不简单地表明自己的立场,而是让读者保持批判性的态度。他以《赎罪》里有关战争暴力的描写为例,进一步阐明自己的观点:

> 譬如,如果你像我一样要书写有关敦刻尔克大撤退,你不能回避无数人在撤退中牺牲的事实。但是,我们的民族叙事对该撤退却存有相当甜美的记忆。那么,你要曝光那种情绪化的、敦刻尔克奇迹之说的荒诞性,代之以普通士兵撤退至海滨的真实。我描写敦刻尔克情节所用的很多意象都取自于波斯尼亚冲突。我用该冲突的照片来提醒自己在很大程度上已彼此混杂的士兵和平民们所遭遇的最恐怖的结局。(McEwan, *Conversations* 87–88)

麦克尤恩大胆质疑了官方民族叙事对战争创伤的粉饰,他自己对战争暴力的描写凸显了无数普通士兵在战场伤亡的残酷事实。不带情绪地直面暴力,这是麦克尤恩书写暴力历史的严肃态度。他还就暴力书写的情绪化问题补充了自己的观点:

> 我谈到了滥情的问题,我想这是通俗文化中关于暴力描写反复出现的元素。不论及暴力的后果问题。譬如有人被瓶子伤着头部,他很有可能终身残疾,很有可能失明,因为视觉神

经位于大脑后部。换言之,你得领会此后果,你要像康拉德在其著名的《"水仙号"上的黑水手》(1897)序言里所论及的那样,让你的读者看到这一切。因而,当有人谴责我对暴力的描写太过栩栩如生,我的回应是"嗯,要么你直面暴力,要么你将之情绪化。"如果你要书写暴力,那么你得尽可能展示暴力所致的恐怖程度;如果你仅仅只是想添加点暴力的佐料而已,那样做则没有价值,我对此也毫无兴趣。(McEwan, *Conversations* 87–88)

麦克尤恩不带情绪地书写暴力,在他的笔下,暴力并不充当故事情节的添加剂来吸引读者的眼球。他援引康拉德强调感官直觉在文学表现手段中极具重要性的艺术主张,解释自己生动描摹暴力情景的意图。诚如康拉德所说,"我力图完成的任务是,通过文字的力量,让你听到,让你感觉到——最重要的是让你看到"(McEwan, *Conversations* 88)。通过栩栩如生的暴力书写,麦克尤恩旨在让读者身临其境地看到并感受到现代战争恐怖的、毁灭性的创痛后果。

《赎罪》对敦刻尔克大撤退的描写解构了正统历史叙事。用麦克尤恩的话来说,该小说颠覆了民族叙事里关于敦刻尔克大撤退的甜美记忆。那种英雄化、荣耀化的官方历史叙事往往假借客观历史的声音抹去了创伤历史中普通个体的真实遭遇和感受。在民族叙事里,敦刻尔克大撤退具有重整战斗士气的重要意义:"此时英军虽已遭遇一连串灾难,但这次大撤退行动却大大提高了士气。"(吉尔伯特 159)虽然官方话语也记载了"英军有 68111 人死亡"的事实(吉尔伯特 159),但这些数据却无从具象地反映无数个体所遭受的深重灾难。在创作前,麦克尤恩做了相关研究。他去战争博物馆查阅了那些亲历战争梦魇的士兵们血迹斑斑的日记、信函等,致力于"找寻……我想是事物的情感真实"。麦克尤恩认为,该真实藏匿于"独特的细节",譬如英国远征队成员叙述的这些场景:被摧毁的有马匹、被毁灭的靴子、打字机,甚至《圣经》,"以防这些物资落到德军手头"(McEwan, Interview on *World Book Club*)。

对麦克尤恩来说,像这样的个人化的细节提供了"进入恐怖情感的路径"。同样,"像在《赎罪》这样的虚构叙事里,这些细节给人一种高度的逼真感","如果你能正确处理这些细节,依我之见,余下的则顺理成章"(McEwan, Interview on *World Book Club*)。鉴此,麦克尤恩笔下的敦刻尔克大撤退聚焦了不少让读者进入恐怖情感的逼真细节。战争博物馆老兵们的日记、信函、父亲亲历战争的讲述以及有关二战的纪实作品《无暇浪漫》等均成为麦克尤恩对敦刻尔克大撤退场景进行重新想象的源泉。

逼真的细节在评论界曾引发了争论,这不是因为麦克尤恩对战争的描述不够真实,而是过分真实,从而有"剽窃"的嫌疑。这不仅是麦克尤恩作为作者的责任问题,而且牵涉到他作为《无暇浪漫》的读者的问题。布思提到,读者对作者的责任归根结底可以归纳为一个"简单的要求":不可抄袭。"我的就是我的,你的就是你的,如果我抵制了要从你那里剽窃东西的欲望,那么我就尽到了我对你的责任。"(转引自程锡麟 67)在一些学者看来,麦克尤恩恰恰没有满足这一伦理要求。麦克尤恩对此最终做出了辩解,认为"安德鲁斯所描述的不是一个想象的世界,不是小说,而是我们所共有的现实世界"(McEwan, "An Inspiration, yes. Did I copy from Another Author, No" 48)。很多知名作家,包括玛格丽特·阿特伍德、石黑一雄、马丁·艾米斯、扎迪·史密斯等,也纷纷为麦克尤恩辩护,他们较为一致的观点是:作家在写作小说的时候总是需要调研的,麦克尤恩在《赎罪》中通过调研取得并使用的材料是事实而并非虚构,因而不能算是剽窃。美国作家托马斯·品钦更是不仅为麦克尤恩辩护,而且称赞他"有关闪电战(Blitz)的回忆录提供了必不可少的证据,帮助后代了解那个时代的悲剧和英雄壮举。麦克尤恩先生将其中的一些细节作为其进一步创作的基础,公开反复鸣谢,并清楚、坦诚地解释,这显然不应招致批评而应该获得感激"(转引自 MacCabe 33)。《时代杂志》的文学编辑华格纳(Erica Wagner)干脆质疑原创性本身的可能性,认为"我们可能丧失了一种常识:即文学是一种对话"（Alden 37）。麦克尤恩正是以多元对话的方式想象性建构敦刻尔克大撤退的场景。

　　麦克尤恩笔下的敦刻尔克大撤退书写从亲历战争的特纳的第三人称有限视角展开，这迥异于传统的官方历史叙事。特纳参与大撤退，他的有限视角所折射出的历史现实映现了参与其中的普通个体的命运。从普通个体的视角观看和感知战争暴力对个体所造成的恐怖性后果，以往那些被官方历史话语所遮蔽的真实场景和真实声音便可浮出地表。从个体层面探析暴力及创伤历史对普通个人的冲击，审视集体暴力，尤其是现代战争对人性移情能力的巨大影响，构成了麦克尤恩书写暴力历史的一大特色。《赎罪》第三章从特纳的视角叙述他参加敦刻尔克大撤退过程中的所见所闻。尽管特纳的叙述不乏与恋人之间曾拥有过的温情的回忆片段，整体上却关乎大撤退的惨烈场面。读者跟随特纳的视野，目睹并体察无数生命瞬间逝去时的绝望与无助，深刻领略到现代性战争的残酷性。透过特纳的视角，暴力场景被刻画得淋漓尽致。《赎罪》第二部开篇即是："到处都是令人战栗的惨况"①（167）。接着，该部分从特纳的视角复现了让人畏惧的创伤场面，其残暴程度令人震惊：

　　　　那是什么？是条腿！挂在树上的腿。树是刚长出叶子的悬铃木，腿，是条人腿。插在离地面 20 英尺高的树上第一个树杈间，光秃秃的，从膝盖以下齐齐地斩断。它们附近看不到任何血迹或撕下的皮肉。那是一条完整的腿，苍白而光滑。它那么小，一眼看去就是小孩子的腿……两个下士发出轻蔑的声音以表示厌恶，然后，拾起了他们的行装，他们拒绝为这东西浪费感情。这情形他们过去几天见得够多的了。（168）

---

　　① 引文出自郭国良的译本。伊恩·麦克尤恩：《赎罪》，郭国良译，上海：上海译文出版社，2007 年。文中标注页码为中文版页码。

一般说来,普通人如若目睹他人的苦难会自然地生发关切他人痛苦的移情能力。但是,高度技术化的现代性战争在以空前规模毁灭生命的同时摧毁了在场幸存者的移情能力。目睹惨烈的战争暴力场面之后,特纳与同行的下士非但没有表现出怜悯或悲痛的情感,反而逐渐变得麻木和冷漠,"离开马路后,并不像他想象的那么安全,一个养牛的牧场有十个炮弹坑,方圆一百码内随处可见被炸飞的血肉、骨头和烧焦的皮肤。但大家都陷入沉思,默默无语……"(188)目击太多的残肢、尸体后,特纳他们本能的移情能力已濒临枯竭。不仅如此,战火纷飞中大家唯一的希望是自己能活着。因此,特纳"敌视身边的每一个人。他只关心自己的生存"(190)。可见,特纳处于巴伦所说的"零度移情"水平,仅仅关注自我的利益,似乎是孤立的存在。尽管法国同胞的尸体就在眼前,他故意移开视线的刹那也就屏蔽了自己对他人的移情,"几分钟后,他们经过一个壕沟,里面有五具尸体,三个女人,两个孩子……特纳移开目光,不想让自己受到影响……一旦社会因素消除了,还有什么比这更简单的呢?他是世上唯一的人,他的目的很明确……"(192)特纳唯一关注的是自己的生存,"一位女人尖叫着,随之大火扑向了他们。正在这时,特纳纵身一跃,躲到了那辆整个翻转的货车之下。炮火鼓点般密集地落在车上,连钢结构都被震动了……特纳藏身于前轮底盘的黑暗中……在等待另一架飞机轰炸的过程中,特纳像胎儿般地蜷缩着,抱着头,眼睛紧紧地闭着,渴望生还"(195)。一路上,特纳经历了现代战争对生命的空前的摧毁,本能的对他人的移情能力趋于枯竭。尽管周遭尸横遍野,特纳陷入自我的小世界,只是希望自己能幸免于难。特纳的感受是作为亲临战争的普通士兵的真实感受,他没有任何英雄壮举,无暇顾及他人的利益与安危,他唯一的希望是自己能活着。

尽管在撤退过程中对他人移情能力濒临枯竭,特纳对自己在撤退中所经历的一切进行了有自觉意识的反思。特纳一天藏身谷仓,在入睡前这样反思自己在战场上的这些经历:

> 他想起了睡在床上的法国小男孩,想起了人们把炸弹投向如画风景时的冷漠无情。他们甚至会把一整舱的炸弹砸向铁道旁一个沉睡的村庄,而懒得去想里面究竟是谁。杀戮成了冰冷冷工业中的一环。他目睹了组织严密的英国皇家炮兵部队的辛勤劳碌,他为他们铺设线路的速度、他们的纪律性、他们的操练和日常训练和团队合作精神而自豪。他们从不必想自己行动的后果——一个男孩的骤然消失。(177)

此处,麦克尤恩借特纳的视角反思并批判了现代战争的残酷性。卷入战争的士兵们对他人的移情能力渐趋枯竭,在投放炸弹的瞬间他们冷漠无情,压根儿不去想炸弹所指的目标是有血有肉的人——是和他们自己一样有生命的人,不去想自己的行动吞噬生命的毁灭性后果。正如巴伦所说的,当人屏蔽了对他人的移情能力,不再把他人看成是与自己一样的人类的一员,那么就可能表现出任何残忍的行为。

事实上,卷入战争系统的士兵们已丧失了独立判断的能力,他们不过是在服从权威、履行职责罢了。他们身上体现出来的是美国当代政治哲学家汉娜·阿伦特(Hannah Arendt)所说的"平庸的恶"①。阿伦特在观看了对纳粹头目之一阿道夫·艾希曼的审判

---

① 1961年,阿伦特作为《纽约人》杂志特派记者前往耶路撒冷,旁听了关于纳粹头目艾希曼的审判。阿伦特对这次审判的评论性报道后来载于《纽约人》,并汇集成《艾希曼在耶路撒冷》一书于1963年出版。阿伦特在这个报道中提到"平庸的恶"的说法。这种说法把她原来在《极权主义的起源》中提出的"绝对的恶和本性的恶、无法宽恕的恶"转变为一种大众的无知的恶,也就是平庸的恶。阿伦特认为,大屠杀所涉及的问题之深刻性,在于它不是传统道德上的善与恶、正与邪、罪与无辜之间的对立,而是看似平庸的平常人参与的集体的犯罪。集体的恶往往不是一种绝对的必然性导致的,而是一些平庸的个体在一起而致的。阿希曼的审判不是一种对极端的恶的审判,而是对平庸的恶的审判。阿伦特认为,真正要承担责任的不仅仅是艾希曼一人,而是我们全体人类。阿伦特从艾希曼事件中看到了极权主义下个体的责任,那些看似无辜的大众的责任。参见林华敏:《从隔离自我到异质性的他人:论列维纳斯的绝对伦理》,博士论文,南京大学,2012年,第128-129页。

后提出了"平庸的恶"这一概念。艾希曼在种族屠杀中犯下了弥天大罪，其动机只不过是为了服从命令或是获得职位的升迁。阿伦特用"平庸的恶"来描述这种体现兽性的作恶行为与行为当事者作恶动机的肤浅平庸之间的巨大反差。阿伦特观察到，艾希曼这个领导着犹太人地区盖世太保的国社党的陆军中校在国社党飞黄腾达之前过着"平凡的生活"，是一个好丈夫和好父亲。他是一个守法的公民，兢兢业业地完成上司布置下来的工作。在审判过程中，他满嘴陈词滥调，言辞中没有自己的思考，说出的话大多数是一些纳粹时期的官方言论。他一次次对警察和法庭声辩自己是在尽职责，不仅服从命令，而且还服从法律，从来没有想过去杀人。他为自己是一名"遵纪守法的公民"而感到自豪。阿伦特在他身上看不到丝毫"极端邪恶"的迹象。阿伦特认为，艾希曼之所以做出"灭绝人性"的行为，仅仅是因为他从来不去进行独立的思考。阿伦特从艾希曼身上看到的恶魔般的邪恶并不是犯下弥天大罪的必要条件，恶也可能采取一种"平庸"的形式，正如艾希曼并不是另一世界的妖魔鬼怪，而是我们所熟悉世界中的熟悉人物：

> 艾希曼既不阴险奸刁，也不凶狠而且也不是像理查德三世那样决心"摆出一种恶人的面相来"。除了对自己的晋升非常热心外，恐怕没有其他任何的动机。这种热心的程度本身也绝不是犯罪……如果用通俗的话来表达的话，他完全不明白自己所做的事是什么样的事情。还因为缺少这种想象力。……他并不愚蠢，却完全没有思想——这绝不等于愚蠢，却又是他成为那个时代最大犯罪者因素之一。这就是平庸，就仅这一点滑稽，如果不去做任何努力，希望能知道艾希曼如何变成魔鬼一般的要因，那是不可能成功的。（阿伦特 54）

从阿伦特对平庸的恶的描述可以看出：恶产生于无思想，是人丧失判断力后所招致的后果。阿伦特这样诠释"无思想"："无思想就是平庸,其特征就是站在别人的立场上思考能力不充分。"这导致无思想的人不会对自己所承受的命令规矩保持一定距离的观照,也不会从他人的立场思考个人行为的意义。站在他人立场上思考能力的不充分则意味着缺乏移情想象他人情感和理解他人思想的能力。卷入现代战争系统的士兵们每一次朝无辜的平民冷漠地投放炸弹,就像阿希曼一样不过是在服从命令、执行命令,他们丧失判断力的同时也就缺失了对他人的移情能力。从特纳自觉意识的反思,我们看到现代技术化战场正是催生"平庸的恶"、令士兵们移情能力趋于枯竭的典型场所。军队纪律严密,士兵们遵纪守法、辛勤劳碌、训练有素。然而,每个士兵在绝对服从命令的过程中已丧失了独立思考的能力,不会对命令保持一定距离的反思,不会站在他人的立场思考问题,也就屏蔽了对他人的移情能力。他们在战场上奉命开枪、投弹,其目标区域内那些无数的平民和士兵已经被物化成非人的对象,仅仅是他们遵从指令去击中的目标。当个体完全丧失独立的思考能力,仅仅盲目地服从指令、"履行义务",关闭了移情能力,对于自己杀戮生命的暴行也就习以为常,不会产生丝毫的不安和愧疚感。

那些在战火中牺牲的无数平民和士兵在官方的历史话语里难觅踪迹。麦克尤恩则试图再现被历史遗忘的、淹没于战争硝烟的普通景象:

> 在路上,在沟里,在人行道上,他们看见日渐增多的尸体,有几十人,都是士兵和平民。阵阵恶臭扑面而来,悄悄地钻进了他衣服的褶裥。护送部队进入一座被轰炸过的村庄,抑或是小城镇的郊区——这里一片废墟,难以辨认。但有谁会在意呢?谁会深究这其中的区别,把村庄和这个日子载入史册呢?谁又会持有说服力的论据去兴师问罪呢?没有人会知道这里原先的模样。没有了细节,也就无法构成全貌。(199)

这些关乎平民和士兵的死亡在史册中少有记载。无数的普通生命瞬间消失,生命的栖息地也顷刻间化为灰烬,这正是战争的常态和战争的实质。战争本身于人类来说似乎亦是常态,"战争并非是病态的形态,而是正常的,可预见的,是我们人类的境况和我们的历史。几千年、几万年甚至百万年以来人类即如此,战争并非反文明而是与人类文明、东西方精神和文化传统相伴而生"(Smith, Livingstone David 6)。麦克尤恩通过再现战争暴力带来的恐怖性后果,暗示人类只有直面这与文明相伴而生的战争历史,直面战争对人性移情能力的摧毁作用,才能深入洞察战争给人类带来的无法弥补的创痛和灾难,并有意识地维护和平。

《赎罪》第二部中还有另一个揭示战争给人类带来恐怖性影响的场景,它使群体集体屏蔽对他人的移情,人们以集体的形式表现出人性的残暴。在战争的阴影中,在充溢杀戮和死亡的氛围下,人们丧失了应有的理性,趋于癫狂。当时,特纳和他的伙伴目睹一名英士兵无端受到侮辱。"一个穿着钢头军靴的人从背后用力踢了他一脚,踢得他飞起了一两寸高。看到他那狼狈样儿,周围的人都轻声窃笑……人越聚越多,本来就所剩无几的个人责任感也荡然无存了。取而代之的是狂妄自大和不计后果。"(220)而且,战争的残酷已经使这位士兵变得麻木,他"既没有大声呼救,也没有屈身求饶,更没有为自己的清白无辜极力辩护。……他摘掉了眼镜,他的脸似乎也空了。他像一只处于光天化日下的鼹鼠,惊慌地盯着那群折磨他的人。他嘴唇微张,但一个字都没吐出来,只流露出难以置信的表情"(221)。而周围的人"却欢呼雀跃,吹起口哨,手舞足蹈,欣喜若狂"(221)。这不免让人想起戈尔丁在《蝇王》中的类似描述和对战争的控诉。"与此同时,特纳十分理解那群折磨人的家伙的兴奋活跃,蠢蠢欲动,也体会到这样阴险的方法同样使自己兴奋。他自己可以用他那把长猎刀干出一些残暴的行径,以赢取这百号人的敬佩爱戴……但是真正的危险却潜藏在周围的旁观者以及他们义愤填膺的气概中。他们确实从折磨此人的过程中得到乐趣。"(221)在群体的疯狂中,周遭的人们几乎已经忘记这位不幸遭受侮辱和折磨的皇家士兵还是一个人的事实。"他右眼下方的颧骨已被打得又红又肿。他双拳紧握在下巴下——手中仍抓着帽子——双肩耸起。他的这个姿势像是在防卫又像是在表示虚弱和屈服,而这样反而挑起更猛烈的暴行。如果他说点什么——说什么都行——围着他的人也许还会记得他也是个人,而不是束手待毙的兔子……"(221)在战争杀戮的背景下,人性趋于癫狂,人与人之间原本正常的移情能力遭到腐蚀,移情趋于枯竭。眼前被攻击的目标在聚众眼里已经不是和他们自己一样有血有肉的人,而是被视为非人的物件。人们之间自然生发的移情也已经被屏蔽,对这位皇家空军完全缺失移情。这位士兵不幸沦为群体施暴泄恨的对象:在这个非人的对象身上,大家集体发泄各自在战争中所累积的不满和仇恨情绪。此过程中:

> 人越聚越多,本来就所剩无几的几个人的责任感也荡然无存了,取而代之的是狂妄自大和不计后果……他们痛恨他,因此他活该备受折磨。他要对所有的事情负责:德国空军的领空自由权,四图卡式轰炸机的每一次空袭,他们牺牲的每一位战友。每一次失利,每一次战败,都由这个身材瘦小的家伙所赐予……(220)

战争不仅摧毁了士兵正常的移情能力,也泯灭了他们正常的理性思考能力。处于群体癫狂状态的士兵们在这位"替罪羊"身上发泄愤懑,释放人性里潜伏的暴力、残忍因子。弗罗姆指出,"受挫折的人比较容易变成虐待性的人"(弗罗姆167)。士兵们在战场上经历的挫败、失利促成他们变成以折磨他人为乐趣的虐待性群体。可见,战争在使卷入其内的士兵们的正常移情能力趋于枯竭的同时,也使得人性的暴力阴暗面暴露无遗。他们以集体疯癫的面孔对他人无端施加暴力,在对他人集体施暴的过程中,个体的责任感业已消失殆尽。

英法盟军的敦刻尔克大撤退并不是官方历史叙事所呈现的奇迹般的壮举。撤退过程中士兵们在身体上所遭受的巨大创伤在小说的第三部分从战地医院护士布兰尼的视角展示出来。该部分间接呈现战争的残酷,从布兰妮的视角审视从前线转移到伦敦医院治疗的伤员们,战争带来的创伤令人畏惧:

> 接着她们看到了散在卡车群中的战地救护车。再近一点,她们又看到了几十架担架车,已经从卡车上卸了下来,杂乱地摆在地板上。还有一大片肮脏的绿色军服和污迹斑斑的绷带。一组组分开站着的士兵,昏昏欲睡,动弹不得,和躺在地上的那帮子病员一样都裹在污秽的绷带里……清新凉爽的空气无法驱散机油和溃烂的伤口所散发出的恶臭。士兵们的脸和手都黑乎乎的,胡子拉碴,头发蓬乱,还绑着伤员接收站贴上的标签,他们看上去一模一样,仿佛都是从一个恐怖世界逃回的野蛮人。(256)

麦克尤恩笔下的这些伤兵们脏、乱、臭,恐怖如野蛮人。他对士兵的艺术再现迥然不同于美化战争、美化士兵的艺术表现形式。早在18、19世纪,画家们的画笔剥去了战争的恐怖,所再现的士兵们"头部伤口缠有整洁的绷带";随着19世纪摄影艺术的问世,对于战争的呈现有了现实主义的新维度。但是,早期的摄影仍然没有逃离摄影师对战争的期待性操控,拍摄前甚至将尸体搬离到合适的位置或者清洗现场等。同样,现代电影也偏好美化战争而没有反映战场的残酷真相。作家吉卜林尽管自己并没有亲历战争的经验,却信心百倍地颂扬战争。他笔下关于战争的浪漫主义奇想曾诱惑了一代年轻人奔赴第一次世界大战战壕而献出年轻的生命。(Smith, Livingstone David 2-3)麦克尤恩笔下让人惊骇的战争创伤描写彻底颠覆了这些艺术表现形式对战争创伤惯用的粉饰技法。

在战地医院，"病房里到处都是这样那样的气味——新鲜血液又湿又粘，还带着酸味……不过最让人受不了的是伤口腐烂时所发出来的恶臭。两个转移到手术室去的伤员还要截肢"（260）。布兰妮给伤员取弹片、包扎伤口，"他的脸已经毁了，粉红的肉裸露在空气中，从他缺失的面颊可以看到他的上下臼齿，还有闪闪发亮的舌头，长长的，令人惊骇"（266）。"身体的每一个秘密都被泄露了：骨头从肉里面戳出来，肠子和视神经毫无掩饰地展现在人们眼前。"（268）不时地有伤员病情恶化、死亡，即便是幸存下来得以康复的士兵们在心理和精神上也承受巨大的创伤：

> 他们情绪变得刻薄而粗暴起来……他们躺在床上吸烟，默默地盯着天花板……他们十分怨恨自己。有几个告诉布兰妮，他们连一枪都没开过。但多数时候他们只是对那些"高官"感到不满，不满自己的长官在撤退时抛下他们，不满法国佬不战而溃。对报纸上盛赞奇迹般的大撤退和小船的英勇事迹更是批评尖刻。（280）

饱经创痛的士兵们的真实感受与官方媒体有关大撤退奇迹的报道形成讽刺性的鲜明对照，士兵们对媒体报道的尖刻批评解构了官方话语对暴力历史真实的遮蔽。

麦克尤恩对敦刻尔克大撤退的艺术再现揭示了民族记忆里有关敦刻尔克奇迹的美化叙事的荒诞性。他笔下那些栩栩如生的战争暴力和战争创伤细节是引领读者进入恐怖情感的路径，读者身临其境地看到战争暴力的残忍图景的同时，痛切地感受到战争给无数普通个体所带来的无法弥补的创痛。硝烟弥漫的战场使士兵们濒临移情枯竭，丧失独立思考的能力，显露"平庸的恶"进而展示人性残暴的典型场所。置身于杀戮肆虐的战场上，士兵们的人性趋于病态的癫狂。人群集体屏蔽移情后，潜伏于人性深处的凶残在对某一个体施暴的过程中暴露无遗。

　　麦克尤恩严肃地书写暴力历史,融残暴人性的探究于暴力历史的再现之中,揭示了特定政治历史情景下自我因对他人缺失移情而显露出残暴人性的种种情形:移情腐蚀、移情脆弱性以及移情枯竭。接下来的一章将探讨移情在日常人际关系中的作用。

第二章

移情理解的障碍与两性关系的疏离

在特定的政治情景下，人们会遭遇"移情腐蚀"，呈现脆弱的移情，甚至移情枯竭，用巴伦的话来说，"达到零度移情的水平"（Baron-Cohen 29），展示出冷漠、残暴的人性。在日常交往中，人们相互间一般都会表现出一定程度的移情。但是，移情中发挥重要作用的"视角换位"却未必得到恰当而充分地运用。这必然导致人际之间移情理解的不足，进而造成许多误解和冲突。不同于以往强调感受他人经验的其他移情研究理论家，科勒肯定了移情过程中的认知特质，认为"移情应该是更多地理解他人情感而不是分享他人的情感"（Davis 6）。著名的社会理论家米德同样认为，移情过程中认知因素胜过情感因素，他指出，"个人具有装扮他人的角色、进而理解他人如何看待这个世界的能力，这是人们在高度社会化过程中学会如何有效相处的重要因素"（Davis 7）。米德强调的是，个体能够主动走出自己的认识框架，进入他人的认知世界，进而能理解他人不同于自己的认知方式。视角换位有时候也叫作角色扮演。塞尔曼（Robert Selman）认为"视角换位"是"在逻辑思考和道德思考之间进行调停的一种社会认知"（Kohn 101）。想象他人看世界的方式既需要智性也需要伦理视角，即个体自我能够克服自我中心主义的认知视角，主动走出自己的认知框架，进入他者的认知视野并从他人的认知视角感知世界、观察世界。柯恩强调"视角换位"在移情过程中的重要作用。没有视角换位，人们就不知道感情对于他人意味着什么。（Kohn 133）以视角换位为主要特征的移情理解对于两性之间亲密关系的建立和维持显得尤为重要。两性关系中的双方需要不时地走出以自我为中心的认知视角，移情进入对方的认知视角和情感世界，移情理解并关切对方的具体处境，才能了解和回应对方独特的异质性经验。然而，恋爱或婚姻关系中的两性在移情理解方面往往存有障碍，即使双方彼此相爱，两人关系也会由于移情理解的不充分而陷入情感疏离状态。

麦克尤恩认为："如果你写小说，则不可避免地发现自己在书写某种层面上人与人之间的冲突。"（McEwan, *Conversations* 85）他对两性之间的误解和冲突的呈现尤感兴趣。麦克尤恩小说中的男女主人公往往遭遇突如其来的偶然事件,原本常规、平静的生活顷刻间化为乌有。用席格尔(Lee Siegel)的话来说,"习以为常的世界分崩离析"(Siegel 33)。在这些突发事件中,男女主人公经历了道德和伦理上的考验,并根据危机场景做出一定的反应和选择。经历这些危机事件后,男女主人公之间往往衍生误解和冲突并最终陷入情感疏离状态。在移情视阈下透视这些男女主人公的关系,我们发现两性之间的冲突和情感疏离与他们彼此间没有践行充分的移情理解密不可分。这些主人公即使在某种程度上对作为他者的伴侣表现出一定程度的移情,但他们之间的移情理解存有种种障碍。他们囿于各自的性别身份、思维范式和价值框架,与伴侣之间缺乏对话沟通,对伴侣所表现出来的移情在很大程度上受到了自我中心主义认知框架的束缚,因此双方产生种种误解和冲突,最终趋于情感疏离状态。

第一节 封闭的男性自我与移情理解的障碍

小说《爱无可忍》中男女主人公乔和克拉丽莎原本是一对感情甚好的爱侣。但是,乔在经历具有道德考验性质的气球事故后却没有向克拉丽莎显露出自己内疚的脆弱情感。在克拉丽莎面前,乔封闭自我,试图重构自己的男性气质以重新获取克拉丽莎的认可。尽管事故后克拉丽莎对乔表现出一定程度的移情理解,但她却没有得到乔的移情回应。乔的科学理性思维方式进一步妨碍了乔对克拉丽莎的移情理解,最终两人的亲密关系趋于疏离。

《爱无可忍》开篇就将主人公乔放置于自我与他人关系的道德考验之中。用赫德的话来说"开篇描述气球事故的场景详尽、有力,由此引入了小说的伦理探究"(Head 121)。叙事人乔和克拉丽莎在郊外正准备野炊,前方氢气球底部吊篮里的小男孩在强风下突陷危情,吊篮边上一个男人用力拽拉绳索,大声呼救,包括乔在内的五个人立即跑去相助。"孩子孤立无助,需要帮助。抓住绳子是我的责任,我想大家都会这样做的。"①(17)对濒临危险孩子的移情关切是乔乐于助人的情感根源。可是,随着风势变大,拉绳人出现了不同的意见,最后"合理的选择突然变成各求自保。那孩子又不是我的孩子,我才不打算为他而死"(18)。最终乔的移情减弱,代之以理性主义的分析和判断。随着一人首先放手,其余的人也相继松手,只剩下一个叫洛根的人没有放手。最后洛根在强风中坠落身亡,小孩在热气球停下后却安然无恙。目击洛根坠亡后,乔自觉地意识到正是包括自己在内的其余几人的松手直接导致了洛根的悲剧。乔是科普作家,原本从事科学研究,他对整个事故的叙述和剖析都体现了理性的"唯物主义认知视角"(Ian McEwan, *Conversations* 83)。乔虽然以科学理性主义的视角对事故进行了合乎情理的分析,但对自己因松手而导致洛根坠亡的行为却深感内疚:

> 我当时不知道、后来也从未发现到底是谁先放了手。我不愿相信那个人就是我,不过每个人都说自己不是第一个。可以确定的是,如果我们谁也没有松手,那么再过几秒钟,等那股阵风平息下来,我们几个人的体重应该可以把气球带到斜坡下四分之一的地方着陆。然而就像我所说的,我们没有形成一个团体,没有任何计划,也没有任何可以打破的共识——失败也就无从谈起。所以我们可以说——没错,人不为己,天诛地灭。日后回想此事,我们都会因为这种做法合理而感到高兴吗?(18)

---

① 引文出自郭国良、郭贤路的译本,部分内容笔者参考原著后稍有修改。伊恩·麦克尤恩:《爱无可忍》,郭国良、郭贤路译,上海:上海译林出版社,2011年。文中标注页码为中文版页码。

依据乔的理性分析，人性本是自私的：在第一个人放手后，其他几人在保全自我天性的驱使下本能地依次放手；这也无可厚非，乔和其余几个放手的人似乎不必因此负担任何道德责任。但是，乔知道"完全脱离社会关系的独立的主体根本不存在"（Schemberg 45），因此，乔自觉地意识到：

> 我们从未得到那份宽慰，因为在骨子里，我们受到一条更深刻、更自然的古老传统的约束。合作——我们人类早期狩猎成功的基础，它是人类语言进化背后的动力，也是产生社会凝聚力的黏合剂。事后我们所感受的痛苦证明：我们心里清楚，我们已经辜负了自己。不过，放弃也是人的本性之一。自私同样是刻在骨子里的。这就是我们作为哺乳动物的矛盾所在——把什么献给别人，把什么留给自己。脚踏这条线，人人相互制衡，这就是所谓的道德。在奇特恩斯的陡坡上方数英尺高的空中，我们这群人陷入了旷古以恒、进退两难、无法解脱的道德困境：是我们，还是我们自己。（18）

乔对于道德两难问题的剖析观照了进化心理学有关人性的研究成果。赫德认为："对科学理性主义的检测是麦克尤恩作品中反复出现的主题，而在《爱无可忍》中则达到了极致。"（Head 120）《黑犬》中的伯纳德、《星期六》中的贝罗安和乔一样，都无一例外地坚持科学理性主义的思维方式。此处乔对气球事故的分析表明他对自己放手的行为深感内疚，觉得"我们辜负了自己"；但是，依据进化生物学的观点，自私是人的天性之一，选择放手也就无可厚非。由于小孩最终安然无恙，乔觉得洛根的牺牲似乎显得枉然，认为自己及其余几人选择放手也就更合乎理性。赫德认为，麦克尤恩在这里回应了怀特尔（Robert Whitle）在《道德动物》里的相关观点。赫德指出，怀特尔相信基因遗传因素与环境条件对人性的联合作用，因此他的道德观扎根于功利主义，优先考虑为大多数人谋取福利的行为。怀特尔认为,对于进化心理学家来说,自私的基因让道德问题变得复杂,"我们受基因控制的基础机制在于这样一个深层的、通常没有说出来(甚至没经思考)的信念:我们的幸福是独特的。我们不会关切他人的幸福,除了这样一些情形:在进化过程中这些关切会惠及我们的基因"(转引自 Head 122)。如此看来,道德不过是具有欺骗性的。怀特尔总结说:"我们至少拥有技术性的能力来过一种真正的检视性的生活。"(Head 122)从这个意义上来说,我们是道德的。这种自觉意识以多种形式呈现出来,包括自我意识、记忆、预见和判断等。自觉意识至关重要,它指向一种功利主义道德观,要求我们抵制基因或者进化性的特性。怀特尔认为我们有潜力成为道德动物,但是并非天生就是道德动物。要成为道德动物,我们必须意识到,我们从来就不是天生的道德动物。赫德指出,《爱无可忍》开篇的气球事故虚构性地诠释了怀特尔关于道德的分析,即把自私的基因放置于集体利益的背景下,是典型的自然基因与后天环境之间的对抗。(Head 122)乔对事故的理性主义剖析合乎怀特尔所说的道德两难的困境。

但是,乔选择放手的行为在法国当代哲学家列维纳斯的伦理学视角看来则是非伦理性的。用列维纳斯"为他人"的伦理观点来分析,气球事故中乔和其余几人的放手不符合伦理的立场,他们没有肩负起对他人的伦理责任。在气球事故现场,身陷险情的小男孩对在场的每个人都发出了信号。在这绝对异质性他者的呼唤面前,在场的所有人都应该做出伦理应答,义无反顾地上前进行援助,不能像叙事人乔那样就自我、他者之间利益得失进行科学理性主义的分析和度量。从列维纳斯的伦理视角来看,叙事人乔并没有以伦理主体的姿态毫无条件地对他人发出的召唤做出伦理回应。在理性地度量、计算得失的过程中,乔已经逃避了对他者无条件承担责任的伦理。与此相对照的是,事故中坚持到最后的洛根则无条件地担负起这种责任,并为之献出了自己的生命。乔以理性的视角释读洛根的伦理行为:"对他这样一个既是丈夫、父亲,又是医生、山地救生员的人来说,利他主义的火焰肯定燃烧得更旺。"
(19)乔对事故的理性主义的释读似乎合情合理,但是他内心深处
对于自己是否是第一个放手的人一直忐忑不安,对洛根的死深感
内疚。目击洛根的坠亡带给他创伤性的震撼。"……坠落时,他仍
保持着悬在绳子上的那副姿势,就像一根坚硬的黑色小棍。我从
未见过比这个坠落中的活人更恐怖的景象。"(20)但是,气球事故
后乔始终没有在克拉丽莎面前袒露自己的道德内疚感;相反,他力
图开脱自己的道德责任,并重构自己受创伤事件冲击的男性气质
以获取克拉丽莎的认可。道德两难的气球事件冲击了乔的男性道
德自我;事故现场青年男子帕里对乔的凝视和迷恋,事故后帕里对
乔的跟踪及爱恋等动摇了乔的男性气质,考验着乔和克拉丽莎的
情感关系。虽然乔和克拉丽莎相爱,且两人都坚信彼此的爱会持
久,但是事故后乔封闭的男性自我妨碍了与克拉丽莎之间的移情
理解,两性亲密关系在彼此不断累积的误解中走向了疏离。

　　通过呈现乔和克拉丽莎在经历道德考验危机事件后两人情感
关系的变化过程,麦克尤恩意在探究移情理解在建立和维持两性
间亲密关系中的重要性。具体地说,麦克尤恩呈现了男主人公乔
如何在经历男性气质脆弱性考验和防御过程中,坚持自我中心主
义的立场,遮蔽和忽视了移情理解在两性亲密关系的建立和维持
中的重要作用,最后导致和伴侣克拉丽莎的情感关系变得疏离。
乔原本从事科学原创研究,后来成为科普作家,坚持科学、理性和
物质主义的方式是解释现实世界的依据和原则。克拉丽莎是大学
文学专业的讲师、济慈研究者,尤其执着于研究济慈生前与情人芬
妮之间的书信情感交往,这些细节象征地表明情感在克拉丽莎的
认知思维里占据重要的分量。伴侣双方具有迥然不同的认知方
式,尤其需要在沟通过程中践行以视角换位为特征的移情理解。

　　如果说乔在气球事故中没有表现出列维纳斯所说的伦理立
场,那么在事故后与伴侣克拉丽莎的相处过程中也没有践行具有
伦理内涵的视角换位。在乔的认知世界,科学、理性和物质主义是

解释现实世界的依据和原则。乔总是企图以科学理性话语释读生活，对克拉丽莎重视情感、感性的认知方式持否定态度；他在克拉丽莎面前坚持自己的行为和判断是正确的，并执意证明自己认知方式的正确性。事实上，乔坚持的是封闭、僵化的认知模式，而不是移情关系中倡导的开放、灵活的以视角换位为特征的认知方式。他将自己科学理性的认知模式视为把握真理的唯一方式，并表现出毫不动摇的信心。与乔相对照，克拉丽莎则重视移情的作用，并试图和乔分享自己的认知方式。克拉丽莎主动和乔分享目击洛根坠亡时自己的感受，引用了弥尔顿的《失落园》里的诗句来描述洛根的坠落：

> 她告诉我，即使他已悬在半空，她心中也同样期望着他能得到拯救。浮现在她脑海中的是天使，但不是弥尔顿笔下被抛出天堂的堕落天使，而是象征全部美好与正义的化身，他们金色的身影划过云端，扫过天际，俯冲而下，将那坠落的人揽入自己的怀中……她觉得洛根的堕落是任何天使都无法抗拒的挑战，而他的死否定了他们的存在……（37-38）

克拉丽莎能移情理解洛根救人的伦理立场和英勇壮举，并试图进一步诠释洛根的行为，"这一定意味着什么"（40）。然而，乔不但没有以开放的姿态移情理解克拉丽莎的感受，分享她的认知视角，相反在叙事中向读者袒露他并不认同克拉丽莎的认知方式，而且试图粉饰自己在气球事故中非道德的选择，"我犹豫了。我从不喜欢以这样的方式思考。洛根的死没有意义——这是震撼我们的一部分原因……"当克拉丽莎追问乔对该事故的理解时，他回答说："我们想帮忙，可是帮不上啊。"（40）乔以自己理性的方式回应气球事故，其实他的聚焦点在于为自己在事故中的非道德行为寻求开脱责任的理由。与乔僵化、封闭的认知方式形成对照，克拉丽莎能移情理解乔的理性认知方式："你真是个傻瓜。你太理智了，有时就像个小孩……我会告诉你它意味着的一件事,傻瓜。我们一起看到了一些可怕的事。它不会离我们远去,我们必须互相帮助。这意味着,我们得相互爱得更深。"(40)克拉丽莎以宽容的态度对待乔的认知方式,并主动表示两人需要相互帮助,共同承受创伤的影响,渡过难关。她认为这也是对彼此间爱的考验和磨砺,希望能借此深化彼此的爱情。克拉丽莎对气球事故的态度,并非像乔担忧的那样是对自己的懦弱行为的蔑视。她对乔说:"如今看过你完全发疯的样子,我更爱你了。"(43)在克拉丽莎看来,共同经历可怕的体验后,相互之间情感的剖析和情感表露使两个人联结得更加紧密了。

　　然而,乔对克拉丽莎敞开的移情沟通方式并没有做出积极的移情回应。经历气球创伤事故后,他不愿意向克拉丽莎袒露自己内心深处的愧疚情感,相反,他坚持自己的理性行事方式,试图在克拉丽莎面前重新构筑强大的男性形象,以此转移、开脱自己的愧疚之情。"创伤经历对于建构安全和稳定的男性自我造成了威胁",面对创伤,男性需要采取策略以保持镇定,"自我无法定位自己与情感表达之间的关系,于是自我成了探究的陌生对象而不是彼此交往的手段和方式"(Middleton 41)。气球创伤事故后,乔怀疑是自己首先放手而导致了洛根的坠亡,乔深感愧疚,这种内疚引发的懦弱感冲击了他的男性气质。"我感到了因为内疚而产生的懦弱,那是一种说不出口的感觉。我给克拉丽莎看了看绳子在我手心里留下的印记。"(34)乔在克拉丽莎面前不但不愿意暴露懦弱的自我,反而试图将自己在事故中的非道德的选择合理化,粉饰道德自我以抵御道德考验对男性自我的冲击:

　　　　最叫人无法接受的是:洛根死得一文不值,那个叫作哈利·盖德的男孩最后毫发无伤。我松开了绳索。我成了杀害洛根的帮凶。但即便我心中感到内疚和憎恶,我仍试图让自己相信,我松手是对的。如果我不那么做,我和洛根会一起掉

下去,而克拉丽莎现在只能一个人孤零零地坐在这里。(39)

具有道德考验性质的气球事故威胁了乔的男性自我的稳固性,事故现场青年男子帕里对乔的凝视以及随后帕里对乔的痴迷跟踪也威胁了乔的男性气质。戴维斯指出,"这不是来自其他人而是一名男性的凝视。帕里从乔身上所感觉到的同性恋吸引力,以及乔因帕里对自己的迷恋而引发的内疚之情均动摇了乔稳固的自我感"(Davies 113)。面临外力对男性自我的冲击和威胁,乔并没有向克拉丽莎敞开自己的情感。事故后的凌晨两点,乔接到帕里打来表达爱意的电话;当克拉丽莎询问谁来的电话时,乔撒谎说是打错的电话。在回顾性叙述中,乔承认当时犯下了第一个严重的错误。"如果要交流情感,个人必须敞开心扉,拥抱与他人共在一起的经历。"(Agosta 32)两性亲密关系的建立和维持需要彼此间的开诚布公;只有诚实地揭示自我,向对方展示真实的自己,彼此间才可以真挚地交流情感。乔对克拉丽莎的第一个谎言因而预示了他们之间必将经历情感上的疏离。

克拉丽莎热爱自己在大学的文学教学工作,并在自己感兴趣的文学研究领域得心应手。但是,乔对自己作为科普作家的职业身份并不满意,不尽人意的职业也危及他稳固男性气质;对于没有能够就职于原创性的科学领域,乔也一直耿耿于怀,忐忑不安:

我无法集中注意力,帕里的骚扰加剧了我以前心中产生的不满——我所有的观点都来自于别人。在我对其他某些事感到不悦时,它时常回到我的心头。我只是简单地核对并吸收他人的研究成果,然后再把它们传播给广大普通读者。人们夸我有天赋,能将复杂的事物解释清楚。我可以把科学领域的许多重大突破背后人们所经历的无数的挫折、反复和由于幸运而随机获得的成功编写出像模像样的故事。这是真的,总得有人在研究人员和普通民众之间牵线搭桥……在我情绪不好的时候那种"我是条寄生虫"的想法就会回来。倘若我以前没有拿过物理学学位和量子电动力学博士学位的话，也许我还不会觉得这样，我本应该已经带着自己的原子增量理论，站在人类知识的高山上……（93－94）

乔认为自己被排除在对世界的真理性探究的原创性的科学学术领域之外。科普作家的身份虽然带给他很多经济利益，但是在精神方面并没有带给他成就感和优越的男性身份感；相反，他感觉自己"是条寄生虫"。可以看出，在乔的认知思维里，男性气质与知识的生成紧密联系，所从事职业越是关乎纯正的科学则越具有男性气质；反之，则不利于男性气质的建构。显然，乔对自己因偏离原创科学领域而面临的不稳固男性气质表现出忧虑：

　　我的写作生涯开始了，随着成功接踵而至，在科学领域有所建树的机会也向我关上了大门。我成了一位记者，一名评论员，一个自己所学专业的局外人。回想起来，当年我在做关于电子磁场的博士论文时，在参加研讨量子电动力学重整化理论的学术会议时，我曾是那般陶醉飘然，而现在我却无法回到往昔的岁月之中。当年的我虽然人微言轻，但毕竟不是一个旁观者，而是一个积极的参与者；如今呢，且不说科学家，就连实验室的技术员或者学院的门卫，都不会把我当回事儿。（96－97）

如果说乔对自己男性气质的不稳固性颇感忧虑和不安，克拉丽莎对自己的女性气质却没有表现出忧虑。乔和克拉丽莎两性气质关系也契合当代男性气质理论对男性气质脆弱性的研究。巴蒂特尔（Elisabeth Badinter）指出，"隐含于男孩男性气质的难处在于它没有女孩女性气质那么稳固和成熟。长期以来，大家相信男性气质至上且能自然获得。事实上，男性气质居于第二位，很难获得且显得脆弱。这也是如今为什么人们已经广泛地达成共识,赞同海克尔(Helen Hacker)关于男性气质之于男性通常比女性气质之于女性更为重要的观点"(Badinter 32‑33)。巴蒂特尔还指出,"如今,人们已经揭示了男性气质的困难性,没有人再继续坚信男性是两性中更为强大的性别。相反,男性被定义为较脆弱的性别,遭受各种脆弱性的考验,这些考验既来自身体也来自心理"(Badinter 33)。叙事人乔遭遇了来自气球事故、同性恋男子帕里的迷恋以及自己职业等多方面因素对男性气质的考验。乔在很大程度上凭借理性主义和科学话语重塑自己的男性身份以抵御各种来自内外的因素对自己男性气质的冲击。思科布格指出,"乔把自己塑造成坚实的理性主义者、物质主义者,具有科学的头脑,总是自信而确定地谈论自己、他人以及所处的世界"(Schemberg 56)。事实上,乔在经历气球事故对其男性气质的道德考验和冲击后,就力图以科学理性话语来重构自己的男性气质以获取克拉丽莎的认可。在经历男性气质脆弱性考验和防御过程中,乔封闭自我,坚持自我中心主义立场,忽视克拉丽莎的移情理解,其焦虑的情感状态本身也阻碍了对他人的移情。

　　柯恩指出,感知他人情感的过程中潜存着一定的障碍:当人们对自己的情感状态感觉不适时,则不大会对他人的情感状态做出积极的回应;当人们焦虑地检视自己内在情感状态和行为的时候,对他人的移情也会受到影响。(Kohn 122)叙事人乔在经历气球事故之后一直处于愧疚、焦虑的情感状态,他对于是否因自己首先放手而导致洛根坠亡的悲剧忐忑不安;不仅如此,帕里对乔的凝视和跟踪以及他的"寄生虫"职业都动摇了乔的男性气质,令他忧虑不安。乔承认"我在科学领域是个失败者,是个依赖于他人成果的寄生虫和边缘人——这种感觉并没有从我身上消失。事实上它从未消失过。我又像以前那样躁动不安了,这也许是因为洛根的坠落,也许是帕里骚扰所致,或许这要归咎于出现在我和克拉丽莎之间一道细微的情感裂痕"(122)。乔一直焦虑地审视自己忧虑不安的内心状态,这无疑妨碍了他对克拉丽莎的情感状态做出移情回应。乔在试图凭借科学理性话语来防御男性气质脆弱性的过程中,始终站在自我中心主义的立场,所关注的是自我男性气质的建构,对克拉丽莎和闯入他生活的帕里没有表现出以"视角换位"为主要特征的伦理性移情理解。

柯恩认为,"当某人专注于分析他人而不是想象和回应他人的情感状态时,对他人的移情则会受到影响"(Kohn 122)。乔以理性的科学分析者的身份对危及自己男性气质的青年男子帕里的行动进行分析、推测和判断。乔的行为无疑妨碍了他对他人的移情回应。他一直希望回到尽显男性气质的原创科学研究领域。帕里的出现令他能以研究者的身份审视、探究和诊断帕里的病情,阻止和应对帕里可能带来的暴力威胁。在乔的叙述里,帕里病态地执着于对乔的迷恋,并且坚信和乔之间的爱是上帝的旨意,不断跟踪和骚扰乔。帕里对乔的同性恋痴迷不仅威胁乔的男性气质,也给乔和克拉丽莎的感情带来了冲击,甚至暴力威胁。乔借助精神疾病的医疗诊断案例来观照帕里的病情,"精神病诊断提供了一套囊括和宰制边缘人群主体性的话语建构"(Collet II 97)。乔始终希望重返科学研究的职业生涯,他诊断帕里的过程实际上是利用科学话语来建构自己男性气质的过程。在诊断和应对帕里病情的过程中,他从"寄生虫"嬗变为在科学领域具有主体性的男性个体。乔发现"德·克莱拉鲍特综合征"①案例给自己提供了解读和分析帕里行为的科学范式,"德·克莱拉鲍特综合征,这名称像一串号角,

---

① 小说的附录一转载自《英国精神病学评论》有关帕里精神疾患的案例报告:"带有宗教色彩的同性色情妄想——德·克莱拉鲍特综合征的一种临床变体"。该报告里谈到,1942年德·克莱拉鲍特描述了这一以他的姓氏命名的精神病例。他把这种综合征称为"色情精神病"或"纯粹色情狂",将其与一般更为人接受的色情妄想状态加以区分。德·克莱拉鲍特的范例有一个核心内容,他称之为"基本假定":患者深信"自己正和一个社会地位高许多的人钟情相恋,暗通款曲,是对方首先坠入爱河,是对方首先大献殷勤"。参见伊恩·麦克尤恩:《爱无可忍》,郭国良、郭贤路译,上海:上海译文出版社,2011年,第290-291页。

像一声响亮的小号,让我回到自己的执迷,症候群是一套预测的架构,给人一种安慰……我几乎感到快乐,仿佛昔日的教授终于给了我那个研究职位"(143)。帕里成了乔的研究对象、实验品。"德·克莱拉鲍特综合征"案例的阐释框架令乔仿佛回到了早已被排挤在外的科学研究领域,他试图通过对帕里的诊断分析以理智、科学的方式重构男性气质,展示自己的力量和能力,从而恢复与克拉丽莎往日的情感。他诊断和预测帕里的每一次行动,坚持自己的行为和判断是正确的,还执意在克拉丽莎面前证明自己的正确性。乔自始至终所关注的是自我男性身份的建构而非他者的情感和认知世界,他企图构建能得到克拉丽莎认可的男性气质。

抵御男性气质脆弱性的考验和建构自我男性气质形象的过程阻碍了乔对他者的移情理解。尽管他竭尽全力排除帕里的干扰以维护和克拉丽莎之间的情感,并相信和克拉丽莎之间的爱会持久,乔没有对克拉丽莎践行视角换位为特征的移情理解。或者用柯恩的话来说,乔表现出来的是"伪移情"(pseudoempathy)。因此两人之间的情感关系最终趋于疏离。"伪移情"指在对他人的移情性情感表达中并没有发挥视角换位的作用,没有进入他人的视角移情想象他人的情感和认知世界,移情性的情感最终不过是以自我中心主义为导向,故徒有移情之名,称作"伪移情"。(Kohn 131)

乔对克拉丽莎表现出来的"伪移情"集中体现于小说的第九章。该章开篇就提示读者,"从克拉丽莎的角度——或者至少从我事后推断的角度——来观察她回家的情形,应该会更清楚"(99)。迥异于小说第一人称的主体叙事,该章从克拉丽莎的视角以第三人称展开叙述。但是,正如元小说式开头所揭示的那样,这是叙事人乔从事后推断的角度展开,在事情发生的当下,他封闭地独自判断帕里的行为动机和诊断帕里的病态性表征,聚焦于自己被帕里困扰的情感。他只希望克拉丽莎认同并理解自己的情感状态和认知方式,根本没有顾及克拉丽莎的具体处境。即便从事后推断角度,呈现给读者的依旧是乔投射到克拉丽莎身上他自己的认知视角。乔自以为移情理解了克拉丽莎；其实，这不过是以自我中心主义的"伪移情"，其着眼点仍然是自我，而非他者。他从克拉丽莎的角度记叙，"12 岁时，她的父亲死于阿尔茨海默症，她一直害怕自己和一个疯子生活在一起，所以她才选择了理性的乔"（104）。正如齐尔兹所指出，"克拉丽莎并不认同这种实用主义的爱情观"（Childs, *The Fiction of Ian McEwan* 118）。这是乔从自己的认知视角想象克拉丽莎和自己结合的原因，是他以自我中心主义的视角对克拉丽莎的伪移情理解，他并没有进入克拉丽莎的认知视角去想象和分享克拉丽莎的真实想法。他希望克拉丽莎认同、肯定他自己的理性生活态度，甚至想象当年正是自己的理性赢得了她的芳心。事实上，克拉丽莎重视情感联结和爱，她所从事的浪漫主义诗歌研究象征性地表明她对于情感关系的珍视。浪漫主义运动在人类历史上对于促成和倡导人类移情意识的形成起了重要的作用。雪莱等浪漫主义诗人认识到人的想象力的重要性，雪莱所说的想象力也就是自我对他人的移情想象力。克拉丽莎深谙浪漫主义传统，她选择乔是以情感优先而不是出自功利主义的动机。小说的第九章以很大篇幅再现了克拉丽莎的情感，但是正如齐尔兹所说，这是乔想象的克拉丽莎的情感。（Childs, *The Fiction of Ian McEwan* 118）更准确地说，是乔站在自我的立场上以伪移情的方式想象的他者情感，并不是移情性地进入他者的视角想象他者的情感世界和思维方式。

乔反复强调自己奉行理性的处世方式"是为了彰显对比自己的理性与帕里的疯癫"（Childs, *The Fiction of Ian McEwan* 103），希望克拉丽莎认同自己的理性行事方式。他以理性应对帕里的疯癫，以此来抵御帕里同性恋迷恋对自己男性气质的威胁。乔所言说的帕里的疯癫，在克拉丽莎看来则是夸大其词。如果说乔对克拉丽莎表现出来的是"伪移情"，在帕里事件上，克拉丽莎则表现出分享乔一直所标榜的理性认知方式，这是重视直觉与情感的克拉丽莎对乔所践行的视角换位的移情。她并不认同乔处理帕里事件的方式,对此提出了质疑:"我知道以前我说过的这些话,所以别生气。你想想,是不是有可能你对帕里太小题大做了。也许他并不是那么严重的问题。我是说,请他进来喝杯茶,他很可能就不烦你了。他不是让你烦心的缘由,他是一种症状。"(105)在克拉丽莎看来,乔对帕里的事件反应过度,这不是理性的应对方式,甚至认为乔展现了他所诊断的帕里具有的非理性痴迷的表征。但是乔专注于对他者进行分析、推断以构建自己濒临危机的男性气质,没有对克拉丽莎视角换位移情做出移情回应,共同探讨帕里的具体状况,再采取应对措施。相反,他表现出愤怒,认为克拉丽莎不信任自己,不愿意给自己支持和帮助。乔在对克拉丽莎的伪移情过程中,彼此的误解加深,他一意孤行地预测帕里对自己的执迷、暴力行为并独自采取应对措施,企图以勇敢的行为向克拉丽莎证明自己的男性气质。乔和克拉丽莎之间关系日渐疏离,缺乏沟通,陷于僵局,"对她而言,我狂乱,变态执迷,最糟糕的是侵犯她的私人空间。在我看来,她背信弃义,在这危机时刻不肯向我施以援手,还满腹猜疑,蛮不讲理"(170)。可见,两人间的误解和冲突愈演愈烈。尽管彼此仍在一起生活,但他们之间的交谈仅限于生活起居而不触及彼此的内心世界,"我们知道我们失去了心,失去了我们的心。我们没有了爱,或者失去了爱的诀窍,也不知道该如何谈起这件事"(160)。由于彼此间"伪移情"、对话沟通的缺失等阻隔了有效的移情理解,乔和克拉丽莎之间的爱随之渐陷危机:

跟她说话时,我的声音单调平板地在自己头脑里回响,而且不仅仅是每一句话,甚至每一个字都是谎言。哑然无言的愤怒,均匀散布的自我厌倦,这些是我的元素,我的色彩。当我们四目相对时,我们无法沟通,就好像那幽魂般刻薄的自我举起手挡在我们面前,阻断了理解的可能。况且我们的视线鲜少交汇,就算有,也只是那短短一两秒,便紧张地移向他处。以往充满爱意的我们永远也不可能了解或原谅如今的我们,

事实就是这样：在那段日子，萦绕我们家中又未加承认的情绪，是羞愧啊。（172）

尽管乔对帕里的科学诊断和理性推测充满自信，作为叙事人他又自觉地意识到认知的主观性以及人性中自欺欺人的弱点。关于餐馆的误杀事件①，乔从一开始就相信这是帕里安排的，认为自己是这次枪杀事件的真正目标。警察在做笔录的过程中发现在场的不同的目击证人的说法并不一致。作为叙事人，乔感到：

> 我们生活在一片由大家部分共享、不可信赖的感知迷雾中，通过感官获取的信息被欲望和信念的棱镜折射所扭曲，它也使我们的记忆产生倾斜。我们根据自己的偏好观察和记忆，说服自己相信这一切。无情的客观性，尤其是对自己，必然是失败的社交策略。我们的祖先愤慨激昂地讲述半真半假的故事，他们为了令别人信服，同时也就说服了他们自己去相信这些故事。经过一代又一代，将我们成功地精选出来，同时我们的缺陷也伴随成功而来，深深地刻在基因中，就像大车道上的车辙一样——当它不适合我们的时候，我们便无法与我们眼前的东西达成一致。所信即所见。正因为如此，世界上存在着离婚、边界争端和战争……也正因为如此，玄学和科学是非常勇敢的建树，是惊人的发明……公正无私的真理。但它不能把我们从自身中解放出来，车辙印实在太深了。客观性里不存在个人救赎。（223－224）

---

① 乔、克拉丽莎的教父和克拉丽莎一起在餐厅用餐，庆祝克拉丽莎的生日。用餐过程中两位不速之客闯人开枪，他们的枪杀目标似乎是乔他们邻桌的一位叫塔普的先生，第一枪没有射中，紧急关头乔发现当时也在餐厅用餐的帕里站出来大声呵斥、制止了已经瞄准塔普的第二枪。乔相信这是帕里安排的，其真正的枪杀目标是乔自己。由于帕里所雇用的枪手误认了目标，帕里发现后及时制止了枪手的行动，故称之为误杀事件。

　　乔具有自觉意识的反思表明他认识到认知的非客观性,认知主体的欲望和信念会扭曲事实真相,"所信即所见",人类在讲述、传递自己信以为真的事实的过程中其实都渗透了对于自己有利的动机,而自欺欺人地粉饰自我乃人性的弱点。乔对帕里的判断和推测同样也渗透了自己的主观欲望——即希望在驱除帕里带来威胁的过程中尽显自己的男性气质,从而达到重建自己的男性形象以获取克拉丽莎的认可并恢复昔日情感之目的。乔坚信帕里会带给自己威胁,希望获取自己受威胁的证据:"我需要他再威胁我一次,因为我要确定,而他不肯满足我这一点,使我怀疑他迟早会伤害我。我的研究也确证了这一点:在一项针对德·克莱拉鲍特综合征男性患者的调查中,一半以上的受调查者都表示试图向他们执迷的对象施暴。"(174)乔真正希望的是自己有机会力挽狂澜,排除威胁,在克拉丽莎面前显示出男性气质的勇敢品质。"我开始幻想需要什么武器防身……我做着关于暴力冲突的白日梦,获胜的永远是我……"(176)显然,这是乔构筑勇敢男性气质形象的白日梦。在小说最后部分,乔凭借理性和勇气制服帕里并解救了被帕里绑架的克拉丽莎,似乎实现了建构男性气质的梦想,但是,乔以自我为中心的理性行事方式自始至终都阻碍了他对克拉丽莎的移情理解。寇里特指出,小说结局的戏剧性绑架情节证明了乔对帕里并没有反应过度,乔击伤帕里并安全解救了克拉丽莎从而彰显了具有攻击性特征的男性气质。(Collett II 66)但是在克拉丽莎看来,正是乔的一意孤行才导致事情的最坏结局,因而她并不认可乔的行动,"我看见克拉丽莎脸上的表情。她站起身来,瞪着我手里的枪,脸上满是极度憎恶和惊讶的表情,让我觉得我们永远也无法走出这一时刻。近来我最不祥的疑虑往往得到验证。我以最坏的可行方式化解了危险,我的分数高得令人沮丧。也许我们真的结束了"(268)。乔一直希望在克拉丽莎面前能重建男性气质,英雄主义的解救现场则是构筑他男性气质的绝佳表现,希望借此能得到克拉丽莎的认可。但是,乔一直以来并没有对克拉丽莎敞开心扉,展露真实情感,也没有移情理解、回应克拉丽莎的情感和认知方式。如果说在气球事故后不久克拉丽莎还包容理解乔封闭自我的理性认知方式,那么在乔凭借科学话语筑构自己男性气质,并封闭地应对帕里事件之后,尽管从事态的发展看来,乔对帕里的判断是对的,但是克拉丽莎已经被乔以非移情应对方式疏离开来,她并不认可乔的处理方式,在给乔的书信中她表达了自己的心声:

> 可我昨晚还想说,尽管我是大错特错,但并不意味你都是对的。我始终认为,假如当初你采取了其他做法,也许事情就不会闹到这么可怕的地步……你是救了我的命,可也许正是你将我的生命置于危险之中——是你把帕里卷入了我们的生活;是你一意孤行,做出许多过分的事情;是你通过不断地推测,不停地推断,把他一步步地逼上了这条邪路。(269 - 272)

她进一步指出,乔对帕里的分析和推断自始至终仿佛是"在办案子、出任务,也许这任务变成了你渴望从事的科学研究的替代品。你进行研究,做出逻辑推断,很多事情都被你说对了,但在整个过程中,你却忘了带我同行,忘了和我一起分享心事"(270)。克拉丽莎所期待的是乔能向自己移情敞开心扉,分享情感并践行视角换位的移情认知方式。克拉丽莎还分析了帕里闯入生活后乔的变化:

> 事故发生后的那天晚上——从你当时说的可以很清楚地听出,你非常苦恼,因为你觉得有可能是你先放手松开了绳子。很明显,你需要面对这种想法,驱走这一念头,让自己心安理得。那时我以为我们会好好谈谈这件事。我以为我能帮助你。在我看来你没有什么好羞愧的。恰恰相反,我觉得你那天表现得非常勇敢。但事故发生之后你的那些感觉也很真实。有没有可能是帕里给了你一个摆脱自己罪恶感的机会

呢？在面对这个新情况时，你似乎仍旧惴惴不安，原来你本应充分发挥特长，用自己一向引以为傲的理性分析能力去解决它，而你却为了躲避焦虑而捂住耳朵，落荒而逃。（270－271）

如此看来，克拉丽莎自创伤事故后不但能移情理解乔深感内疚的感受，而且并没有因为乔在事故中的表现而质疑他的男性气质，她期望乔能向自己敞开心扉，在彼此的对话交流中走出创伤事故的阴影。乔专注于对男性气质的构建也说明，男性在遭遇带来道德困境的创伤事件之后顾虑重重，即便是在自己亲密的爱人面前也不愿意暴露自己内心脆弱的情感。封闭地关注自我和重建男性气质的尝试妨碍了男性对他者的移情沟通和移情理解，或者造成以自我为中心的伪移情。虽然乔一直以来试图通过自己理性和勇敢的行为重建男性气质以赢得克拉丽莎的认同，恢复两人的情感，但是他以自我为中心的伪移情并没达到预期效果，反而使二人的亲密关系在误解中最终趋于疏离状态。

乔遭遇道德困境后凭借科学话语和理性行为重新构建男性气质的企图贯穿小说始终。小说附录一从《英国精神病学评论》转载了有关帕里精神疾患的案例报告："带有宗教色彩的同性色情妄想——德·克莱拉鲍特综合征的一种临床变体。"（289）该附录以科学话语的宏大叙事形式证实乔对帕里理性诊断、推测的科学性。附录二登载帕里写给乔的信函源于帕里所住精神病医院为患者保存的记录，进一步证实了帕里的疯癫和乔的理性。但是根据福柯，"疯癫是理性的对立面，理性的人定义疯癫并最终将之击败"（福柯103）。叙事人乔以宏大叙事的科学话语将帕里置入疯癫体系，去除了其主体性，以科学话语抵御帕里的男性同性恋凝视对自己男性气质所造成的威胁。尽管乔以理性方式对自己男性气质的重塑和构建似乎很成功，但很明显乔一直以来专注于自我男性气质的重构而忽视了对伴侣克拉丽莎的移情理解或者仅仅表现出自我中心主义的伪移情。最终，乔对男性气质的成功构建并没有获得伴侣克拉丽莎的认可。

其实，小说中不仅乔践行了自我中心主义的伪移情并因此误解了克拉丽莎，而且气球事故中道德英雄罗格的遗孀也实践了同样的自我中心主义伪移情，她以此想象并误解了丈夫。

根据罗格汽车上遗留的丝巾，琼揣测丈夫肯定有外遇，想象丈夫当时正是在年轻情人的面前逞能才拽住气球不放，并因此丧命。罗格的遗孀对丈夫的怀疑最终被澄清：罗格并没有不忠于妻子的婚外恋情，是五十来岁的大学教授瑞德与自己的学生邦妮相恋，当天驱车去郊外野炊，车子抛锚后，罗格让他们搭了便车，瑞德因为担心身份公开，所以没有及时出面作证。当瑞德教授请求琼原谅他们的自私和不慎时，琼很震惊，"我当然能，但谁来原谅我呢？唯一能原谅我的人已经不在了"（286）。罗格和遗孀之间永远不能达成的谅解也带给乔和克拉丽莎彼此宽容的启示。"仿佛在琼和瑞德狂乱的重复对话声中，我们也在寻求对方的原谅，或至少是宽容……"（269）人们往往以自我中心主义的阐释框架去评判他人，即便是亲密的夫妻、伴侣之间也会衍生误解和冲突。放弃自我中心主义的伪移情，践行以尊重他性和视角换位为特征的移情理解是化解彼此间误解、冲突的解决之道。

在小说尾声部分，乔陪同罗格遗孤玩耍时关于水的谈话暗含了麦克尤恩对乔和克拉丽莎未来关系的指向，"想象一下世间能存在的最小最小的水滴，它是那么的小，以至于没有人能看见它……"（280）孩子回答说就像那最小最小的小水沫，乔说"比那还小得多，就算用显微镜你也看不到。几乎就像不存在那样。两个氢原子，一个氧原子，被一种神秘的强大力量结合在一起"（280）。无数的水滴汇集成河流。齐尔兹指出，显然这是关于社会最小单位家庭的类比，爱侣双方被一股爱的神秘力量结合在一起，和他们共存的还有孩子。（Childs, *The Fiction of Ian McEwan* 116）齐尔兹没有进一步说明那股爱的神秘力量的具体内涵，笔者认为爱侣间的爱必定包涵对话交流、尊重他性和以视觉换位为特征的移情理解。

否则,正如乔和克拉丽莎之间的情感变化所例证的,即便双方都相信彼此间的爱会持久,任何一方如果坚持自我中心主义的认知方式,封闭自我、仅关注自我而忽视对对方的移情理解,或者对来自对方的移情理解和关切缺乏移情回应,两人最终会在误解和冲突中陷入情感疏离,偏离移情关怀伦理的意旨。

第二节　价值取向的对立与移情理解的障碍

在《爱无可忍》里,叙事人乔经历道德自我的考验后试图在克拉丽莎面前重新构筑男性气质。但是,乔既没有向她显露自己内心的脆弱情感,也未能以视角换位的方式移情理解她的情感世界和认知视角。尽管克拉丽莎曾一度移情理解乔,但是没有得到乔的移情回应,两人的亲密关系最终趋于疏离。如果说在《爱无可忍》里坚持科学、理性认知思维的男主人公没有移情理解克拉丽莎,而认知思维里重视文学、情感的女主人公克拉丽莎却对乔表现出了一定程度的移情理解,那么《黑犬》里叙事人杰里米的岳父母伯纳德和琼则都没有移情理解对方。伯纳德和琼各自专注于迥然不同的人生价值取向的追寻,囿于各自的认知范式而否定对方的他性存在,造成多年的情感疏离,三十多年来一直分居于英法两个国度。

奥地利哲学家布伯(Martin Buber)在其著名的哲学著述《我与你》(*I and Thou*)里区分了人的两种完全不同的基本态度,即人探索存在的两种不同方式。一种是"我—它"(I—It)关系,另一种是"我—你"(I—Thou)关系。造成这两种关系的不同并不是在于它们关系对象的本质不同,也不是人与人之间的每一种关系都是"我—你"关系,人与物的每一种关系都是"我—它"关系。相反,这两种关系的差别在关系本身之中。"我—它"的关系是一种典型的主—客体关系。在这种关系中我认识并且使用其他的人或物,而不允许它们"为自己的唯一性"而存在。"我—你"关系的特点在于"只有当一切都放下,所有'成见'、所有预设都被放弃的时候;当我完全沉入与他者的相遇之中,和他保持一种真正的对话的时候,'我'与'你'才能够真正相遇"(刘杰,《论犹太教》译序 20)。布伯认为:"凡真实的人生皆是相遇。"(布伯,《我与你》27)尽管布伯在该著述里没有用"移情"一词来形容"相遇",从事移情研究的学者们认识到,布伯所阐述的人与人之间的真正的"我"与"你"的相遇关系就是人与人之间移情相遇和移情理解的关系。乔拉米卡利(Arthur P. Ciaramicoli)和柯茜(Katherine Ketcham)在其有关移情的合著[1]里指出,他们深信布伯在谈到"我—你"关系时他所探讨的就是人与人之间的移情相遇。[2](乔拉米卡利、柯茜 165)当一个人把所有前见、预设皆放下,完全沉入与他者的相遇,则意味着他或她走出自我中心主义的认知范式,以视角性认知的方式移情进入他者的情感和认知世界,从而与他者的他性相遇。

在布伯看来,婚姻中的伴侣关系就是人与人之间"我"与"你"的关系:

> 伴侣就是本质上不同于自我的他者,伴侣身上的他性就是自我所意指的,我肯定这种他性,希望伴侣身上的他性能够存在,因为我希望伴侣的这种独特的存在能够继续生存。这是婚姻的基本原则,以此为基础,真正的婚姻则会导致如下的

---

[1] 该合著的英文名称为:*The Power of Empathy: A Practical Guide to Creating Intimacy, Self-understanding and Lasting Love in Our Life*,陈兴伟、张家铭翻译,此书于 2005 年由台北的麦田出版社出版,他们将"empathy"翻译成"同理心",该书全名译为《你的感觉我懂:同理心的力量,创造自我了解与亲密关系》。

[2] 巴伦在《零度移情:人性残忍的新理论》里探讨人与人之间屏蔽移情的问题也追溯至布伯在《我与你》里的相关论述。他指出人与人之间遭遇移情腐蚀,或者屏蔽了对他人的移情,则处于布伯所说的"我—它"的模式,人与人之间移情发挥作用则处于布伯所说的"我—你"的模式。参见 Simon Baron-Cohen, *Zero Degrees of Empathy: A New Theory of Human Cruelty*. London: Penguin Books Ltd, 2011, p. 6.

认识：对他性的合理性的认可，并且承认他性的多面性，即使
自我与其多面的他性发生冲突和矛盾亦承认这多面的他
性……我与之相联结的人就是本质上不同于自我的他者，与
我相比较，他们不仅仅具有不同的心灵，不同的思考方式，或
者不同的信念和态度，而且具有不同的洞察世界的方式，认可
不同的意义范式……肯定这一切，从另一生物个体生存方式
上肯定它，在发生冲突的艰难情景下肯定它……通过婚姻，如
果是真正意义上的婚姻，我们则具有这样不可替代的力量，能
持续地体验他者作为他者的生命实质，能更多地体验他者源
于其有机生命深层的危机经历以及度过危机的经历，任何时
候我们都遭遇专横的他性，如今当他性刺骨的寒气从我们身
上肆虐经过，我们身上增长起来的对他性的肯定则将之救赎
了，这种对他性的肯定知晓并毁减对他性的一切否定，并且嬗
变为巨大的联结力量，这是我们尚在母亲子宫里就曾梦想的
联结力量。（Buber 61-62）

尽管布伯的论述未提及"移情"一词，他所强调的即是，夫妻双方都
能够超越自我中心主义，移情理解并肯定对方独特的他异性存在，
肯定和尊重对方异质性存在的价值，并在彼此间缔结牢固的联结
力量。

布伯强调的夫妻间缔结的移情联结力量正是伯纳德和琼的婚
姻所欠缺的。伯纳德是业余昆虫学家、社会活动家和政治家，他积
极地投身于各种社会活动；琼早年跟伯纳德一样信仰共产主义，1946
年在法国蜜月旅行期间遭遇黑犬经历后转向了神秘主义。尽管琼
并没有明显地皈依宗教，但是她是"神秘主义者和玄学家，一生中致
力于寻求最终的意义和本质的真理"（Schemberg 61）。杰里米作为伯
纳德和琼的女婿，这样概括岳父母之间的冲突："理性主义者与神秘
主义者，政委与瑜伽信徒，活动家与隐士，科学家与直觉主义者——

伯纳德和琼构成了这样一对极端的矛盾……"①(19)尽管伯纳德和琼拥有完全对立的"价值框架"(Taylor 24)，依据布伯的观点，这并不能妨碍彼此的移情相遇，因为"我与你的关系直接无间。没有任何概念体系、天赋良知、梦幻想象横亘在'我'与'你'之间……没有任何目的意图、期望欲求、先知预见横亘在'我'与'你'之间"(布伯，《我与你》11)。然而，伯纳德和琼没有能超越横亘于彼此的迥然不同的价值框架，他们在各自追寻价值框架的过程中，囿于各自的信仰系统、认知模式，始终没有以视角换位的方式进入对方的视角想象和感知对方的情感世界和认知世界，从而忽视了对他者的移情理解和关怀，两人都没有以移情理解的方式肯定对方完全迥异于自己的异质性的存在。

布伯认为，婚姻中的夫妻双方能持续地体验他者之为他者的生命实质，能更多地体验他者如何经历生命的深层危机并最终度过危机的经历。布伯所意指的也就是夫妻双方处于移情"相遇"、"到场"和"心心相印"的关系中，从肯定和尊重他性存在的角度去移情感受和肯定对方所经历的存在危机及其嬗变过程。然而，当琼遭遇生命深层的存在危机即黑犬事件和信仰嬗变时，伯纳德没有"到场"，事后也没有关切和肯定琼的他性经历。在琼最需要伯纳德帮助和关怀的时候，伯纳德专注于自己的兴趣世界，随后他站在自我中心主义的认知立场上错误地阐释琼的经历。

其实，黑狗事件前一天的巨石墓地之旅已经蕴含了琼即将经历的存在危机的萌芽——她对自己的信仰产生了动摇。琼和伯纳德相识于二战期间，因彼此共有的共产主义信仰而相爱并步入婚姻的殿堂。1946 年他们即将结束欧洲蜜月之旅，在法国途经一古老的墓地遗址。在古老的巨石墓前，琼正和丈夫"谈论着如何尽微薄之力去改变世界，我们正在回家的路上，要回去开始我们崭新的

---

①　引文出自郭国良的译本，部分内容笔者参考原著后稍有修改。伊恩·麦克尤恩:《黑犬》，郭国良译，上海:上海译文出版社，2010 年。文中标注页码为中文版页码。

生活。我甚至还记得自己当时在想：我从未像现在这样幸福。这就是我要的生活！"(27)可是，置身于荒野，琼内心深处生发了对政治信仰的怀疑：

> 我眺望着峡谷，视线掠过"布兰达的喀斯"，投向远方的群山，我越观望，就越领悟到一个昭然的事实：和这些峻岩的年龄、魅力以及力量相比，政治实在微不足道。人类只是一个新生事物。宇宙根本不在乎无产阶级的命运！我感到恐惧。我那整个短暂的成年人生都依附于政治——它给了我朋友、丈夫以及理想。以前我一直渴望回英国去，而到了这儿，我却又在告诉自己，我宁愿待在这片荒野中，过不舒适的生活……也许我对政治和荒野都无法适应。也许我真正想要的，是一个温馨的家庭和一个孩子，让我来照顾。我非常困惑……(29)

琼在巨石墓前的感悟表明她正经历着与道德指向相联系的身份困惑。泰勒认为"知道我是谁，就是知道我站在何处。我的身份是由提供框架或视界的承诺和身份规定的，在这种框架和视界中我能够尝试在不同的情况下决定什么是好的或有价值的，或者什么应当做，或者我应赞同或反对什么。换句话说，就是我能够在其中采取一种立场的视界"(泰勒，《自我的根源：现代认同的形成》32-33)。如果说琼的政治信仰曾带给她明确的道德方向感和身份感，即泰勒所说的有明确立场的视界，那么如今置身于战后欧洲荒野的她则迷失了道德方向。琼在道德空间正经历"一种严重的无方向感"，不知道"自己是谁"(泰勒，《自我的根源：现代认同的形成》33)，陷入了身份困惑。琼在旅途中目击满目疮痍的战后欧洲后，在此处初次经历了源自生命深层的存在危机——信仰困惑，她对自己的政治信仰产生了怀疑。琼并没有与伯纳德进行对话交流这一切，夫妻间对话交流的缺失令伯纳德难以理解琼独特的他性经验。

　　经历信仰动摇后的第二天,琼的内心继续被恐惧和忧虑所侵扰,黑犬的出现促使她最终放弃政治信仰并转向神秘主义。用穆勒的话来说:"黑犬在琼特别易受启示录影响的时候出现而具有特别的意义。"(Möller 98)琼遭遇黑犬袭击时,伯纳德在她身后正专注于他自己的科学兴趣:观察路上爬行的毛毛虫,并拿出笔记本开始速写。琼已经走到了距他三百多码远的地方,她突然发现"……在 70 码开外堵在小径上的两只动物,仅仅在轮廓上看起来像狗,从体型大小上看,它们更像神话故事里描述的野兽。它们的突然出现,还有那异常的体型,让她想到了哑剧中的一条神谕,一个需要她独自解读的寓言……恐惧令她感到虚弱和恶心。她等待着伯纳德的脚步声。当然,她并没有把他甩得太远"(182)。琼期盼伯纳德的援助,但是专注于昆虫研究的伯纳德在危急关头没有及时地给予琼帮助。琼独自面对黑犬袭击,叫道:

　　　　"请走开吧。求你们了。噢,上帝啊!"这句感叹把她带向了传统思维,现在就是她最后也是最好的机会。她试图去寻找她身体中上帝所在的位置,她察觉到一个模糊的轮廓,一种她以前从没有注意到的空旷感,位于她的头骨后面。它好像升了起来,并向前向外涌出,在数英寸高的地方流动,突然形成了一个椭圆形的阴影,像是一个装有波动能量的气囊,或者,就如后来她试着解释的那样,一道包围着她、容纳着她的"看不见的彩色光芒"。如果这就是上帝,那么毋庸置疑,这也就是她自己……即使在这个紧要关头,她也明白自己发现了一些非同寻常的事情,她决定活下来并且去调查它。(190)

琼的顿悟令她有力量从畏惧转向进攻,展开与黑犬的搏斗。琼最终击退了黑犬,她的精神信仰也发生了转变。随后在休憩的旅店处,耳闻村长关于盖世太保训练黑狗来强奸妇女的讲述后,琼更加坚定了自己信仰的转变。在琼看来那并非是普通的黑犬,她坚信:

  我遇见了邪恶,发现了上帝。我把它称为我的发现,但当然,这并不是新的发现,而且也不是我独有的发现。每个人都需要为自己完成这个发现。人们用不同的语言来描述它。我猜想,世界上所有伟大的宗教都是源于某个人受到启发而触碰到了精神上的现实,然后想让这种知识永葆活力。这种知识的绝大部分精华都在条规、习俗和对权力的沉溺中遗失了,这就是宗教的状况。最后,这本质的真理,这些我们内在的无尽资源,这种追求更高境界的潜能,这种美德,一旦被抓住,你再怎么去描述它都没多大关系了……(55)

如果说前一天在古墓地琼只是质疑自己的政治信仰,陷入身份困境,那么在经历黑犬事件后她已经明确地放弃了政治信仰而转向神秘主义①。"正是在这'本质真理'的发现中琼找到了为后来生活确定方向的价值框架。"(Möller 98)琼从遭遇信仰危机到安然度过危机。依照布伯的观点,琼的这些源自生命深层的独特的异质性经验本应当得到丈夫伯纳德持续地移情性体验和肯定。然而,伯纳德坚持自我中心主义的认知视角且固守于自己的价值框架,对琼的经历不但没有移情性地体验、肯定,反而是持忽视、误认和否定的态度。在琼击退黑犬15分钟后,伯纳德找到了她。琼只是"简短地说自己受到了两条狗的惊吓,想要回去"(193)。他没有敏锐地察觉到琼所经历的情感状态的变化。针对她突然改变决定,伯纳德没有找寻深层的情感缘由,而是责备她说"错过通向纳瓦赛勒坡路的美丽风景有多么愚蠢"(193)。他捡起她的背包时,"发现在帆布上有一排弯曲的空洞和一层泡沫,但他太专注于想要赶上琼,就没怎么在意。当他赶上她时,她摇摇头。她无话可说"

---

  ① 《麦克米伦宗教词典》对神秘主义定义为:"它是宗教经验的高级形式,在此之中,主体感觉到神或者某个终极实在的在场导致意识的膨胀和超越日常世界的感觉。"转引自图根德哈特:《自我中心与神秘主义:一项人类学研究》,郑辟瑞译,上海:上海译文出版社,2007年,第100页。

（194）。虽然察觉到背包的异样，伯纳德并没有进一步问询琼所遭遇的危险经历，移情关切她遭遇危机后的情感状态。对伯纳德来说，旅行计划的突然改变意味着自己将错过美丽的风景，对此他甚是不满因而责备对方。可见伯纳德的关注点指向自我利益的得失而非他者琼的异质性经验，这无疑妨碍了他对琼表现出移情关切。

　　与伯纳德对琼的他性经验所表现出的忽视和迟钝反应相对照的是，黑狗事件后他们所抵达的椴树旅社的女店主奥利亚克夫人对他性经验则表现得更为敏锐：“她感觉琼有点不对劲，因为琼在接过杯子后又很小心地放了下来。接着，在伯纳德注意到那一刻之前，她发现琼的右手上血迹斑斑……。惊叫道‘这道伤口很严重啊，你这可怜的小家伙。跟我进屋来吧，我给你包扎一下’。”（195－196）在奥利亚克夫人的移情关怀下，琼逐步释放了自己创伤后的情绪，“琼顺从地站了起来……琼的脸扭曲起来，她发出了一个奇怪的高音，就像一声惊叫”（196）。伯纳德则误解了妻子的他性经验，“伯纳德站了起来，他惊呆了，以为自己将要目睹分娩、流产或是某种非同寻常的女性灾难”（196）。伯纳德对妻子特殊经历的错误阐释表明他并不了解妻子，他甚至没有尝试进入对方的视角移情体察和感受妻子的他性经验，相反，从自己的认知视角主观地对妻子做出错误判断。伯纳德和妻子之间缺乏相互间移情相遇的联结力。

　　遭遇黑犬事件后，琼在旅店主人奥利亚克夫人的移情关怀下开始讲述自己的创伤经历。“在经过一阵无泪的、断断续续的呜咽后，琼最终像孩子一样哭了起来。”（196）当琼可以重新开口说话时“琼讲述了她的故事”；伯纳德则以“惊愕和骄傲的表情”做出了回应，但是伯纳德并不理解黑犬带给琼的精神上的创伤性影响，更无从肯定和体验琼的他性经历。事故后不久，“琼再次陷入了沉默。她想说说自己遭遇黑狗时看见或感受到的那圈彩色光晕，可她知道伯纳德会对此不屑一顾。她也想讨论一下村长讲的那个故事，但伯纳德已经明确表示过，对这个故事他一个字也不相信……”

(212)琼预测到伯纳德对自己创伤经验的否定态度,便没有向伯纳德倾诉自己的感受。彼此间对话交流的缺失使伯纳德对琼的他异性经验感到更加陌生,他始终都没有进入琼的视角,未能移情想象琼所遭遇的存在危机事件和琼信仰嬗变过程中所经历的复杂情感和价值取向的变化。在琼看来,黑犬事件是她人生的转折点,也是她与伯纳德在认识论上分道扬镳的关键点,那是

> 决定性的时刻,那是一段令她人生转向的经历,那次遭遇中显露的真理,令之前所有定下的结论都必须重新考虑……琼已经说服自己相信,这"第二天"为她解释了一切——她为什么退党,为什么与伯纳德陷入了一生不和的境地;她为什么要重新思考她的理性主义,她的物质主义;她如何过上了后来的那种生活,到哪里去生活,以及她想了些什么。(40)

伯纳德不仅没能移情理解和肯定黑犬事件对于琼在存在意义上的重要作用,反而站在自我中心主义的认知立场否定琼的他异性经验。即便在近40年后,伯纳德对琼遭遇黑狗事件的意义之说仍然持否定态度。对于琼把与黑犬相遇看成"与邪恶直面相遇"的说法,他向女婿杰里米申辩到:

> "与邪恶相遇"? 让我来告诉你她那天遇见了什么吧——一顿美味的午餐和一些不怀好意的村里闲话! 至于说到内心世界嘛,我亲爱的孩子,想想那些胃囊空空讨不到饭吃的人吧……。你看,面对在这拥挤的小星球上持续发生的一切,我们确实需要一整套理念,而且还是非常非常好的理念! (225)

伯纳德坚持从自己理性的认知视角看琼,以自己的科学理性主义的价值框架衡量琼的价值观。对于伯纳德而言,"他仍然爱她,却又对她那缺乏社会责任感、以自我为中心的生活方式深感恼火"

（222）。其实，伯纳德和琼之间的对立和冲突是不同价值取向的对立，是科学理性与神秘主义之间的对立和冲突。马尔科姆在对该文本的解读过程中曾试图探究伯纳德和琼到底谁对谁错，并反复探寻黑犬事件的原委，认为如果能弄清楚该事件真相就能判断孰是孰非。但他最终没有做出判断。在他看来，"或许麦克尤恩希望暗示伯纳德和琼之间不同观点的争论最终并不能解决"（Malcom 151）。笔者赞同马尔科姆的观点，麦克尤恩并无意判断伯纳德和琼在价值取向、信仰系统问题上的孰是孰非，但是伯纳德和琼几十年的情感疏离表明他们彼此没有移情走近对方，没有尝试沟通、了解和肯定对方的他异性，这是麦克尤恩意在探寻的重要内容。

　　如果说伯纳德在琼经历遭遇黑犬事件后以及信仰危机的过程中没有体验、肯定琼作为他者的他性经验，那么从琼对伯纳德的描述和指责来看，她同样没有尊重、肯定伯纳德作为他者的他性。琼在杰里米面前这样谈论伯纳德：

> 　　伯纳德认为，注重眼前是一种自我放纵。那纯粹是胡扯。他有没有静下来坐着反思自己的人生？……他只关心事实和数据，他的电话成天响个不停，他总是匆匆忙忙地去发表演讲，或者参加专题小组讨论之类的活动，但是他从来没有反思过。他从未对造物之美抱有哪怕一瞬的敬畏。他讨厌静默，所以他一无所知……他看问题只停留在问题的表面，整天在胡扯如果世界更加井然有序事物会是什么样子，却不去学任何实质性的东西……但是她心里清楚，她对伯纳德的人生描述——电视上的亮相，收音机里的小组讨论，一个公众知名人物——都已经是十年前的事了，早已过时。现在的伯纳德表现得相当低调，没有多少人再能听到他的消息……（30）

琼则以自己重视内省的价值取向去考量、责备伯纳德的行为，认为他仅关注问题的表象，从未触及问题的实质。可她又自觉地意识到对伯纳德的描述和了解还停留在十年前的印象,自己并不了解伯纳德作为他者的动态变化的他性。心理学家们认为"移情在认识论方面的重要功能之一便是收集有关他人的信息;移情令一个人意识到另一个人的状态,并收获对移情者来说有关此人的重要信息"(Oxley 41)。显然,琼在生活中没有以移情的方式走近伯纳德,十几年来对伯纳德生活状态的动态变化一无所知。移情的另一个认知功能在于"有助于了解他人,这涉及能把握另一个人的情感、愿望、所处社会境况等如何共同阐释此人的生活图景,把他人看成是一个完整的个体,并将自己的经历和他人的经历相联系"(Oxley 46)。伯纳德未曾移情了解"黑犬事件"对于琼的意义并由此把握和理解琼发生信仰嬗变的人生;琼同样没有以移情的方式理解伯纳德的人生图景,没有尝试从伯纳德的视角看世界、体验他的情感和愿望并由此理解和欣赏他的人生,肯定伯纳德的他性的存在。

就在琼遭遇黑犬袭击和信仰嬗变的那次旅途中,伯纳德其实也经历了独特的他性体验——精神顿悟。他们瞥见一位石匠在一个战争纪念碑上篆刻新的名字,一位身着黑衣的女子为在战争中阵亡的丈夫和两个兄弟而悲痛,这三个名字是石匠刚刚添加上去的。此情此景震撼了伯纳德的心灵:

> 在伯纳德余下的一生中,他将把这一刻永远铭记在心。这场刚刚结束的战争令他震撼,他不再把它看作是一种历史和地缘政治意义上的客观事实,而是由各种人间悲痛组成的近乎无穷的集合,一份无边无际的哀伤,被持续不断、毫无削减地分给了芸芸众生。他们分布在这片大陆之上,轻若孢子,渺如尘埃,每个人各自的身份都湮没在了历史的云烟之中,不为人知,而他们作为一个整体显出的更加深重的悲哀,是任何个人都无法去理解玩味的……他以前好像从未仔细思考过这场战争,没有考虑人们为这场战争而付出的代价。他只是忙

于自己工作的诸多细节,想要做好它们……有生以来,他第一次从感性上认识到:这场战争浩劫带来的破坏规模是何等之大。所有那些独特个体的死亡,所有那些随之而来、同样独特的悲恸哀伤,在重大会议、新闻标题和浩瀚历史中都不会占有一席之地,只能悄悄地退却到斯人已逝的空荡家园、清冷寂寞的厨房、无人相伴的爱情小床和永伴余生的痛苦回望之中。(213-214)

习惯于理性思维的伯纳德第一次从情感上体味了二战给无数个体带来的巨大创痛。琼对于伯纳德的顿悟却浑然不知,"对他来说这不是可以和琼共同分享的观察心得"(214)。正如琼在经历黑犬事件后没有向伯纳德敞开自己的感受,伯纳德同样没有向琼倾诉自己独特的他性体验——精神顿悟,夫妻间对话沟通的缺失令彼此难以了解对方的他异性经验。诚如布伯所言,在现代社会存在一个"对话的危机"(布伯,《论犹太教》29)。即便是亲密的人际关系——夫妻之间对话交流亦很艰难,这无疑阻隔了彼此间的移情"相遇"和"到场"。① 男女主人公对话交流的缺失妨碍了相互之间的移情理解,加剧了彼此之间的误解。伯纳德永远铭记产生精神顿悟的那一刻,这意味着他当年反思性的顿悟将伴随他的余生,影响他的行为。因此,琼对伯纳德所做出的"他从未反思过自己的人生"的判断显然是对他的误解。

事实上,读者从叙事人杰里米叙述中看到的伯纳德迥异于琼

---

① 事实上,除了《黑犬》里的伯纳德和琼,麦克尤恩小说中的爱侣、夫妻双方大都由于对话沟通的缺乏而妨碍了相互间的移情理解,造成很多误解、冲突,甚至带给对方无法弥补的伤痛。在《爱无可忍》里乔和克拉丽莎、在《时间中的孩子》里的斯蒂芬和朱莉都曾一度缺乏对话交流而妨碍了彼此之间的移情理解而造成相互之间的误解、矛盾;《切瑟尔海滩上》中的男女主人公爱德华和弗洛伦斯,用麦克尤恩的话说是"一对善意且相爱的单纯的情侣",然而他们在新婚之夜却没有跨过初夜的坎儿,他们之间由于对话交流的缺乏严重妨碍了相互之间的移情理解,彼此在误解中带给对方巨大的伤害,最后两人悲剧性地分离开来。

的视阈下备受诟病的伯纳德，"他是一位颇具才华的昆虫学家，一生对科学的热忱及其有限确定性坚信不疑。在舍弃共产主义之后的 30 年里，他为形形色色的社会和政治改革事业奔走疾呼"(18)。与琼坚持专注于内在自我修炼的价值取向不同，伯纳德的道德空间总是指向社会事业，他的道德身份与科学、理性、社会改革事业密切相关。从早年信仰共产主义到舍弃共产主义，之后三十余年积极投身于社会、政治改革事业，伯纳德终其一生都在追寻和实现有意义的人生价值。可见，伯纳德和琼都对对方缺乏了解，对彼此的他性都缺乏尊重和肯定。其实，伯纳德和琼当年作为二战后的一代青年人都以各自的方式直面战后欧洲的创伤世界，以不同的方式追寻价值框架、生存意义，这本身无可厚非。对生存意义的探寻是人之为人的必要构成元素，但是他们在意义追寻的过程中彼此间缺乏对话沟通，没有践行尊重、肯定他性的移情关怀伦理，导致几十年来的情感疏离，而这恰是麦克尤恩所批判的。

移情视阈下的人际关系强调对他者他性的尊重。"移情所揭示的情感是一种表示尊重的情感，尊重揭示出了他者的他性。由此而把握的理解是对他者存在的可能性的理解，在相互人际关系中允许他者拥有自由、自我表达和有效性，让真实的他或她被认识。"(Agosta 8)伯纳德和琼之间所欠缺的正是这种相互尊重彼此他性的移情情感，没有尝试以视角换位的移情方式走近对方，认知对方的认识观、价值观进而理解对方本真存在的可能性。相反，他们在执着追寻各自自我本真存在的可能性的过程中忽视了对对方他异性的尊重和肯定，而且对对方不同于自己的价值框架持否定、责备的态度。科姆斯布格认为，伯纳德和琼在各自生活中"期望一种统一性、整体感"，在"各自的道德空间里寻求自我定位"(Schemberg 39)。伯纳德坚信科学、理性，热衷于社会改革事业，而琼在经历黑犬事件后其信仰则由共产主义转向了神秘主义，之后的余生都隐居在法国的村舍专注于内心的修炼。用穆勒的话来说，"伯纳德和琼各自用于自我定位的知识模式相互冲突"(Möller

95）。更关键的是，他们在各自自我身份定位的过程中忽视了移情理解和关怀作为他者的伴侣，在最基本的人际关系——夫妻之间没有践行包容、尊重他性的移情理解。琼和伯纳德各自以自己所坚持的理念标准来评判和谴责对方：

> 伯纳德精神上的枯燥贫乏和"根本没正经"，他那狭隘的合理性，以及他"无视全部累积的证据"、盲目地坚持认为理性的社会工程能把人类从痛苦与残忍的天性中解放出来的傲慢和固执，都令琼愤怒不已；而伯纳德则难以忍受琼对社会良知的背叛，她那保护自我的宿命论，以及她无止境地倾心受骗——对于那些琼坚信存在的如独角兽、树精、天使、灵媒、自我治愈、集体无意识、我们内心的上帝等等一长串名字和事物，伯纳德感到痛苦不堪。（33）

琼和伯纳德囿于各自的价值取向和认知范式，不能理解和包容对方迥异于自己的价值取向，面对对方异于自己的他性，他们感到愤怒和痛苦。渗透移情理解的人际关系"会避免在抽象理念或者完美标准的观照下去判断、谴责甚至评价他人的经验"（CM 8-9）。伯纳德和琼尽管彼此相爱，却不能包容和肯定对方的他异性，三十多年来分居于英法两个国家，"且到了几乎不说话的程度"。"没有对话的爱，也就没有真正地向外触及他者，没有抵达他者，没有他者的陪伴，爱也就仅停留于自身。"（Buber 21）夫妻之间即便相爱，但如果没有对话交流，不能以视角换位的方式进入他者的情感和认知世界，就无法真正地触及、抵达对方的他性。

尽管琼和伯纳德多年来情感疏离，但是在晚年他们对对方他性的移情理解意识在一定程度上有所觉醒。琼晚年遭受疾患，不得不从隐居多年的法国乡村回到伦敦的一家护理院。回望自己的一生，她深感遗憾：

在得知病情后，我就来到了这里，最后一次将自己禁锢了起来。孤独仿佛成了我人生最大的失败。一个大错误啊。过美好的人生——可是如果孤身一人，那又有什么意义呢？当回想起在法国的那些岁月时，有时感觉好像有股冷风扑面而来。伯纳德认为我是个愚蠢的神秘主义者，而在我看来，他是目光短浅的政委……事实上我们一直彼此相爱，我们从未停止爱慕对方，我们互相吸引，而且我们对此无能为力。我们没有办法一起生活。我们无法停止相爱，但也不会屈从爱的力量。这个问题很容易讲清楚，可我们从来都没有讲过。我们从来都没有说：瞧，这就是我们的感受，我们又该何去何从呢？……假如我痛苦，那是因为我还没有原谅自己。假如我学会了悬浮在一百英尺的空中，那么我从未学会跟伯纳德交流和相处……（44）

琼早年为了自己心中有意义的人生孤独地追寻，置伴侣、孩子于不顾，晚年时候她充满愧疚的反思表明，她已经意识到缺乏包容他性的移情联结的孤单人生并无意义。亨尼西（Colleen M. Hennessey）指出，"我们人类在各种领域寻求意义，但是我们首先应该关爱彼此"（Hennessey 195）。即将走完人生旅途的琼在某种程度上意识到自己和丈夫虽然彼此相爱却因价值取向的对立而没能生活在一起，究其根源在于缺乏包容他异性的对话沟通和移情理解。在琼去世后，伯纳德在某种程度上也表现出对琼的他性的尊重，甚至尝试进入琼的认知视角移情想象琼洞察世界的方式。琼过世后，当杰里米询问伯纳德怀念她什么时，伯纳德说：

我最怀念的是她的认真。在我认识的人里，只有几个像她这样，将人生视为一项工程，一份事业，由她自己去控制，去让自己通向——呃，用她自己的话来说——彻悟，智慧。我们大多数人都将未来定格在金钱、事业、子女这样一类事情上。

而琼想要理解——天晓得啊——自我，存在，"造物"。她认为
我们其他人的生活是在随波逐流，漫无目的地做着一件又一
件事情，就像她说过的是在"梦游"，所以她对我们非常不耐
烦。我讨厌她满脑子的这些荒唐念头，不过我喜爱她的这份
认真。（104）

伯纳德深知琼对世界的认知方式和价值取向与自己迥然不同，但
是他对琼"认真"态度的赏识和肯定实际上是对琼的他性经验的尊
重和肯定。伯纳德还在杰里米面前坦言：

在她死后最初的六个月里，有个念头老是在我脑子里打
转：她的灵魂一定想与我交流……如果出于某种不可理解的
机缘，这个世界真的就像她所编造出来的那个样子，那么，她
肯定会想和我取得联系，告诉我错了，她是对的——这个世界
里有上帝，有永恒的生命，有一个意识的去处……她会通过一
个长得像她的女孩来行事……（90）

在琼有生之年，伯纳德未曾尝试采取视角换位移情进入琼的情感
和认知世界，肯定她的存在方式；但在琼离开人世之后伯纳德渴望
与琼的灵魂之间有交流和联结，感知琼的认知方式，这与伯纳德一
贯笃信的科学理性主义相矛盾。这表明伯纳德最终能走出自我中
心主义的认知方式并尝试进入琼的认知世界。尽管琼已经辞别人
世，伯纳德始终没能实现与琼之间的移情联结，但是伯纳德渴望与
琼移情沟通、建立联结的愿望是真实的，在某种程度上这是伯纳德
对自己以往否定琼他性经验行为的反思和修正。

　　琼和伯纳德晚年某种程度上对彼此他性肯定意识的觉醒与叙
事人杰里米分别与两人的对话和协商密切相关。杰里米八岁就丧
失了双亲，到37岁与珍妮结婚才找到情感的归宿，他坦言自己信
仰的缺失与成长过程中多年的情感空白密切相关：

我发现，从 8 岁到 37 岁，在这段时间里一直困扰我的情感空缺，那种无家可归、无人可倚的失落感，导致了我在知性上的严重缺陷：我没有信仰，我什么也不相信。这并不是说我怀疑一切，或者我在保持理智的好奇心的同时仍坚持用怀疑的眼光看待问题，或者我对所有观点兼容并蓄全盘接受——不，都不是。仅仅是我没有找到一个合适的理由，一条持久的准则，一份基本的理念来鉴别判断，没有找到一种能让我去真诚、热情或者平静信奉的超验存在。（17‐18）

早年丧失双亲、欠缺情感联结的杰里米实际上没有找到自己人生的意义范式，用比多特（Richard Pedot）的话来说，杰里米是后现代时期的孤儿。（转引自 Hennessey 177）赫德认为，"从道德角度看，杰里米如一空洞的容器"（Head 110）。他的岳父母有明确信仰，"他们成了我那缺乏信仰的空白地域中耸立的两根标杆，使我的信念左右摇摆不定……"岳父母吸引着杰里米去追寻他们过往的岁月。杰里米实际上试图通过了解岳父母的过去而为自己找寻道德指引。在与琼多年的对话和交流之后，杰里米决定为琼书写回忆录，"我们彼此已经达成一致，我要写下她的生平。她心里有意写本传记，这是合情合理的，而这是我原本的想法。但是当我开始以后，事情却变成了另一种样子：不是传记，甚至确切地说谈不上是回忆录，而更像是跑题之作。她当然是中心人物，但我并不会仅仅只写她的生活"（21）。杰里米以元小说的叙事方式声称他为琼书写的回忆录不是传统意义上的连贯、封闭的回忆录，形式开放而灵活，"他构建的叙事是与岳父母开放而持续的对话"（O'Hara 20），开放、灵活、碎片式的叙写风格契合杰里米与岳父母之间深度移情对话的方式。

伯纳德和琼大半生中都固守各自封闭的价值框架和阐释框架去评价对方，不愿意以视角性换位方式移情进入对方的认知视角；杰里米则以开放的态度分别与琼和伯纳德进行对话，追寻他们的

历史,探寻三十多年来他们彼此情感疏离的缘由。杰里米实际上
是以深度移情的方式走进伯纳德和琼的过往生活,了解和接近他
们各自的他性存在。深度移情"既涉及延伸出去也包括接受进来,
如神秘的相遇;深度移情通常被描述成包括爱或者欣赏的感觉。
这也就是布伯所说的从'它'走向'你'的过程。与此同时,智力操
纵和评价隐退了,因为我们仅仅只需在场和对他者敞开"(Hart
265)。深度移情"产生于朝向深度接触的自然冲动——去了解和
被了解"(Hart 267)。杰里米在与岳父母深度移情的过程中了解岳
父母各自他性的同时也令自我得到了解。

　　自我的构成从根本上说是对话性的,离不开他者。泰勒指出,
"一个人不能基于他自身而成为自我。只有在与某些对话者的关
系中,我才是自我……自我只存在于'对话网络'中"(Taylor 39)。
琼独自隐居他乡三十多年,她的自我缺乏对话性元素,到了晚年时
她患有不治之症,在濒临死亡之际,通过与杰里米的对话,把自己
的回忆呈现给杰里米。回忆与个体身份之间关系密切,相关论述
可以追溯至英国经验主义哲学家洛克。布鲁斯坦因(Jeffrey
Blustein)指出,"洛克的理论粗略看来其实是关于记忆的理论,他
通常这样阐释该理论,认为个体能够回忆过去的经历并且使其适
合于具有自觉意识的自我,这就构成我的身份,也是回忆经历的主
体"(Blustein 42)。在洛克看来,记忆对于构建个人身份具有重要
的作用。记忆对于构成个人身份的连贯性也发挥关键作用,"个体
身份的连续性很大程度上取决于能够进入自己的历史并且意识到
自己的现在与自己的过去之间的联系"(Blustein 42)。身患不治之
症的琼趁记忆尚健全回忆自己的过去并将之讲述给女婿杰里米,
其回忆、讲述的过程其实是进入自己的历史,并且在自己的现在和
自己的过去之间建立联系,从而构建自己的身份,使其具有连贯
性,并希望获取杰里米(读者)的移情认可。伯纳德同样通过向杰
里米讲述自己的过往历史来构建自己的身份,也希望获取杰里米
(读者)的移情认可。

杰里米一方面肯定和接受岳父母各自的他异性,另一方面,针对琼和伯纳德彼此矛盾、冲突的回忆,他也意识到记忆的建构性和主体性。"主体性人,作为自我阐释主体,从来都不仅发现而且创造呈现于记忆和个人历史页面上各个事件之间的联系和关系。"(Worthington 64)对于琼来说,黑犬事件在她人生中具有重要意义,她对黑犬事件的回忆、阐释其实也就是在其个人历史的各个事件间建立联系,"在琼看来,这件事将是我回忆录的核心部分,就如它在她的人生故事中所处的地位一样——那是一个决定性的时刻,那是一段令她人生转向的经历,那次遭遇中显露的真理,令之前所有定下的结论都必须重新考虑"(39 - 40)。具有不同价值框架的伯纳德自然对黑狗事件有迥异的诠释,杰里米意识到"这个故事的准确性已经居于次要,它所起的作用才是关键的"(40)。琼和伯纳德对过往历史的不同回忆和诠释呼应了与他们各自不同的价值框架相联系的道德身份。但是,他们在回忆、建构各自道德身份的过程中暴露出各自认知范式的封闭性,妨碍了夫妻之间的移情理解和移情关怀,这正是导致他们彼此情感疏离的重要缘由。

杰里米在与岳父母分别对话、移情理解他们过往经历的过程中洞察出他们各自认知框架的局限性。针对他们相互间的指责,杰里米构建了开放而灵活的阐释框架。他质询琼说,"难道你不认为这个世界能够包容你和伯纳德看待问题的方式吗?有人朝内部探索心灵的秘境,另一些人则专注于改善外部世界,这难道不是最好的局面吗?多样性不正是构建文明的根基吗?"(41)在伯纳德面前,杰里米也指出,"你从来不听她对你说的话。她也不会去听你的。你们俩是在同一件事上相互指责。你和她都一样强硬。两个蠢货!你们都把自己的内疚推卸到对方身上"(100)。杰里米试图调解伯纳德和琼多年来的冲突,指出他们都固守于自我中心主义的认知范式,没有聆听对方的心声。聆听对方是移情沟通的重要一环,在聆听中讲述方能自由、有效地把自己本真的一面呈现出来,聆听者也就有机会认识和理解讲述人的本真存在的可能性。伯纳德和琼缺乏对话交流,没有聆听彼此的讲述,他们相互封堵了向对方移情敞开他性的可能性,在相互指责中,双方都没有理解和包容对方的异质性存在。

　　杰里米在分别与岳父母的对话和书写回忆录的过程中增强和体会了对他者的深度移情。他以包容、开放的姿态接受岳父母各自迥异的价值框架,理解他们各自独特的他性,同时也审视他们各自自我中心主义认知范式的局限性。在倾听和书写他者人生经历的过程中,杰里米增强了对异质性的肯定和包容,在此过程中找寻到了自己缺失多年的伦理指向。在与伯纳德和琼多年交流、深度移情并为他们书写回忆录之后,杰里米宣称:"假如我不宣告我坚信真爱可以改变人生,可以救赎人生,那就有违于我自己的亲身经历……"(21)杰里米在探究、审视岳父母彼此间疏离生活的缘由后,他坚信肯定和包容他性、渗透移情理解和移情关怀的真爱是人类的救赎力量,这正是指引杰里米和妻子詹妮关系的伦理指向。杰里米远赴法国重访岳母故地时,他反思自己的过往经历,感受到与詹妮的相恋、结婚并养育孩子的幸福生活使自己有了存在的归属感;幼年丧失双亲后多年来缺乏情感联结、迷失伦理方向的他在这移情相遇的真爱中得到了救赎:

　　　　回想起我的整个生活方式,回想起自我八岁时直到马伊达内克的生活中点点滴滴的故事,以及我是如何从生活中解放出来的。千里之外,在数百万房屋中的一所房子之中或附近,有属于我的族群——詹妮和我的四个孩子。我有了归属,我的生命之树扎下了根基,并且枝繁叶茂……(149)

在此,麦克尤恩暗示了杰里米和妻子詹妮的关系透射出移情理解和移情关怀的伦理指向,这有别于琼和伯纳德之间的疏离关系。

　　在《黑犬》里,麦克尤恩聚焦呈现伯纳德和琼之间疏离的两性关系,对杰里米和詹妮之间的渗透移情的和谐关系着墨并不多。在下一章讨论的几部小说中,麦克尤恩则详尽描摹了主人公如何从漠视他者走向移情理解、移情关怀他人的过程。

第 三 章

移 情 他 人 与 自 我 之 伦 理 存 在

斯洛特在《关怀与移情伦理》一书中指出，由于受到女性主义伦理学家吉利根（Carol Gilligan）理论的影响，人们往往将关怀伦理与女性视角相联系。吉利根认为女性往往以对他人的情感关怀或者情感联结的方式来考虑道德问题，而男性常以脱离他人的独立方式看待事物且理性地应用规则和原则来解决问题，于是得出结论：关怀伦理往往表达女性视角而非男性视角。但是斯洛特在该著作里认为，关怀伦理并不局限于女性视角，而是对哲学家们探讨的所有道德和政治问题都具有意义。（Slot 1）斯洛特试图表明可以用关怀伦理视角来理解所有的个人道德和政治道德问题，关怀伦理在整个伦理学中都起作用。（Slot 2）尽管吉利根在《不同的声音》里表达了各种与女性伦理视角相联系的特征，但是并没有具体提到关怀伦理的概念，诺丁斯在《关怀：关于伦理和道德教育的女性视角》一书里首次提出关怀伦理的思想。她认为，关怀伦理要求个人以关切的态度对待他人，关切的行为就需要在情感和动机上敏锐地感知他人的特定处境，因而关注的重点是具体的个体，不是某人在考虑如何对他人做出行为时所求助的抽象或宽泛的道德原则。以诺丁斯为代表的关怀伦理学家关注移情在关怀态度和关怀关系中的作用，某个人要深切而真诚地关怀他人就得设身处地处在他人的情景中，开放地接纳他人的思想、渴望、恐惧等。当人们出于关怀他人的动机而行动，则不是把自己关于何为善或者自己认为将有益于所关怀对象的想法强加给对方。（Slot 12）较之诺丁斯等关怀伦理学家，斯洛特更加重视移情在关怀伦理中的核心功用，他明确指出，关怀是以移情为基础的关怀，也就是移情关怀，他认为我们不仅要对我们身边已经是关怀关系的亲近的人表现出移情关怀，而且要尽力扩大我们移情关怀的圈子，把我们尚不认识的陌生人也包括进来。斯洛特在《关怀与移情伦理》中引入诺丁斯等关怀伦理学家的相关理论的同时，又吸纳了著名心理学移情理论家霍夫曼关于移情与道德发展的关系的理论。斯洛特认同霍夫曼关于个人移情能力分阶段发展并影响我们对他人的关怀能力的观点,认为早期阶段移情与利他主义等道德动机关系显得模棱两可,或刚开始萌芽,随着个人认知能力成熟,阅历逐渐丰富,则移情关怀他人的能力也随之得到发展和提高。

主体自我正是在移情理解他人、移情关怀他人的过程中逐渐通向和趋近自我之伦理存在的境地。在法国当代伦理学家列维纳斯看来,自我不仅仅是自我中心主义的隔离性自我,人之为人的根本在于人的伦理存在。通往人之存在的伦理境地,主体自我须超越自我中心的关切,移情关怀的对象应不断扩大,从亲人、朋友、熟人延伸至陌生人。我们在移情相遇、移情关切他人的过程中承担对异质性他人的无限责任,在异质性他人的伦理召唤下,抵达伦理的主体性①。

麦克尤恩在《时间中的孩子》《赎罪》和《星期六》中探究主人公如何经历了对他人缺乏移情关切嬗变至对他人的移情能力增强的过程,这些主人公通过不断移情理解和移情关切他人,行走在通往伦理存在的旅途中。有主人公遭遇创伤后执迷于自我中心的关切;也有主人公成长于缺失移情关怀的家庭而不善移情理解和移情关怀他人;还有主人公沉浸于自我中心主义的隔离性自我而忽视了对边缘他者的移情关怀。他们最终在移情关怀伦理的指引下、在移情书写他人的过程中、经历了他者外在性的闯入后而将移情关怀对象扩展至陌生人,从而走出了自我创伤、实现了自我之伦理意识的反思或趋近了伦理的主体性。

----

① 这里所说的伦理的主体性是列维纳斯意义上的,列维纳斯认为"伦理的主体性免除了观念化的存在论主体性,后者把一切还原为自己。伦理的'我',就其在他人面前屈尊,为他人更原初的召唤而牺牲自己的自由而言,就是主体性。"列维纳斯强调"主体"对他人的无限责任。参见 Ed. R. Cohen, *Face to Face with Levinas*. New York: State University of New York Press, 1986, p. 27.

第一节　移情关怀他人与自我创伤的愈合

　　《时间中的孩子》于 1987 年出版,小说背景设置于距出版十年后的伦敦,影射当政的撒切尔夫人保守党政府统治下的现实世界。小说主人公斯蒂芬一度陷入自我创痛而漠视他人,在女性朋友特尔玛首先践行的移情关怀伦理的指引下,斯蒂芬逐渐克服自我中心的关切,移情理解、关怀自己的亲人、朋友,最终走出了丢失女儿的创伤阴影,开始了新的生活。

　　主人公斯蒂芬置身于缺失关怀伦理价值的公共世界,"穷人饱受压迫、商业贪婪、政治腐败、环境恶化"(Wells 40)。公共交通趋于瘫痪。斯蒂芬踯躅于大街,在议会广场附近看见持有乞丐执照的孩子。面对这些持有执照的乞丐孩子,斯蒂芬陷入了伦理困境,是施舍还是不施舍? 施舍则意味着政府的此举措施甚是成功,不施舍则又有对他人的贫困视而不见的嫌疑。"无能政府采用的策略便是切断公共政策与私人情感之间的联结,扼杀人辨别正误的直觉。"①(3)可见,政府在制定公共政策的时候并没有移情关怀民众的具体处境,而是切断公共政策与私人情感的联结,这是一个关怀伦理价值失落的现实世界。乞丐孩子形象的呈现则是该公共世界的注脚。处于社会边缘的乞丐孩子需要政府的关爱和帮助,可是政府没有对这些弱势的孩子给予实际关怀,而是给他们颁发乞讨的合法执照。现实社会冷漠、颓败,用斯莱的话说,该小说是致以当代社会的警告信。(Slay 117)

　　富有讽刺意味的是,斯蒂芬参与的官方育儿委员会的主题又极具情感关怀特质,因为如何养育孩子是各个家庭倾注情感的私

----

　　① 引文出自何楚的译本,部分内容笔者参考原著后稍有修改。伊恩·麦克尤恩:《时间中的孩子》,何楚译,南京:译林出版社,2003 年。文中标注页码为中文版页码。

人生活。该委员会还受到首相的特别关注,下面有 14 个分会。作为儿童文学作家的斯蒂芬凭借在政府工作的朋友达克的帮助参加了读写委员会。育儿委员会探讨育儿手册的制定似乎是政府移情关怀民众生活的举措,但是小说各章摘自该育儿手册的题首语表明,孩子并非是政府公共政策的移情关怀对象,相反,孩子成了政府权威规训的对象。官方育儿委员会关注的是如何规训孩子,把孩子塑造成政府所期望的驯化公民,孩子成了公共政治的工具,"与会者一致认为,这个国家到处都是不合格的公民。因此大家就理想公民的构成要素以及为了把小孩培养成未来的理想公民现在所应采取的管教措施等方面,展开了热烈的讨论"(4)。随着小说叙事的展开,官方育儿手册的内幕也逐渐曝光,育儿手册的具体内容早已经由政府官员写好,各个委员会每周一次的会议不过是欺骗大众的伎俩,所谓的对大众的关怀不过是掩人耳目的假象。参与其中的专家成员大多同斯蒂芬一样并不知晓实情,每星期来参加例行会议探讨有关育儿的策略,成员之间除了例行的讨论话题,彼此间根本没有真诚的交流,"委员会成员认为没有必要增进彼此的了解。当冗长的会议结束了,文件和书都塞进公文包里后,礼貌性的交谈便开始了。交谈在双色调的走廊里持续进行,当委员们走下螺旋形混凝土楼梯,分散到不同层面的部级地下停车场以后,谈话就消失为模糊不清的回音了"(6)。如果说育儿会议本身不过是政府关怀民众的虚假形式,那么置身其间的委员们也不过是在虚伪地例行公事,彼此间的交流止于礼貌性的交谈,这是一个仅具有关怀伦理假象的公共世界,持续一致的关怀伦理价值已经丧失殆尽。

斯蒂芬作为一名公民承受社会关怀伦理价值的失落,作为一名父亲则承受着丢失女儿的痛苦。两年前五岁的女儿凯特在超市走失,斯蒂芬至今仍然没有走出丢失女儿的创伤阴影,生活对于他失去了目的和意义,失落成为他生活的主题。在仅具关怀伦理假象的公共世界的背景下看斯蒂芬的处境,其女儿凯特的丢失也就颇具意味。麦克尤恩通过孩子凯特的丢失来鞭笞当代社会积极、真实的人文价值的丧失,而文本中斯蒂芬作为隐形孩子的父亲身份也别有意义。玛斯-琼斯指出:"《时间中的孩子》代表了文学中对父亲身份最持久的沉思。"(Mars-Jones 2)他认为,"主人公斯蒂芬为人父并不是一种经历的呈现——因为文本的大部分他的女儿并不在场——而是作为一种状态,不是作为传记的一个侧面而是一种不可简化的生存状态,该状态并不依赖于与一个现实孩子的当下关系"(Mars-Jones 19)。当孩子从斯蒂芬生命中消失,也就同时剥夺了他现实生活中维持其父亲身份的参照点,文本中斯蒂芬对孩子的疯狂找寻在某种程度上是他对自我身份的追寻。作为父亲,孩子正是斯蒂芬生命中构筑自我身份的重要的他者之一。"面对他者人才成为真实的人,与他者相遇并探究人意味着什么,人才接近本真……"(Agosta 26)从某种意义上说,"他者的出现也就赋予她或他以人性,那么他者的丧失也就是一种死亡,但并非是身体意义上的死亡"(Agosta 27)。换言之,生命中的他者的丧失可以说成是人在精神上的死亡,"没有他者,人遭遇情感、精神的死亡,近似于一个情感怪癖,一切皆无所谓"(Agosta 26)。这是斯蒂芬丢失女儿后的精神写照。整个夏天到白厅去开会成了斯蒂芬漫无目的的生活的唯一活动,但是即便置身于白厅会场,斯蒂芬"所要做的只是在两个半小时里尽量使自己显得机敏,这种大有用处的表面功夫,他在学生时代就已经运用自如了……"斯蒂芬开会时心不在焉,透过窗户,远眺外面的风景,"这是失落的时间,失落的风景……因为丧失是他的主题,很容易就联想到了一个寒冷而晴朗的日子,他站在伦敦南部一家超市外面的情景。在那冻结的一天,他拉着女儿的手……"(8)创伤事件反复进入斯蒂芬的记忆和白日梦,他在脑海里反复再现丢失女儿的经过。

沉溺于自我创痛的斯蒂芬对周遭的世界和他人都漠不关心。除了参加白厅育儿委员会会议,他切断了与外界的联系,从不回电话监视器上的来电。"这些日子很多时间他一直独处。"(10)更多的时间他穿着内衣在家看电视,屋子里脏乱,苍蝇乱飞,"一年过完了,他感到的是空洞的时间,缺乏意义或目标"(28)。外面世界所发生的一切对于斯蒂芬来说都无关痛痒,即便是全世界濒临毁灭,他依旧漠不关心。"奥运会的第二天,全世界突然面临毁灭的威胁。[①] 整整 12 个小时,局势完全超出了控制。斯蒂芬呢,因为天热,只穿了内衣,四仰八叉地躺在沙发上,对此漠不关心。"(28 - 29)对于斯蒂芬来说,"确实对地球上的生活是否继续一点也不在意"(29)。陷入自我创痛的斯蒂芬,对自我以外的一切都失去了关切的意识,在幽闭的自我世界独自承受失落的痛苦。"他现在干的正事是懒散地持续喝酒,回避朋友和工作,不管什么时候别人对他说话他都心不在焉,读书读不到 20 行就走神了,又开始幻想,陷入了回忆。"(30)

威尔斯指出,《时间中的孩子》再现了 20 世纪晚期以失落为特征的城市景观,同时也呈现了主人公斯蒂芬意识到的与现实城市空间平行存在的另一个城市,这里没有现实时间的约束以及相伴生的失落的意味。(Wells 42)斯蒂芬正是遭遇一系列灾变事件后进入到这另一个空间,在这里突显的是康复而非丧失。笔者赞同威尔斯的观点,文本在呈现以失落为特征的现实世界的同时彰显了以康复为特征的虚构的城市世界,需要指出的是,在这个康复性的虚构的城市空间里,主人公斯蒂芬逐渐从仅仅关注自我、漠视他人走向移情关怀他人,践行了移情关怀伦理观,与现实世界里道德沦丧、人际之间沟通缺失、充斥关怀假象的混乱景象形成鲜明的对比。

女儿凯特作为斯蒂芬生命中重要的他者,其丢失是他巨大的伤痛,要走出创伤,恢复自我,斯蒂芬还必须依靠生命中的他者。在巴赫金看来,"自我是对话性的,是一种关系"(Holoquist 19),与

---

① 小说记叙在奥运会第二天两名俄、美短跑运动员在比赛时发生了摩擦,进而引发了暴力冲突,俄、美两国处于核战备状态,故全世界面临毁灭的威胁。参见伊恩·麦克尤恩:《时间中的孩子》,何楚译,南京:译林出版社,2003 年,第 29 - 30 页。

之相对应的物理世界是牛顿后的,有评论家指出巴赫金的对话主义是爱因斯坦相对论的一种形式。(Holoquist 20)在《时间中的孩子》里,麦克尤恩正是在一种相对主义的时空里再现斯蒂芬的康复过程,也就是威尔斯所说的与现实世界相对应的另一个时空世界。麦克尤恩早在剧本集《朝向异域的一步》的前言里就明确表明对牛顿科学物理观的批判态度和对爱因斯坦相对主义时空观的肯定态度。(McEwan, *A Move Abroad* 15)他在一次访谈里说:

> 《时间中的孩子》涉及很多我并不确定自己是否真正持有的观点,但有一点既便于探寻也富有吸引力,即对童年的探究,探查童年如何伴随我们一生,以及在某些方面当我们沉思整个生存状态,童年似乎以一种永恒的现在时态而存在。当然这是一种关于时间和童年的主观感受,但我对于某些量子机械时间观彻底消除标准钟表时间观的方式极其着迷,并且我想我能够在数学基础上的时间观与其他形式的时间观之间锻造一种联系,当然主体方面会有些吱吱嘎嘎的异样声响:不仅仅是你头脑里长存的整个过往的永恒感,而且包括危机中时间的加速感。(McEwan, *Conversations* 81)

这里麦克尤恩所说的"危机中时间的加速感"在斯蒂芬走出创伤的康复性时空里得到了体现。斯蒂芬在对时间的特殊感知里通过关注他人并与他者进行对话性情感联结,走出了自我中心主义的主观世界,最终在对他人践行移情关怀伦理的过程中安度了痛失女儿的创伤。

在斯蒂芬移情关怀伦理观的形成过程中,他朋友查尔斯的夫人特尔玛的作用不可小觑,因为正是在特尔玛践行的女性关怀伦理的启发下,斯蒂芬逐渐从陷入自我创痛的封闭世界走出来,开始关注他人。诺丁斯指出,关怀伦理要求个人以关切的态度对待他人,关切的行为就需要在情感和动机上敏锐地感知他人的特定处境,因而关注的重点是具体的个体的特定需求,而不是考虑关怀他人时该依据何种抽象的道德原则。很多关怀伦理学家达成共识,认为女性往往长于践行关怀伦理。小说中达尔玛便是一个范例。生活中小她近十岁的丈夫查尔斯自然是她的关怀对象。而朋友斯蒂芬遭遇创伤后她亦及时地给予关怀。丢失女儿后,斯蒂芬夫妻双方以不同的方式应对创痛。斯蒂芬每天外出找寻孩子,而妻子独自待在家里,以静默的方式承受创痛,两人逐渐疏离,最终妻子离家去乡村隐居,两人分道扬镳。妻子离开后的第二天特尔玛就来接斯蒂芬去自己家里住。她帮助斯蒂芬收拾行李,"做事敏捷,像母亲一样周到彻底,只有在必要时才跟他讲话"(37)。一切收拾就绪准备离开的时候,斯蒂芬脑海中出现女儿凯特冒着暴风雪归家的一幕,担心女儿回来进不了家门,问道"我们应该在门上留张条吗?"(37)特尔玛没有质疑凯特是否还会归来,"没有同他争辩说凯特不识字而且永远不会回来了,她一转身上了楼,将自己的地址和电话号码钉在了前门上"(37)。特尔玛能移情理解斯蒂芬的感受,深知斯蒂芬始终怀有女儿归家的愿望,她身体力行的移情关怀慰藉着斯蒂芬。

特尔玛是大学物理学讲师,她的女性科学思维进一步启发斯蒂芬对他人践行移情关怀伦理。特尔玛给斯蒂芬讲述量子物理学给科学带来的具有女性特质的革新和影响,"她同他坐在火边,告诉他量子力学如何使物理和甚至所有科学女性化,使它更柔和,不那么骄傲孤立,更容易参与到这个它想描述的世界中来"(37)。善于践行关怀伦理的特尔玛将科学视为需要女性关怀的孩子,"科学是特尔玛的一个孩子,(查尔斯)是另一个。她对它抱有热切而宏大的希望,而且想把更文雅的态度、更温柔的性情灌输给它……"(38)事实上,就科学的发展来看,麦克尤恩在《时间中的孩子》之前创作的剧本《抑或我们该灭亡吗》的引言里,已经明确表述了对女性思维的肯定和对男权思维的否定态度。他认为牛顿男权式绝对科学的发展把人类引向了灾难和危机,而女性视角的认知思维是拯救当今世界的解决之道。①（McEwan, *A Move Abroad* 1‐15）特尔玛无疑是麦克尤恩持肯定态度的女性物理学家,在她看来时间空间彼此融合、相互依存,她跟斯蒂芬讲述一些基本的悖论"空间和时间不是可以分开的范畴,而是彼此融合、互相依存;同样的还有物质与能量,物质与它所占有的空间,运动与时间等"(38)。特尔玛在颂扬 20 世纪物理学家对世界的巨大贡献的同时,还主张科学与文学间的对话、沟通,"物质、时间、空间、力——这些美丽而复杂的幻觉,我们现在必须和它们联合起来……莎士比亚将掌握波的功能,多恩将懂得并协和相对时间。他们将为此而兴奋。多么丰富! 他们会把这门新科学用到创作的意象中去……"(39)特尔玛把物质世界的要素看成是彼此联系、相互依赖的,注重联系和对话,这与女性强调个体间彼此联结和关爱的关怀伦理密切相关。这也契合麦克尤恩对以物质间相互联系、彼此依赖为特征的爱因斯坦式的新物理学的肯定态度。曾沉溺于伤痛、漠视他者的斯蒂芬在特尔玛女性科学思维的影响下,对时空有了全新的感受,并由此开始移情关怀生命中的他者。

---

① 麦克尤恩在 1982 年创作的歌剧《抑或我们该灭亡吗》的引言里谈及该剧本再现核战争威胁主题的缘由,坦承自己在 1980 年整整一年里为世界各国日益加剧的疯狂核军备竞争深感忧虑。麦克尤恩概述了西方文明濒临核战争、人们陷入绝望和恐惧的境况。他指出,牛顿式的绝对、客观、智性与情感完全分离的物理观深刻地影响着世界,人们的思维习惯、智性和道德的框架也都与牛顿式世界观相呼应。牛顿式的世界观是男权式的价值观,在牛顿的宇宙里我们与这个世界是相分离的——我们与我们自己,以及彼此之间都是分离的——我们像神祇一样描述、衡量并形塑这个世界。与牛顿式世界观相对照的新物理学的世界观与女性的价值观相联系,在这个新物理学的宇宙里观察者相信她自己是这个她所研究的世界的一部分,她自己的意识与周围的世界彼此渗透、相互依赖,她深知事物的本质存有局限和悖论,因而她不能认知和表述一切真相,她不会幻想自己全知全能,然而她的力量是无穷的,因为她的力量并不仅仅源于她孤立的自身。麦克尤恩提出了问题:"我们应该具有女性的时间观抑或我们该灭亡吗?"麦克尤恩认为,答案是显而易见的,我们要拯救这个世界,就应该重新审视我们的世界观,采用与女性价值相联系的世界观是解决之道。（Ian McEwan, *A Move Abroad*: *Or Shall We Die? and The Ploughman's Lunch*. London: Picador, 1989, pp. 1‐15.）

就在特尔玛家停留的当晚,斯蒂芬对时间有了全新的感知。斯蒂芬脑海里浮现出他去父母家偶尔看到的一个场景。父母在水槽旁洗碗,他第一次想到父母的身体状况已经欠佳,意识到与父母交流的紧迫性,"他能看见他们的脸,脸上皱纹里流露出温和与关切。只有老化的、本质的自我还在延续,躯体已经衰弱了。他感到紧迫,时间收缩得那么快,他却还有那么多事没做完。有好些话他都还没跟父母交流过,他总认为有的是时间"(42)。斯蒂芬以往忽略了和双亲之间的对话和交流,如今在特尔玛践行的关怀伦理的影响下,他第一次意识到自己应该给予年迈多病的父母更多的关怀,"母亲的眼睛出了毛病,晚上很痛。父亲的心脏有杂音而且心律不齐……噩耗电报可能会发过来,沉重的电话会响起来,他得为从来没有进行的谈话感到沮丧和内疚"(42)。斯蒂芬试图在未来的日子里能对父母有更多的关怀和更深的理解,"只有你长大成人,也许只有你有了自己的孩子,你才能完全明白你的父母在你出生以前也是充实而复杂的个体"(42)。斯蒂芬意识到父母原本是不同于自我的他异性的个体,自己在以往的岁月对父母缺乏移情了解和移情关怀。尽管从父母的谈话里知道一些他们过往生活的细节,但是"不论多么熟悉,父母对他们的孩子来说总是陌生的"。在特尔玛女性科学思维和女性关怀伦理的启发下,斯蒂芬试图跨越传统的时空移情进入父母的情感和认知世界从而更深层地理解和关怀父母。斯蒂芬逐渐从沉溺于自我创痛的狭隘意识中走出来,开始关爱生命中的他人,而时间成了神奇的媒介。

小说中洪钟酒吧的情节是对神奇时间的极好注解,也正是在这个非传统的时空里斯蒂芬进一步感受到与生命中的他者建立情感联结的重要意义。斯蒂芬穿行于一片乡村森林,路过了记忆中熟悉的洪钟酒吧。他看到"洪钟酒吧"的招牌,既觉熟悉亦觉迷惑,试图将这个地方和这一天同记忆、梦、电影或是童年遗忘掉的一次游历联系起来。他需要一个联系,这样才可以解释一切事情，减轻他的恐惧。但是这个地方对他的召唤，它的无所不知，它表现出来的渴望，以及毫无根据的重要性，这一切都十分肯定地说明了，虽然他也不清楚为什么，这一显眼的——他想到的就是这个词——特殊场景存在于他自身经验之外。（52）

显然，斯蒂芬此处遭遇的特殊场景并非传统的时空所能容纳，而是存在于他自身的经验之外，具有神秘现实主义元素。他意识到"一个突然的举动可能会驱散掉这一段精巧的、从别处重新构建起来的时间"（52）。尽管心存恐惧，斯蒂芬在好奇心的感召下去体验这不同凡响的情景，发现"他现在所处的这一天不是他早上醒来以后看到的那一天。他清醒而决然地往前走。他身处另一段时间当中，但并没有茫然无措。他就像一个做梦的人知道自己的梦一样，不管他是什么样的梦，虽然害怕，还是好奇地去看一看"（53）。透过窗户斯蒂芬看见一对年轻男女在酒吧内谈话，他观察他们的举止，显然他们谈论的是双方亟需解决的问题。斯蒂芬认出那年轻女子是自己的母亲，而她却看不见斯蒂芬，斯蒂芬朝她做了手势：

　　然而这个他认识的、毫无疑问是他母亲的年轻女人却没有反应。她看不见他。她在听他父亲说话——父亲阐明观点时，总爱挥舞一只空着的手，他一眼就认出了这一熟悉的姿势——却看不见自己的儿子。他心里一沉，感到冷冷的、小孩子常有的心灰意冷，以及渴望与被排斥交织的痛苦。（55）

接下来斯蒂芬经历了虚空和虚无感：

　　他心里只有一个想法：他无处可去，没有一个时刻可以包容他，没有人期待他，没有说得出来的目的和时间；虽然他猛烈地朝前运动，他还是没动，他只是绕着一个固定点飞转。这个想法带来悲哀,却不是他个人的悲哀,而是好几个世纪以来、上千年的悲哀。它从他以及无数人的身上席卷而过,就像风扫过草地。没有什么东西是他自己的,他的划行、移动不是,呼唤的声音不是,甚至连悲哀也不是,没有什么东西是属于自己的。(55)

这次特殊的体验令斯蒂芬感受到生命中的他者于自我存在的重要意义——当个体没有与他者之间建立起情感联结,游离于他者之外,那么生命便没有目的和时间感,只有无法摆脱的虚无感。这不仅于他个人而言是如此,自古以来自我的存在都不能脱离他者,自我正是于与他者的关系之中而存在,抛却与他者之间的联结网络,则了无存在,唯有虚空。

斯蒂芬意识到与生命中他者之间交流联结的重要性后,愈加渴望更多地移情了解、关怀父母。他去看望母亲,从与母亲的谈话里了解父母的过往岁月,他们相识在第一次世界大战期间,父亲道格拉斯当年在空军行政勤务部队工作。母亲克莱尔当年未婚先孕,在德国服役的道格拉斯圣诞假期回国,得知未婚妻有身孕的消息并没有像她那样喜出望外而是忧心忡忡,未婚先孕在当时可是丑闻。在道格拉斯看来,正值时局混乱,怀孕太突然,这意味着打乱他们的计划,他根本不想要这个孩子。克莱尔极其失望,想着道格拉斯正盘算“打胎”,她怒火中烧,也决定流产并了断与道格拉斯的关系。在酒吧里道格拉斯对克莱尔倾诉自己多么爱她,孩子是他们爱情的凭证,只是目前正值战争、局势困难,应考虑是否是要孩子的适当时机。克莱尔聆听着,她简直不能容忍道格拉斯的欺骗和懦弱。当克莱尔朝窗户望去,奇迹般地看见一张小孩的脸,并确信看到的是自己的孩子的脸,于是克莱尔身上发生了转变:

多么不可思议呀,她怎么能仅仅因为自己觉得受了未婚夫的气就毁掉这个孩子呢?这个婴儿,她的婴儿,突然变成活生生的了。它的眼光紧紧盯着她，要求她认领自己。不管这个男人和她之间会发生什么事，它已经具有了某种独立性。她第一次意识到它是一个独立个体，意识到她必须用自己的生命去保护它。它不是一个抽象概念，不是一个讨价还价的砝码。它现在就在窗口，一个完整的自我，乞求她让自己活下去……他们现在讨论的不该是怀孕，而应该是活生生的人。她感到自己开始爱上它了，不管它是谁。一次恋爱开始了。（169）

对克莱尔来说，看见那张孩子的脸，即与他者相遇。列维纳斯称"他者通过面貌呈现于我"，"面貌"为"他者"出场的方式，超出了我有关对他者的概念。（Levinas 50）这里，腹中的胎儿通过面貌呈现于克莱尔，也就超出了她对于胎儿所形成的抽象概念，而要求她成为履行对他者责任的伦理主体。孩子的脸庞在呼唤克莱尔践行尊重生命的关怀伦理。尽管时局混乱，并不是要孩子的好时机，但是相较于对他者的伦理责任，道格拉斯的"男性的强大逻辑推理能力"是那么的苍白无力，克莱尔与腹中孩子的相见和联结给了她践行关怀伦理的动力和勇气。她不仅要尊重这个独立的个体生命、保护好腹内的胎儿，也要关怀孩子的父亲，她甚至能移情理解他的感受：

看着道格拉斯，他还在拐弯抹角地发表演讲。她温和地想起了自己对他的爱，以及他们一起开始的冒险。她在此处看到的不是欺骗或怯懦。这个男人动用了他所有强大的逻辑推理能力，以及所有关于当前事件的可观的知识，因为他陷入了极大的惊慌之中……她以为他或别的男人在任何情况下都会那么强大，她错了……在道格拉斯软弱的地方，她却让自己更软弱了。然而事实上，她已经领先一步了，因为她已经爱上那个孩子，她知道一些道格拉斯不可能知道的事情。因此现

在轮到她来负责了。这一刻该由她来决定。她要这个孩子，现在这是毫无疑问的了，她也要这个丈夫……（170）

克莱尔与孩子脸庞的相遇促使她践行尊重生命、以他者为尊的关怀伦理，她主动担当起责任，既要孩子也要丈夫，母亲毅然决然成为承担伦理责任的伦理主体。

斯蒂芬自己在洪钟酒吧所经历的一幕，正好呼应了母亲的讲述，斯蒂芬对时间的特殊体验在母亲所讲述的经历里得到证实。经历创伤的斯蒂芬最终在母性的认知范式里寻求到情感联结，并认识到亲人之间情感联结的深远意义。他穿越时空与母亲的心灵息息相通。当年母亲以情感优先的女性思维战胜了父亲理智当头的男性思维，并毅然决定保全腹中的生命，斯蒂芬才得以来到这个世界。母亲的回忆证实并厘清了斯蒂芬遭遇的"洪钟酒吧"体验，事情几乎都连接上了。（170）在斯蒂芬的特殊体验里他能看见正在交谈的父母，当他对母亲做出示意和召唤的时候他感觉母亲并不能看见自己，当时不能与母亲建立对话和联结，他才经历了虚无感。事实上，听完母亲的讲述后，他得知母亲当年不仅清楚地看见了自己的脸，而且还感知到他期望生存的乞求。换言之，当年母亲不仅与腹中的孩子建立了联结而且能移情理解孩子期望生存的感受，母亲践行的正是移情关怀伦理。斯蒂芬通过与母亲的对话和交流深化了对母亲的了解，母亲不过是传统的家庭主妇，平凡而普通，可就是在这位平凡的女性身上潜藏一股巨大的爱的联结能量，关键时候能超越时局混乱践行以关怀和爱为特征的移情伦理保全家庭、渡过难关。在母亲移情关怀伦理的指引下，斯蒂芬也逐渐移情关怀与自己疏离的妻子。

在失去女儿的最初的日子，斯蒂芬和妻子朱莉尚能彼此依靠，可随着沟通的丧失及应对创伤方式的迥异，两人逐渐疏离。斯蒂芬每天出去找寻凯特，而朱莉则"坐在扶椅里，沉浸在个人深深的悲哀之中。两人之间不再有互相安慰，不再有接触，不再有爱了"

（19）。朱莉隐居六个星期后回到公寓，两人小心翼翼地相处了五周，但是两人意识到"损失让他们分道扬镳了。没有可以共同承担的东西"（47）。斯蒂芬夫妇不可避免地走向分离，朱莉迁至新买的公寓。

移情沟通的缺失是导致斯蒂芬夫妇在创伤面前分道扬镳的根本原因。两人各自陷入自我的创痛意识，从自我中心的角度主观地评判对方的行为，无法移情理解对方的认知方式和情感世界。朱莉"把他所做的努力看成是男性的典型的逃避方式，也就是企图通过显示体力、条理与能力来掩盖自己的情感"（19）。斯蒂芬也绝不认同朱莉的行为，当斯蒂芬发现朱莉突然把家里凯特的东西装进几个胀鼓鼓的塑料袋时，他感到气愤。在他看来，这是"女性自我毁灭的倾向，任性的失败情绪令他十分反感"（18-19）。如今，斯蒂芬在特尔玛和母亲所践行的移情关怀伦理指引下，逐渐移情理解朱莉的行为。在斯蒂芬去探望朱莉的途中，叙事人从斯蒂芬的视角重新审视朱莉的行为。"朱莉开始着手改变自己，有意识地理解生活和自己在生活中的位置。她一定在这平整的松林里长时间地漫步，重新衡量她的过去、他们的过去，掂量着轻重缓急，规划新的未来。"（49）如果说斯蒂芬曾经站在自我中心主义的视角贬损妻子应对创伤的方式，那么如今他能够移情进入妻子的视角，想象妻子的认知方式和情感世界，并做出判断，"她并没有超脱混乱和不理智，只不过她有一种不容违背的行之有效的方法，让她能以情感的和精神的方式理解和表达自己的困境"（49）。他意识到对朱莉而言：

> 以前的种种确定性不是丢弃了而是融合了，就像特尔玛说的那样，科学革命据说不是对以前旧知识的遗弃而是对它们的再定义。对于他时常指出的她身上的矛盾——可你去年不是这么说的！她坚持说那是发展——因为去年我还没有真正理解！她并不仅仅歇息在她心灵生活里，她管理它、指导

它,把前面的领域规划出来。她学习并不盲目,并不是碰巧来了什么学什么。不过另一方面,她并不否认命运的作用。人们的工作和责任就是兑现自己的命运。(49)

深受特尔玛和母亲所践行的设身处地地关切他人,不是把自己的价值标准强加于对方的移情关怀伦理的影响,斯蒂芬逐渐放弃自我中心主义的认知视角,认识到朱莉积极、负责任的人生态度,以及具有女性特质的积极的变化观。"朱莉笃信事物的无穷变化性,人有了更多的了解以后就可以重塑自我或改变自己的看法,斯蒂芬逐渐把这一信仰看成是她女性的特征。而男人与女人最显著的区别在于对变化所持的不同的态度。"(49)从移情伦理的角度,斯蒂芬既能洞察到朱莉善于在动态变化中积极地重塑自我的优点也能反观包括自己在内的男性往往拙于变化、囿于固定角色的弱点:

> 过了一定的年龄,男人就定型了。他们——即便身处逆境——也多半相信自己就命该如此了。他们是自己认为的那个样子。不管他们说什么,他们相信自己所做的事,并且坚持不懈⋯⋯他们很少会认为,或者他们中只有极少数人会认为,他们完全可以去做点别的。(50)

麦克尤恩借叙述人之口进一步表达了对积极变化的女性气质的肯定以及对僵化刻板的男性气质的质疑和批判:如果说"男人信仰由他们——而不是女人一手建立起来的机构制度,女人则不,她们遵从另外的个性准则,那就是存在优于行动"(50)。斯蒂芬对男人、女人不同性别特征的反思的过程也就是将自我与他者纳入对话性思维的框架内,既肯定他者的积极面也在对话性思考中从他者方汲取力量,丰富人性的发展。

在朱莉的住处,朱莉的关怀和照顾抚慰着还沉浸于洪钟酒吧惊恐体验的斯蒂芬。"这一次,"她说,"你可以不用假装没事了。

你是我的病人"(58)。朱莉悉心照料斯蒂芬:"当他双手捧着朱莉的头,亲她的头,亲吻她眼睛的时候,感到无比快乐,而早些时候在洪钟酒吧外,他感到的却是恐惧。但这两个时刻却不容置疑地联系在一块儿,它们都激起了本真的渴望,渴望归属。"(59)如果说在洪钟酒吧外斯蒂芬感受到游离于他者的虚无与恐惧,这里和朱莉的相聚则给他以归属感。对于斯蒂芬来说,无论是父母、孩子还是妻子,都是建构自我身份的重要的生命中的他者,正是在与他者的联结关系之中才有自我的身份感。在和朱莉的亲密接触中他体验到家的感受,"……家,他现在就在家里,被包围着,感到安全,能够有所贡献;家,他拥有的同时也被拥有;家,为什么要到别处去呢?不干这个而去做别的事难道不是浪费吗? 时间被赎回来了,它又重新设立了目标,因为它是愿望满足的媒介……"(60)曾沉溺于自我创痛而忽视他者的斯蒂芬在移情关怀伦理的指引下走近他者,和朱莉的重聚找回了家的安全感。经历创伤后失去生活意义的他在与他者的联结中重新看到了生活的意义,时间也因此有了目的感。不过,这次相聚斯蒂芬和朱莉之间因仅止于聊天而无深入的对话交流,两人多日的情感疏离并没有完全和解,"他本来可以说一些情真意切的话,既不显得无礼又不会进一步暴露自己,但他们还是仅仅在聊天。他一心只想握住她的手,然而却没有那么做……"(61)失去的孩子又回到了彼此之间,成为阻隔彼此的障碍。斯蒂芬观察了朱莉在这里的生活,并移情理解朱莉的内心世界,"想象着她在乡村混凝土小路上散步,想着或竭力不去想凯特,然后回来在这一片嘶嘶作响的静穆中拉着小提琴……一个快40岁的女人,热衷于独处,想要给自己混乱的生活理出个头绪来"(62)。自我和他者之间原本是对话性存在关系,自我仅仅移情理解他者还不足以真正抵达他者的心灵,建立在对话性基础上的移情关怀才是令彼此人性和谐发展的解决之道。斯蒂芬和朱莉之间由于缺乏深入的对话性交流,在短暂小聚后又别离开来。虽然这次相聚令斯蒂芬和朱莉孕育了新的生命,但是斯蒂芬和朱莉之间最终和解是在数月之后，在那几个月里斯蒂芬对移情关怀的伦理指向有了更加深刻的体悟。

斯蒂芬对移情关怀的伦理指向的深刻体悟得益于他对朋友查尔斯悲剧命运的深入透视以及对童年、孩子的对话性移情理解。朋友查尔斯是指引斯蒂芬成为著名儿童文学作家的引路人。有着辉煌职业生涯的查尔斯代表了成熟男性，无疑是斯蒂芬效仿的榜样。斯蒂芬结识查尔斯的时候，查尔斯已经是成功的出版商，出版社工作人员由于疏忽将斯蒂芬的小说《柠檬汽水》送到了儿童文学的编辑手里，并欲出版。斯蒂芬以自己属于欧洲文化传统而自居，对于自己的小说被误认成儿童文学深感恼火。查尔斯虽然只比斯蒂芬年长六岁，却世故老成，沉稳自信，对斯蒂芬"像对小孩讲话那样"解释说："成人小说和儿童小说的区别本身就是虚假的……那些最伟大的所谓的儿童书，一定是既针对成人又面向孩子，是为孩子心中早期的成人，以及成人心中被遗忘的孩子写的。"(25)查尔斯的分析似乎切中肯綮，该书的畅销令斯蒂芬一举成名。查尔斯引领斯蒂芬走向成功和荣誉，查尔斯自己的功成名就本身就是男性典范的诠释，他自然是斯蒂芬学习、效仿的楷模。查尔斯拥有伊顿广场的豪宅，是成功的商人，他自剑桥大学毕业后经商，曾先后拥有唱片公司、出版社和电视公司，在查尔斯的影响下斯蒂芬放弃早些时候对青春的索求成为查尔斯家的常客。查尔斯后来又弃商从政。从查尔斯从政的动机可以看出，他没有明确的政治信仰，只是想成为某当权党派的候选人，查尔斯承认自己只不过是为党纲讲话，自己怎么想并不重要，几年后他升迁为部长。就在他政治生涯如日中天的时候，他却选择了辞职，放弃他的事业，妻子特尔玛也辞职，打算卖掉伦敦的房子，搬到乡下小屋居住。斯蒂芬早知道特尔玛怀有归隐乡下写书的愿望，对于查尔斯的突然决定和变化，斯蒂芬却甚感意外。来到查尔斯家里，"斯蒂芬仔细地看到他的朋友，心里不由得惊叹，他看上去怎么那么矮小，身材那么瘦弱。难道高位真的让他显得高大吗？"(36)斯蒂芬意识到查尔斯在剥掉社会身份的外衣以后并非自己印象中那位高大、成熟的男性楷模。斯蒂芬直面查尔斯的变化的过程中也是重新审视、考量与成功和荣誉密切联系的男性气质的过程。作为查尔斯的妻子,特尔玛能移情理解丈夫的境遇。她向斯蒂芬指出:

> 没有人料想到,查尔斯有一个隐秘的心灵生活。事实上还不止这样,它简直成了一种心灵执迷,一个孤立的世界……查尔斯想要的——如果可以这么说的话——他所需要的,同他实际做的事、一直做的事总是很矛盾。这种矛盾使他变得对成功如此狂热而没有耐性。我们走这一步,至少就他而言,是为了解决这个矛盾。(40)

事实上,查尔斯置身于关怀伦理价值失落的公共世界,在追逐成功和荣誉的过程中逐渐丧失了本真的自我。这位被社会认同的成熟男性却有回到童年的执迷愿望,在矛盾的生活中经历身份的分裂。斯蒂芬看见"曾经是商人和政治家的他,现在成了一个成功的青春前期儿童"(103)。查尔斯在树林里的一棵大树上搭建了类似鸟窝的房子,一举一动都像个孩子。正如特尔玛所言,查尔斯的内心渴望和外在追求之间存有难以调和的冲突。对查尔斯来说,童年意味着自由、安全、可以从现实的时间中逃离出来,童年是永恒的。但查尔斯在其成长过程中却过早地失去了童年,母亲在他12岁时就去世了。自幼缺失移情关怀滋养的查尔斯没有享有纯真的童年时光,他专注于自我中心的关切,而不善于移情关怀他人。他希望回归童年以摆脱世俗欲望羁绊,却又放弃不了对名利的追求。当查尔斯接到首相的信件,暗示在上议院里给他找个贵族爵位,在政府里还有声名显赫的要职等着他,他陷入了更加痛苦的两难处境。特尔玛解释说:

> 他无法把作为孩子的个性中任何一点带进公众生活,相

反,公众生活倒是对他自认为的过度的软弱这一缺点的补偿。所有这些奋斗、呼喊、垄断市场、赢得辩论,都是为了遏制他的弱点。老实说,当我想起工作中的同事、科学机构、管理它们的人,想起科学本身,以及这几个世纪以来它是如何发展的,我得说查尔斯的例子是一个普遍问题的极端形式。(197)

查尔斯遭遇内心渴望与公共世界里以荣誉和成功为导向的外在追求的冲突的时候,他沉溺于自我关切的执迷而忽视了移情关怀他人,尽管其妻子特尔玛能移情理解他内心的冲突并给予他移情关怀,最终查尔斯因为没有走出自我中心的执迷而选择了以自尽的方式离世。斯蒂芬深入透视查尔斯悲剧命运的过程也就是重新审视自己生活价值取向的过程。如果说在经历孩子走失的创伤之前斯蒂芬曾以功成名就的查尔斯为榜样,渴望成功和荣誉;在经历创伤后,在与关怀伦理相联系的女性思维的影响下,他开始重视与家人、朋友之间的情感联结。查尔斯的悲剧性命运进一步启示斯蒂芬反思与荣誉和成功相联系的男性气质的不可靠,查尔斯内心对童年的执迷令斯蒂芬同时深思童年于成人的意义。对于斯蒂芬来说,女儿凯特的走失在某种程度上也无疑意味着童年的失落,斯蒂芬对凯特的回忆和想象逐渐从最初聚焦凯特幻影般的成长嬗变至移情理解凯特拥有的纯真童年的生存状态,反思凯特带给自己的启迪。斯蒂芬在他人身上经历了从自我愿望的主观投射到践行移情关怀伦理指向的转变。

小说的大部分中凯特作为不在场的孩子,其表征和再现是从成人的视角对他者的再现。丢失凯特之前斯蒂芬拥有一个平静、祥和的家庭:斯蒂芬、朱莉已经结婚六年,"两个人无论是在肉体的愉悦、家庭的责任,还是在必要的独处方面,都逐渐趋向协调。忽视了其中任何一个方面,其他方面就会削弱或是引起混乱"(9)。不过斯蒂芬夫妇和孩子凯特之间也存有冲突,当成人的利益和需求与孩子需求之间发生冲突的时候,孩子被视为妨碍成人需求的负担。凯特晚上噩梦不断,朱莉不得不几次下床去照看,到天亮后才得以入睡。凯特早早醒来期盼跟父亲去超市,渴望与妻子温存的斯蒂芬企图改变计划,"有那么一阵子,斯蒂芬甚至想取消逛商店的计划,拿几本书让凯特垫靠着坐到电视机前面去。这样,他就可以钻进厚重的被盖,躺到妻子的身边了……"(8)凯特是支撑斯蒂芬为人父伦理身份的重要他者,凯特的丢失无疑摧毁了斯蒂芬为人父的伦理身份,正如玛斯-琼斯指出的,斯蒂芬的情形不仅是关于"痛苦和丧失的叙事",而且是"象征性的拥有权的压抑性戏剧"(Mars-Jones 27 - 28)。威尔斯也补充说,早些时候斯蒂芬对丢失凯特的回应与占有理念相联系,称凯特是自己"被盗"的"财产"(Wells 43)。可以看出,孩子在成人眼里并非独立的个体,而是附着物,这也呼应官方育儿委员对养育孩子方案的讨论以及有关孩子性情的论述。这些讨论和论述皆从成人视角看孩子,从政治统治需要的角度规训孩子,孩子作为成人世界的对立面和他者得以表征和再现,而成人并未从孩子的视角移情审视孩子的真实存在状态。同样,斯蒂芬对凯特的疯狂寻找在某种程度上是维持自己虚幻伦理身份的需要。在找寻过程中斯蒂芬执迷于自己的主观愿望,甚至"没能意识到他人是独立的个体,与他自己寻找失踪女儿的执迷需求没有关系"(Wells 44)。斯蒂芬在自己见到的所有孩子身上都投射女儿回归的愿望,找寻女儿存在的踪迹。距离丢失凯特已经两年后,

> 任何一个五岁女孩——虽然男孩儿们也一样——都让他实实在在地感受到了女儿继续存在着。无论是在商店里,操场边,还是在朋友家里,他总是在其他小孩中寻找凯特,总能注意到他们身上缓慢的变化和渐增的能力,总能感受到那些白白流逝的岁月——那些本该属于她的时间——的潜在力量……他是一个隐形孩子的父亲。(2)

斯蒂芬想象凯特的继续存在而成为隐形孩子的父亲,从对街头乞丐女孩的注视到对某小学校内一女孩的误认,斯蒂芬在所见到的其他孩子身上投射希望女儿回归的主观愿望。当斯蒂芬坐车经过一学校,他看见学校操场上几个女孩在跳绳,打量离他最近的女孩,"他看见的是他女儿……绝不可能错"(135)。校长对女孩儿身份的核实以及女孩的回答最终令斯蒂芬从自我的执迷中清醒过来,这位叫露丝的女孩并不是凯特,尽管斯蒂芬想象凯特的精神会停留在某个孩子身上。他最终开始面对现实,意识到丢失的凯特的命运有多种可能性:"凯特不再是一个活生生的存在,她不是他身旁一个他所熟悉的看不见的小姑娘……他明白了凯特有这么多条发展道路,她在两年半的时间里有无数种变化的可能,而他却一无所知。他以前真是疯了,现在他清醒了。"(147)清醒后的斯蒂芬不再幻想凯特的隐形存在,开始直面女儿走失的现实。

斯蒂芬意识到自己之所以始终没有面对女儿走失的现实,很大程度上是没有走出自我中心的关切。他在移情关怀伦理的启示下,开始移情理解凯特作为孩子的独立存在带给自己的启示。斯蒂芬回想凯特,意识到:

> 应该接受她好的影响,教会自己看重细节,如何实现现在又被现在所充实,直到消解了自身的存在。他总有一部分在其他什么地方,从来没有集中精神,没有完全在意过。这难道不是尼采所认为的真正的成熟吗,做到像孩子玩的时候那么认真?(100)

斯蒂芬回忆起和妻子带凯特到海边玩耍、凯特用沙构筑城堡的游戏情景,"她一直是认真的。斯蒂芬想,如果他做什么事都能像她帮凯特修建城堡那样专注和忘我,他将会是一个有着非凡才能的幸福的人"(101)。斯蒂芬在回忆中对凯特存在状态的移情理解也是对人性的深层顿悟。他从孩子的视角移情理解其独特的存在状态并把孩子纳入了自己对话性的认知框架内，以开放和谦卑的方式接近孩子的异质性，从孩子的生存状态中汲取优点，丰富自己的人性。斯蒂芬从最初执迷于自我关切的主观愿望嬗变至对话性地移情理解凯特曾经的存在状态，并从凯特身上汲取滋养生命的道德力量，这是他面对现实、克服创痛的重要源泉。回忆凯特享受游戏的认真劲儿启发斯蒂芬应该像孩子那样专注地生活于当下，让自己历经创伤后曾一度萎靡的生命逐渐丰硕而充盈起来。在移情关怀伦理指向下，斯蒂芬认识到和妻子朱莉之间的移情联结和最终的和解应该是他当下最关切的事情。特尔玛提醒斯蒂芬："朱莉就摆在你面前。"（198）斯蒂芬在移情关怀妻子朱莉的过程中最终安度了痛失孩子的创伤。

　　时间在斯蒂芬这里不再是遭遇创伤后的他曾体验的空洞和虚无，如今时间对于他产生了丰饶的意义。斯蒂芬在前往妻子住处的路上想起双亲当年在母亲的移情关怀伦理滋养下一起度过危机的情形，觉得自己的经历与父母曾经的危机经历之间有了联系：

> 　　直到这时，他才明白他在这里的经历不仅与父母的经历相互作用，而且还是一种延续，一种重复。他产生了一种预感，紧接着有些确定了……所有那些痛苦、所有那些空虚的等待，都包涵在意味深长的时间里，包涵在可能有的最丰富的展现中。（205）

列维纳斯指出，"时间不是孤独的主体的产物，而是主体与他者的关系"（Levinas, *Totality and Infinity* 39）。在列维纳斯看来，没有与"他者"的关系就没有时间，时间在本质上是主体间性的。"时间在本质上是打破自己的束缚，向新的时刻的敞开。"（孙向晨 108）凯特走失后斯蒂芬曾深陷自我创痛而忽视他者，没有与他者的关系则没有存在意义上的时间，"一年过完了，他感到的是空洞的时间，缺乏意义或目标。"如今在移情关怀他人、联结他人的过程中斯蒂芬体验到时间的丰富内涵，与朱莉的和解和团聚令他体验了久违的快乐和幸福：

> 他朝床边走去，脚下温暖的地板又一次让他想起了家，想起了那种几乎想象不到的快乐……她双手握住他的手。他无法开口讲话，他背负的爱比他自己能够承受的要多得多。光和温暖从他腹部散发出来。他感觉自己失重了、发狂了。她对他微笑着，几乎要笑出声来了。这是一个人最大愿望得到满足时表现出来的胜利的喜悦……（207）

斯蒂芬和朱莉在移情沟通中化解了彼此的疏离和隔阂。朱莉在向斯蒂芬谈自己如何独自面对创伤时说：

> 我来这儿是为了来面对失去凯特这一事实。那是我的任务，可以说是我的工作，对我而言，它比我们的婚姻和音乐还要重要。它比新胎儿还要重要，如果我不能面对它，我想我会消沉下去……我知道自己得做什么。我努力使自己不回避去想她，思考这一损失，而不是一味地苦恼……我也开始想着你，想起而且真切地感觉到我们如此地深爱着对方，我觉得一切又回来了。我得相信你通过自己的方式也变坚强了。（207）

朱莉以自己的女性方式面对痛失女儿的创伤，以母性的关怀力量庇护和滋养腹中的新生命，她也能移情理解斯蒂芬以自己独特的方式面对创伤，而且相信他变得坚强，并主动打电话给斯蒂芬，表达情感联结的愿望。最终，斯蒂芬和朱莉在丢失孩子三年后，在新的孩子即将出世之际终于可以一起面对凯特走失的事实：

> 只有在这时候，三年以后，他们才能在一块儿为失去的、

无法代替的孩子哭泣……他们在哭泣中最大可能地说着话，保证要让他们对她的爱延续到婴儿、彼此、双方父母以及特尔玛身上去。在这充分释放痛苦的过程中，他们也着手医治一切人和一切事：政府、国家、星球，不过他们还是要先从自身开始。当他们再也不能挽回失去女儿的损失时，他们将借助新孩子来爱她，并且永远期待着她回来。（209）

斯蒂芬和朱莉终于在移情关怀伦理的指引下安度了创伤，迎来新的生活。他们移情关怀的对象主要是他们自己、家人和朋友，同时也试图以自己微薄的力量影响和治愈缺失关怀伦理的公共社群（政府、国家、星球），而他们首先要从自身做起。斯蒂芬以接生员的角色协助朱莉分娩、见证新生命诞生的过程进一步彰显了具有女性特征的移情关怀伦理。透过窗户，他们瞥见月亮正上方的一个行星。"那是火星，朱莉说，让人想起艰难的世道。"（214）如果说火星隐喻了关怀伦理失落的残酷现实世界，那么走出创伤的斯蒂芬和朱莉鼓起勇气在移情关怀伦理的指引下拥抱世界，而不是逃避现实，新生命的诞生预示了指向未来的无限希望。

第二节　移情书写他者与自我伦理意识之反思

《时间中的孩子》的主人公斯蒂芬经受了公共世界中关怀伦理价值的丧失。在女儿丢失后，斯蒂芬一度沉溺于自我创痛之中而漠视他者；受女性关怀伦理启示，斯蒂芬走向了践行移情关怀伦理的旅程，实现了与生命中他者的对话和联结，并最终安度了丢失女儿的创伤，开始了新的生活。小说《赎罪》以"赎罪"为题，那么谁该赎罪？何以赎罪？赎罪何益？这一切都与主体的伦理意识有关。小说主人公布里奥妮自幼缺乏移情关怀的滋养，年少无知的她因将他人纳入自我中心主义的阐释框架而误解了他人，让无辜者遭受了牢狱之灾,并葬送了他人的美好前程。随着年岁的增长,布里奥妮的移情能力逐渐增强;最后,她以移情书写他者的形式感受并体验了他人不同于自我的他性,加深了对他人他性的理解,以此赎罪,进而实现了自我伦理意识之反思。

《时间中的孩子》的主人公被置于关怀伦理价值丧失的公共世界,而在《赎罪》里,麦克尤恩则将主人公 13 岁的布里奥妮置于缺失移情关怀的家庭系统。移情研究的很多调查得出一致的结论,认为安全且亲密的家庭成员关系,尤其孩子与父母之间的亲密关系会有助于培育孩子的移情能力。(Davis, Mark H. 70)首先,当孩子与父母之间建立了安全而充满爱意的情感联结时,孩子的情感需求得到了满足,孩子则较少专注于以自我为中心的关切,会更多地回应他人的需求。其次,父母亲充满爱意和温情的行为给孩子提供了表率。(Davis, Mark H. 70)戴维斯总结说,家庭成员间亲密而安全的关系与个体对他人经历所做出的强烈情感回应之间存在密切的联系。(Davis, Mark H. 80)显然,如果孩子成长于备受父母移情关怀的家庭系统,则易于移情回应他人的经历;反之,如果孩子成长过程中缺乏来自父母的移情关怀,则易专注于以自我为导向的关切而不是移情回应他人的需求。

13 岁的布里奥妮来自上层家庭,他们在乡间拥有别墅,在这幢大房子里,家庭成员未能建立起亲密而安全的关系,相互之间缺乏移情关怀。女主人艾米莉患有偏头疼,多困于病榻,不能担负操持家庭事务和看护孩子心灵成长的责任,“她在黑暗中静静地呼吸,竖起耳朵,竭力倾听,靠传来的声音来‘看’这个家。以她目前的情况,这是她唯一能做到的”[①](58)。男主人则在镇上忙公务,经常以公务为名留宿在外,因而缺席于家庭系统;女主人对丈夫不忠的行径虽心知肚明,却自欺欺人地相信丈夫的谎言。置身于令

---

① 引文出自郭国良的译本,部分内容笔者参考原著后稍有修改。伊恩·麦克尤恩:《赎罪》,郭国良译,上海:上海译文出版社,2007 年。文中标注页码为中文版页码。

人窒息的幽暗卧室,女主人感觉整个家仿佛是混乱不安、人口稀少的大陆。显然,此家庭系统中夫妻间的婚姻仅维系于假象的体面之中,"孩子没有父亲疼,妻子没有丈夫爱"(131)。由于成长过程没有得到父母移情关怀的滋养,布里奥妮自然专注于自我中心的关切而忽视他人的愿望和需求。况且,13岁的她正值自我意识不断增强的年纪,有关自我身份感的自我关切也就愈加明显,"早期阶段的青少年表现出日益强烈的自我意识,极为关切他人如何看待自己"(Thomas, Stegge and Olthof, 227)。哈尼斯(Axel Honneth)沿袭黑格尔和米德的观点,强调个体与自我的关系并不是孤立的自我评价的问题而是一个主体间性的过程,认为个体对自我的态度随着与他人对自己的评价的相遇而出现。(Honneth xii)布里奥妮要确立自我身份感就迫切地希望获取家人对她的关注和肯定。喜欢文学的她通过向家人展示自己的文学才华而获得了家人的鼓励与肯定,也由此获得了自我感。11岁时,她模仿民间故事写了第一个恋爱故事;13岁时,她创作了道德剧《阿拉贝拉的磨难》以迎接哥哥从伦敦归来。日常生活中讲究整齐、条理的布里奥妮对"秩序"有着强烈的要求,在她的奇想世界中一切都应该秩序井然,"因为一个无序的世界完全可以在写作中条理化"(7)。《阿拉贝拉的磨难》的主人公先是在激情的引导下做出了错误的选择,遭到惩罚后在家人的帮助下认识到理性和责任的价值,最终获得了幸福的婚姻。该道德剧具有明显的教益作用,她希望哥哥看了该剧之后一方面能收敛花花公子行为并走向幸福的婚姻,另一方面会以她为傲。她坦言自己之所以喜欢戏剧,是因为她认为"每个人都会欣赏她的才华"(11)。可见,布里奥妮对自我中心的关切很明显,没有对他人他性表现出移情关切的意识。

为了躲避父母"离婚"内战而从北方来塔里斯庄园避难的三个表亲刚一抵达就被布里奥妮安排去表演,"你们的角色我全都写好了,明天首演,五分钟后排练!"(9)守着行李抱成一团的小客人们惊呆了,措手不及却又没有选择余地。布里奥妮丝毫没有顾及远道而来的表亲们的内心感受和需求,她始终专注于自我中心的关切而不能移情关怀他人。戏剧排练并不顺利,表姐罗拉巧妙地剥夺了布里奥妮饰演主角的机会,双胞胎表弟也没有顺从地配合,最后排演流产,这无疑挫败了布里奥妮将戏剧献给哥哥以证明自己才华的愿望,对她尚不成熟的自我感构成了威胁。对此,布里奥妮感到羞耻万分——"早期青少年阶段自我受到威胁的际遇非常普遍,典型地体验为羞愧"(Thomas, Stegge and Olthof 227)。为了"驱散自己的卑微感",布里奥妮等待时机以向家人证实自己的价值。就在布里奥妮专注于向家人展示自我价值的过程中,酷爱秩序的她主观地将他人纳入自我中心的阐释框架,混淆了事实与想象的界限,最终犯下了不可饶恕的罪过。

布里奥妮对"秩序"的偏爱不仅体现于她的文学想象世界,而且还体现在她"秩序化"现实世界的努力中。她凭借自己有限的文学经验知识来阐释和理解自己周围的世界和人。当她透过窗口看到姐姐塞西莉娅和管家的儿子罗比争夺一只花瓶的情景时,她试图以自己熟知的童话式的英雄救美的阐释框架来解释该事件,却发现该阐释框架并不能解释自己所见的一切。年幼的她其实已经感到自己有限的文学知识并不能解释现实中的人和事,"她也实在想现在就跑到塞西莉娅的房间里去,向她把事情问问清楚——但这个念头也很快被打消了。因为她希望能体验这种独自追寻的兴奋,就像刚才在窗口那样"(35)。尽管承认自己对姐姐和罗比之间的事情并不理解,布里奥妮还是固执地认为姐姐受到了罗比的威胁。接下来她偷看了罗比让自己转交给塞西莉娅的"淫秽"纸条,进一步坚信姐姐受到了罗比这个"色情狂"的威胁,她"立即察觉到这粗鲁言辞背后所包含的危险。某种完完全全的人性化的东西,或者说男性的东西,威胁到了她家的秩序"(100)。布里奥妮主观地阐释她周围的世界,但她并不知道他人他性的复杂之处,大她近十岁的姐姐和罗比之间的青涩爱情和复杂的情感世界超出了她的理解能力,她把罗比看成是破坏她家秩序、企图伤害姐姐的坏人,姐姐需要自己的保护,借此在家人面前证明自己的价值以稳固自己脆弱的身份感。当布里奥妮在图书室里撞上罗比和塞西莉娅做爱的场景,她以为正是自己的英勇阻挠了罗比伤害姐姐的行为。在布里奥妮以自我为中心的认知框架内,她是维持秩序、保护亲人的英雄,以此获得家人的关注。当晚表姐罗拉遭遇强暴的事件则进一步令布里奥妮实现了扮演英雄以维持秩序的梦想。黑夜中她只看见了一个模糊的男性背影,并没有看清其真面目,但是她主观地把前后发生的自己并不能确切理解的事情串连起来,"并填补现实中的空白和不确定点":色情狂罗比在攻击塞西莉娅遭遇阻挠后把袭击对象转移到了罗拉身上,实现了自己的可耻欲望;尽管表姐罗拉并没有确认罪犯就是罗比,布里奥妮迫不及待地要代替罗拉伸张正义,"如果她那可怜的表姐无法看到真凶,说出真相,那她可以替表姐仗义执言。我能。我一定会"(149)。她立即向警察指控罗比并提供了证词和证据,认为自己"正在行善积德,做一件非凡之举,这一定会让大家感到震惊,人们一定会对她颂扬之至"(156)。可见,布里奥妮一直以自我为导向,其行为的动机在于希望获取众人的认可与赞赏,以确立自己青少年早期尚欠稳固的身份感。她秉着爱的动机,扮演英雄、正义的角色,实际上是以自我为导向,主观地将他人都纳入自己的认知框架以印证自己已经告别童年而跨入了成人世界,从而获取家人对自己的认可和肯定。她在主观地混淆了事实和想象的界限,以自我为导向的想象遮蔽甚至扭曲了事实真相,正如《爱无可忍》的主人公乔所说的"我信即我见"。布里奥妮的主观阐释对他人造成了不可弥补的伤害:它不仅导致无辜的罗比遭受牢狱之灾,而且毁灭了姐姐和罗比之间美好的爱情。

在回顾性叙述里,布里奥妮坦承,"她那时本可以走近屋子,依偎在妈妈身边,把这一天发生的事情讲给妈妈听,如果这样做了,后来也就不会铸下了大错。很多事也不会发生,什么也不会发生"(140)。布里奥妮和母亲之间缺乏必要的沟通交流,她认知的局限性和释读的困惑因此无法被母亲及时地疏导；家庭成员间疏离而缺乏移情关怀，孩子则更多地关注自我的需求而难以移情关切他人，没有表现出对他人他性的尊重。老年布里奥妮在回顾性叙述中以全知的叙事人声音传递了自己的悔悟："给人们带来不快的，不仅是邪恶和诡计，而且还有迷乱和误解；最重要的是未能把握简单的真理，即其他人与你一样实实在在。"（35）少年的她之所以犯罪，不是出于恶意，而是由于她认知上的局限导致了混淆或误解，更准确地说，少年的她缺失来自父母的移情关怀，总是以自我为中心，忽视了他人他性的复杂性，没有认识到其他人与自己一样都是实实在在的人，他们有复杂的情感和认知方式；当年的她如果对他人他性存有些许敬畏之情，她就不会自以为是地对他人妄加判断，最终犯下不可饶恕的罪过。

随着年岁的增长，布里奥妮渐渐意识到自己当年犯下的罪过。不过，她并非像罗比和塞西莉娅所认为的那样是故意撒谎，而是因为年少无知而误解了罗比的种种行为——以为他有对姐姐进行性侵犯的动机和可能。相比之下，表姐罗拉却善于搔首弄姿，她精心设计，明明知道谁是罪犯，却引诱布里奥妮猜测，致使布里奥妮走上一条犯罪—赎罪的不归路。因此，老年布里奥妮的叙述使年轻的布里奥妮虽显得不可原谅，可最终引人同情；而罗拉才是真正罪不可赦。警官和布里奥妮的家人则推波助澜，合谋将罗比送进监狱，只是因为出身卑微的罗比以一封揭露内心隐秘的私人信件"冒犯"了塞西莉娅，从而触犯了伦理禁忌。拉森（Jil Larson）在谈到努斯鲍姆有关小说的伦理叙事时总结道，"任何一种行为，不管多好，都含有残酷成分或麻烦之处，但认识到这一事实，较之盲目地造成别人的痛苦以便适应自己的道德选择并活得舒心，会让人在伦理上更具优势"（Larson 9）。从这方面来讲，布里奥妮和罗拉恰好是一组对立的人物：布里奥妮最终认识到了自己的行为给别人造成的痛苦，而罗拉却一直在逃避这一事实，后来还同当年强暴自己的富商马歇尔结为夫妻，过着舒心的富裕生活。此外，拉森在谈到玛格丽特·沃克的叙述模式时还指出，"沃克拒绝这样一种观点，即一个正确的判断能解决一个道德问题。她的叙述模式意味着进展中的、不断修正的理解。像努斯鲍姆一样，她将道德选择和行为不是看作问题的解决方法，而是看作正确行事的多重企图"（Larson 9）。这一点非常契合麦克尤恩有关布里奥妮道德选择的叙述。布里奥妮对自己行为的理解是渐进式的、修正型的：起初，她认为自己是秉着"爱"的原则，为保护姐姐及罗拉而指控罗比；随着年龄增长，她意识到自己由于幼稚和偏见，而对周围事件做出自我中心式的主观阐释和虚妄的评断，羞辱了罗比的人格，曲解了罗比和塞西莉娅间的情感关系，冤枉了无辜的罗比，渴望得到罗比和塞西莉娅的宽恕；最后，当她发现当年同哥哥利昂一道归来的朋友——伦敦巧克力富商马歇尔才是真正的强奸犯，便试图以小说形式、通过移情书写他的方式来赎罪。当年，她尽管出于好意，却因为没有移情理解和尊重他人他性而妄加推断并犯下了罪孽；成为作家后，她采用多视角移情进入各人物内心，想象并体验他们各自不同的情感和认知世界。她花了59年的时间反复书写同一本小说，在反复移情想象和书写他者他性的过程中移情感受自己给罗比和塞西莉娅带来的痛苦，并试图以艺术的方式修复或重建自己和受自己伤害的亲人之间的移情纽带，以获取亲人的谅解。

　　布里奥妮老年时的叙述能使读者认识到她年少时所犯下的过错与来自其父母移情关怀的缺失密切相关；如果仅以此作为自己移情书写的目的的话，那么布里奥妮则有为自己过去罪孽寻求开脱理由之嫌疑。老年布里奥妮尝试移情进入事发当年各个人物的视角，想象他们不同于自己的情感和认知世界，不再是以自我为导向，而是以他者他性为尊。在书写他者的过程中，增强对他者的移情能力，在感知他性的过程中学会理解和尊重他人他性。小说的第一部分从多视角叙述当年的事情，具有明显的心理现实主义特征。全知叙事人叙述北方的三位表亲跋涉两百里路后来到塔里斯庄园，布里奥妮迫不及待地对他们提出排演戏剧的要求，母亲和姐姐则给他们做了安排,她们"一直喋喋不休,这使客人本应有的轻松荡然无存",叙述人从孩子们的角度传递他们来到陌生环境的内心感受:"人们都没有意识到,孩子们现在最需要的是独处。不过,昆西家的孩子使出浑身解数,假装很开心,假装很自在。"(9)表亲们初来乍到,没有享受到温暖的移情关怀,其心境压抑、郁闷,这绝非是当年以自我为中心、对他人缺乏移情关切的布里奥妮所能感受到的。从母亲艾米莉的视角的叙述则揭示出艾米莉孤独的生存状态。父亲多日留宿在外,父母之间没有爱,仅有维持表面婚姻的虚伪之道:

> 每天傍晚,他都会打来电话,尽管艾米莉对他所说的并不怎么相信,但至少对双方而言也算是一种安慰……她能从房子、花园——最重要的是孩子身上——获得满足。她配合杰克的这套表面功夫,就是不希望失去这一切。况且她倒是更希望通过电话听到杰克的声音,而不是有他伴在左右。即便经常骗她,但至少这也说明长久以来他是在意她的,尽管这很难称之为爱。他肯定是在乎她的,所以才精心编了那么多谎言,骗了她那么久。他这样做,说明他还是看重他们的婚姻的。(131)

成年布里奥妮饱含同情地进入母亲的意识,呈现了母亲在无爱的婚姻中孤独与无奈的生存困境。但 13 岁时,布里奥妮只一味地渴望来自母亲的关怀与关注,根本未能体味母亲无助的"第二性"生存困境。

小说第一部分更多的笔墨则分别以罗比和塞西莉娅的视角,呈现了他们之间 13 岁的布里奥妮无法理解的跨越门第的青涩爱情。恋人相互表白前混乱、矛盾的情感在当年钟爱理性及秩序的布里奥妮看来也根本无法体悟。"透过他人的眼睛审视世界在麦克尤恩这里敞开了伦理之维"(Nicklas 8):成年布里奥妮在移情进入他者的意识、体察他者的情感和认知视角的过程中,感知到他人跟自己一样也是实实在在的人,具有复杂的情感和独特的认知视角,远非自己主观的阐释框架所能涵纳的。对于当年引起自己误解的情景,老年布里奥妮应用了"多重式内聚焦"的叙述模式,即采用不同人物的眼光来看待同一事件,力求多角度、多层面地予以展现。比如,小说开始部分就以全知视角叙述了布里奥妮在看到姐姐和罗比争夺一只花瓶这一情景之后的顿悟:

> 她可以把这场戏从三个不同角度写上三遍。最让她感到兴奋的是这种写法赋予她的自由——她不用再苦苦挣扎于善恶之间,不用再费心刻画好汉或恶棍。因为三人中没有哪个是坏人,也没有纯粹的好人。总之她不用再做出任何判断了,也不用设定任何道德标准。她只需要表现出他们各自不同的思维——每一个都和自己一样的鲜活,一样地意识到其他思维的存在而痛苦不堪。给人们带来不快的,不仅是邪恶和诡计,而且还有迷乱和误解;最重要的是未能把握简单的真理,即其他人与你一样实实在在。只有在故事中,你才能进入这许多不同人物的内心世界,并且将他们各自平等的价值展现出来。(35－36)

该场景在多视角的回顾性叙述中展开:布里奥妮幼年的视角揭示了她所认为的罗比对塞西莉娅的威胁;第三人称的万能视角则揭示了当时两位羞于表达情感的年轻人之间夹杂尴尬与怒意的青涩恋情。布里奥妮帮忙传递给姐姐塞西莉娅的"淫秽"纸条只不过是罗比在忙乱中误拿的字条,它以罗比的视角细腻地再现了他在给塞西莉娅写道歉字条时潜意识所流露的混杂在一起的爱欲和爱慕之情。被布里奥妮释读为姐姐遭受罗比性侵犯的图书室一幕实际是他们在表达彼此爱慕之情后两情相悦的激情性爱,该场景在小说中通过两个当事人的视角而被还原出来,日后成为罗比在牢狱和战场上支撑自己继续生存下去的珍贵回忆。在小说第一部分,成为作家的布里奥妮移情进入不同人物的意识和心灵,以心理现实主义的角度再现了各人物的情感世界和认知视角,感受了不同于自我的他人他性的独特存在。布里奥妮对艺术创作的理解和实践也呈现修正性特征:11 岁时,她尝试创作民间故事;13 岁时,她写起了简单的道德剧;在试图阐释姐姐与罗比争夺花瓶的情景失败后,她转向了心理现实主义。布里奥妮从事创作的历程也是对他者他性的移情理解不断增强的过程。从最初级的模仿,到对人物善、恶二元对立的简单判断,再到移情进入他人意识并对他人心理现实进行复杂的描摹,布里奥妮逐渐加深了对他者他性的认识和理解。60 年后,年老的布里奥妮回顾了自己如何在 13 岁时穿越整个文学史的创作历程;如今,她的小说以不含道德意识而出名,她多角度深入人物心灵和意识呈现同一事件,不做任何道德评判,任由读者参与其中做出自己的判断。

布里奥妮对他者移情能力不断发展、增强的过程也就是审视、反思自我伦理意识的过程。对于布里奥妮来说,早年没有尊重他人他性的伦理意识驱使她把他者纳入自我中心的主观阐释框架,混淆了事实与幻想,犯下了不可饶恕的罪过。随着认知能力、移情能力的提高,布里奥妮的罪恶感、愧疚感也日趋强烈,"犯错后的愧疚感促使修正性的行为得以发生"(Ferguson and Dempsey 174)。布里奥妮放弃了去剑桥的求学机会,追随姐姐塞西莉娅去战地医院从事护士工作。"布里奥妮成为护士的决定是他性意识增强的关键性一步。"(Möller 88)小说第三部分以布里奥妮作为护士的视角再现了战争给士兵们带来的巨大创伤,身为护士的她移情感受跟罗比一样奔赴战场的士兵们在身体和精神上所遭受的苦难,希望能有机会与参战的罗比相逢并亲手救治他的创伤,借以赎罪。穆勒引证布里奥妮和濒临死亡的法国士兵吕克之间的对话,认为这是布里奥妮接近他人他性的典型例子。吕克身负重伤,行将离开人世,他把布里奥妮误作自己相识的英国姑娘,向她回忆第一次相遇的情景。起初,布里奥妮想告诉吕克他们彼此从未谋面;但当她意识到吕克即将离开人世时,便把自己想象成吕克所说的那个英国姑娘。当吕克问她:"你爱我吗?"她回答说"我爱你"(273)。在她看来,不可能有任何其他的回答。正如穆勒指出,布里奥妮在如此回答吕克的想象性行为中放弃了优先考虑自己的视角甚至自己关于真相的看法,转向了以他人的视角为主导。(Möller 88)这正是布里奥妮近距离感受、拥抱并尊重他人他性的典型场景。五年前的她因为自我中心的主观想象而犯下了不可饶恕的罪过,赎罪之旅中成为护士的她在以他人他性为尊的道德想象中饱含了对他者的移情关怀之情。

"移情能够引起强烈的愧疚感,甚至对于并非有意为之和难以预见的后果也是如此。"(Ferguson and Dempsey 174)布里奥妮对他者的移情能力越强,对自己所犯下的罪孽的愧疚感和罪恶感也就越加强烈,意识到"不管她做多少下等和卑贱的工作,不管她做得多苦,多出色,不管她心甘情愿地放弃了多少——她都弥补不了自己造成的损害。永远都弥补不了。她是不可饶恕的"(367)。布里奥妮少年时候的无知虽未直接导致罗比和塞西莉娅的死亡,却葬送了一对恋人可能的幸福。如果没有战争,罗比和塞西莉娅就很可能依然活着,布里奥妮也很有可能有赎罪的机会。但战争带走了一切,布里奥妮"终于明白这场战争会如何加重她的罪孽"(254)。

实际上《赎罪》的二战背景引起了很多读者和学者的关注,[①]其中一个关键问题是:布里奥妮的"赎罪"故事与二战所造成的创

---

① 关于《赎罪》的二战背景的讨论,具有代表性的论述参见 Paul Crosthwaite, "Speed, War, and Traumatic Affect: Reading Ian McEwan's *Atonement*", *Cultural Politics* 3:1(2007): 51-70. 保罗主要结合当代创伤理论分析麦克尤恩在《赎罪》的第二部分对二战期间德国闪电战的描写,认为该描写是对创伤性大规模战争的再现,指出麦克尤恩的小说通过运用逃逸、延宕等手段再现了与拉康所谓的"真实域"(the "real")的创伤性遭遇,同时也生产了与实际经历相联系的创伤性表征。

伤,究竟哪个是故事的主体? 表面看来,主线是布里奥妮的故事,可三分之二的篇幅其实是对战争以及战争创伤的描述。因此,布里奥妮的"赎罪"故事更多地起到了穿针引线的作用,以个体在战乱中的命运来映射人类整体所犯的罪:正是因为人类挑起了战争,才给世界、给自己造成了难以弥合的创伤。从这样一个角度来看,麦克尤恩的《赎罪》无疑意味深长,有着寓言一样的深刻寓意,这对于当前一些国家的纷争和战火,冲突和矛盾有着警示意义。因此,《赎罪》关注的与其说是布里奥妮的个体创伤记忆和赎罪,不如说是呼吁整个人类为自己所造成的罪孽进行反思、赎罪,从而有意识地维护世界和平。

麦克尤恩在《赎罪》中对布里奥妮之"罪"、战争之罪、人类之罪的描述还涉及文学理论界在 20 世纪 80 年代后期"伦理转向"以来受到热切关注的一个问题:叙述伦理。① 与麦克尤恩的《赎罪》相关的主要是虚构的原罪。就虚构的原罪而言,布里奥妮的罪过实际上源于虚构亦止于虚构。年少无知的她凭借自我中心的想象定了罗比的罪,从而犯罪;年老的她通过叙述移情书写过去和他者、为塞西莉娅和罗比安排了一段甜蜜时光,以此赎罪。在小说结尾部分,布里奥妮坦言这只是她的虚构,让读者有"上当受骗"的感觉。老年布里奥妮还暗示,她年轻时之所以犯罪,除了自己无视他人他性的无知,警官的诱导也是关键因素之一。她明明没有看清那个人,却主观地断言自己看到了他;她明明可以不必一遍遍重申自己看到了他,却在警官的诱引下耻于推翻自己的断言。而且,警官在问话中只要结果,布里奥妮原本所说的是"我知道是他",但是

---

① 保罗·德曼在 20 世纪 40 年代效力于纳粹报刊的陈年劣迹于 1987 年 12 月 1 日在《纽约时报》上被披露,从而引发了理论界对解构主义学派伦理立场的质疑和论争。伦理成了理论界关注的热点。由此,哈柏姆(Geoffrey Harpham)严肃而又戏谑地宣称:"在 1987 年 12 月 1 日前后,文学理论的性质发生了改变。"这标志着文学理论界的伦理转向。参见 Geoffrey Galt Harpham, "Ethics", *Critical Terms for Literary Study* (Second Edition). Eds. Frank Lentricchia and Thomas McLaughlin. Chicago and London: The University of Chicago Press, 1995, pp. 387 - 405.

警官只允许布里奥妮在"看见"和"没看见"之间二选一,不允许她做出自己的解释。而他们的父母则任由偏见蒙蔽了自己的双眼,相信一个孩子的话,将罗比送进了监狱。在塞西莉娅以及叙述者看来,母亲艾米莉及其所代表的阶层对"教养"和伦理禁忌的重视致使他们靠主观的想象、盲目的偏见做出判断,相信一个孩子的证词,认定出身低微的管家的儿子罗比就是强奸犯,这也是一种"罪"。

总之,基于老年布里奥妮的叙述,整部小说表面上讲的是布里奥妮的罪。她因自己的幼稚、无知、无视他者他性的自我中心的偏执造成了罗比和塞西莉娅一生的悲剧,长大后追悔莫及,她试图挽回自己造成的损失,却最终无力回天。但字里行间,读者看到罗拉夫妇、警官及布里奥妮的父母兄长更应该赎罪。当他者地位比自己所属的阶层要低,人们对他者他性存在的尊重也就更加具有伦理意味。除了幼年因无知而犯错的布里奥妮,其他合谋将罗比送入监狱的人如警官、布里奥妮的父母兄长、罗拉、马歇尔等人从未尊重过来自较低阶层的罗比的他性存在,势利和偏见蒙蔽了他们的双眼,他们相信一个孩子的话而主观地判定出身低微的罗比就是强奸犯,因而更应该赎罪。罗拉明明知道罪犯是谁,却引诱布里奥妮犯罪;马歇尔是真正的罪犯,他利用人们的势利而穿梭于警官之间,目睹无辜的罗比被冤枉而遭受牢狱之灾,自己却逍遥法外,因而他是罪魁祸首。甚至,罗比和塞西莉娅这对看似无辜受害者的恋人也要赎罪。他们不仅触犯了伦理禁忌,而且也犯了势利和偏见的罪,他们一直怀疑真正的强奸犯应该是仆人丹尼·哈德曼,却从未怀疑过真正的罪犯马歇尔这位富商。

然而,布里奥妮作家身份的揭露进一步解构了上述的各种可能,使我们最终都无法解开文本设定的"谜",他们中间,究竟谁该赎罪?布里奥妮的叙述有多大可信度?换个角度来看,她在描述中将罪过推给罗拉、警官、父母等人,这是否在为自己犯下的罪寻找借口?毕竟,在整个叙述中,罗拉等人都是被叙述者,没有发言权。因此，当读者主观地同情布里奥妮，相信她的一面之词，判定他们有罪的时候，是否也犯了布里奥妮式的"罪"？

对于麦克尤恩来说，"谁之过"其实并不重要，重要的是所有这些人都需要赎罪，并引导读者反思自己可能的罪过，反思人类所犯的罪。既然文中多个人物，甚至人类整体都有"犯罪"的嫌疑和"赎罪"的必要，那么何以赎罪？赎罪又有何益？读者对这些问题又会做出怎样的伦理判断？施瓦兹认为，"文本要求读者做出伦理反应，一方面是因为讲述总有一个伦理的维度，另一方面也因为我们本身代表着自己的价值观，而且我们从来都无法逃离我们的道德价值观"（Schwarz 5）。作为《赎罪》的读者，我们有必要探讨文本内外人物和作者的赎罪方式及意义，进而反思自己在阅读中的伦理反应和价值取向。

从文本内部来看，布里奥妮认为自己的罪是无法赎的。"她是不可饶恕的。"（367）无论如何，布里奥妮意识到，穷其一生，她无法获得救赎，因为伤痛已经造成，回天乏力。也许，年老痴呆将最终带走她的知性、理性，从而带走她的遗憾和悔过之心，也许只有死亡可以将一切掩埋，让她彻底解脱。她所能做的只是在想象和虚构中，在她移情书写他者的小说结尾为塞西莉娅和罗比安排一个完美的结局，让他们"依然活着，依然相爱"（326），给读者，给她自己一丝安慰。但她同时意识到，无论她如何呼求，如何诉诸进一步的想象去虚构更多美好的场景和结局，她都无法回到纯真无瑕的年代，她的身上、心里总是沾染了"罪"的阴影，随着对记忆的每一次、每一丝触动而鲜活、弥漫和扩散，她无以遁形。不过，布里奥妮根本没打算遁形或逃避；自从她意识到自己的罪过，她就选择了勇敢面对，并试图通过故事叙述获得救赎。成为作家的布里奥妮在小说创作过程中从不同的视角叙述当年的事情，由此进入当年塞西莉娅、罗比、母亲等人的意识，这种深层地进入他人心灵的移情能力在麦克尤恩看来正是"我们道德的起点"（McEwan, "Only Love and Then Oblivion" 1）。

从文本外部来看,作者是如何赎罪的呢? 正如老年布里奥妮所说,"拨去想象的迷雾吧! 小说家何为? 走到极限之处,在可望而不可及的地方安营扎寨,打法律的擦边球,然而在判下来之前,谁也不知道确切的距离。为稳妥起见,最好还是不动声色,暗昧难明"(325)。这正是《赎罪》的作者麦克尤恩采取的态度,他不动声色地将读者卷入他的故事,任凭读者做出自己的判断。尽管老年布里奥妮认为,"上帝也好,小说家也罢,是没有赎罪可言的,即便他们是无神论者亦然。这永远是一项无法完成的任务。这正是要害之所在"(479)。但她仍然选择以"叙述"作为自己赎罪的方式,麦克尤恩也是如此。那么,这样做意义何在? 芬尼提供了一个答案:"无论如何,想象别人的感受可能是我们在不断发生的人类苦难面前所能做的一种修正。"(Finney 82)这也契合麦克尤恩曾多次强调的移情,在他看来,移情想象别人的感受正是人性的核心、道德的起点。布里奥妮通过回忆、想象和叙述感受着罗比和塞西莉娅所受的苦;麦克尤恩同样通过想象和叙述感受着人类的苦难,试图修正人类的偏见和罪过,唤起人类的良知和理性。洛奇认为"小说家具有的创造人物的能力帮助我们在现实生活中发展同情和移情的能力"(Lodge 42)。小说家作为一个群体比普通大众更具有移情心,写小说会培养小说家角色扮演的能力,因而他们的移情能力更为强烈。(Lodge 127)少年布里奥妮在以自我为导向的主观阐释框架内漠视他者的他性而犯下了不可弥补的罪过;成为作家的她以移情书写过去和他者的方式直面罪过,也发展读者的移情能力。读者在移情感知布里奥妮给罗比和塞西莉娅带来的伤痛和苦难的过程中反观自己的行为,反思自己给他人可能带来的伤痛和苦难,从而增强自己对他者移情关怀的意识,在对他人他性的尊重和关怀的过程中反思自我伦理意识。雅泰利(Altieri)提醒当代读者,要考察艺术的伦理功能,我们应该思考,如何正确理解维特根斯坦的名言:伦理学和美学是一个整体。(转引自 Davis 33)或者说,文学的审美功能"必须同文学的教诲功能结合在一起"(聂珍钊 17)。

从该视角来看,麦克尤恩的描写细腻,语言优美,不仅让读者从阅读中体验审美的快感,而且把读者卷入主人公情感的漩涡,从当时的场景获得布里奥妮般的启发和顿悟:人的一生亦长亦短,长,因为它让布里奥妮一类的忏悔者饱受自责的磨难;短,因为它竟然让布里奥妮难以完成赎罪的心愿。

麦克尤恩说,"我将小说看作一种探索、审视人性的形式"(McEwan, "A Novelist on the Edge" B6)。无论是布里奥妮的忏悔还是战争的残酷,故事归根结底讲的是人性。叙述者感慨战争、受伤和死亡让布里奥妮意识到人类的脆弱:"人,归根结底,是一个物质存在,很容易受损伤,却不容易修复。"(392)这样的感慨也使小说对人性的探寻上升到哲学的高度:人的存在究竟意味着什么又有何意义? 保罗·马歇尔和罗拉的存在与布里奥妮的存在有何区别,有何高低之分? 叙述者和作者并未提供一个确切的答案,因为人性永远是"复杂多变和无限神秘的"(吴尔夫 429)。麦克尤恩把人性的复杂性展现在读者面前,无非是让读者发现,每个人都不是那么单纯,都可能给他人、给自己带来伤害和伤痛的记忆。同时,麦克尤恩通过他的叙述告诉我们,赎罪的一生也是人生,而这种人生同任何人的一生一样丰富多彩,风起浪涌。表面的跌宕起伏也许精彩,内心的翻江倒海更让人感同身受。读者若以布里奥妮的经历反观自己,会提出这样的疑问:自己能否像布里奥妮那样有勇气把自己的缺点和罪过暴露在显微镜下,细察自己的内心,反思自己的举动,并真诚而痛苦地悔恨? 读者审视自我的过程也就是对他人移情能力增强和自我伦理意识之反思的过程。

布里奥妮的叙述让人意识到人在过错面前、在时间面前的无力和无奈。布里奥妮不想仅仅追悔而无为,因此她选择了记录故事,以叙述的方式追忆有罪的过去,为自己的过去承担责任;麦克尤恩面对复杂的人性不想虚度,因此也选择了叙述,抽丝剥茧般地曝光人性的善与恶。其中都铭刻着带有人性关怀的人道主义者对于人性的思索和责任,因而表现了一种以叙述为己任的伦理,一种默多克理解为勇气的善，一种道德①。人在上帝面前忏悔，渴望得到救赎；作家在读者面前讲述也是为了得到救赎，并引发读者的反思，希望人类为自己犯过的罪祈求原谅，避免再犯同样的错误。因此，《赎罪》的重心不是追究"谁之过？"而是以移情书写他者的方式引起读者对自我之存在、自我之伦理意识的反思，呼吁人们在人际之间超越自我中心的关切，践行尊重他人他性、关怀他人的移情关怀伦理，以避免或降低对他人可能带来的伤痛。

第三节　移情关怀对象的扩大与作为责任存在的伦理主体

　　麦克尤恩在《时间中的孩子》《赎罪》中所探讨的自我与他人的关系主要限于家人、朋友及熟人之间，《星期六》中所探究的自我与他人的关系则超越了家人、朋友的范围而扩展至陌生人。更具体地说，麦克尤恩把《星期六》置于"9·11"后的当代西方社会，探究"9·11"后自我与他者之间建立伦理关系的可能性，讨论自我主义的隔离性自我在遭遇他者外在性的闯入后，其移情关怀对象如何从自己的亲人扩展至陌生的他人，最终回应了异质性他人的伦理召唤，趋近了列维纳斯所说的人的伦理性存在的境地。

　　《星期六》主要呈现伦敦的神经外科医生贝罗安在 2003 年 2 月 15 日、星期六这一天的意识和经历。这一天全世界范围内举行了声势浩大的游行，抗议美国对伊拉克发动战争，特定的时代政治背景以及主人公的"9·11"后意识表明《星期六》属于"9·11"后小说样式。说到"9·11"后小说，人们自然想到厄普代克、罗斯、品

---

　　①　曾有人问默多克什么是"善"，她经过了一番踌躇后，通过信件回复提问者："复善之界定：善的一个基本的要素是勇气。"参见 Gillian Dooley, *From a Tiny Corner in the House of Fiction: Conversations with Iris Murdoch*. (South Carolina: University of South Carolina Press, 2003), 112.

钦、德里罗等这批优秀的美国小说家的"9·11"后创作。马克罗森指出,"9·11"后美国小说就像美国社会一样容易陷于创伤难以自拔,而美国以外的小说家对其事件的间接书写则给读者提供了审视"9·11"事件的新视角,读者可以更好地在宏阔而漫长的恐怖主义历史语境中检视"9·11"事件,这些小说也为"9·11"后的当代社会寻求解决之道提供了多种可能性。马克罗森这样评价《星期六》:"在为'9·11'后和伊拉克战争后文学做出贡献的作品中,《星期六》是最为严肃的作品之一。"(Lawson 4)不同于德里罗的《坠落的人》,在《星期六》里麦克尤恩没有直接书写"9·11"事件的创伤与暴力,正如小说序言援转引自索尔·贝娄的《赫索格》所揭示的,麦克尤恩意在探寻"人是什么?在某个城市中。在某个世纪里。在蜕变之中。在群体之中……"更准确地说,"麦克尤恩企图捕捉时间中的某个片刻,存在的某片刻,再现这某片刻里正思考的心灵"(Green 60),从而描摹"9·11"事件后当代西方人的生存状态,探究自我中心主义的、隔离的自我如何移情回应异质性他人的召唤,并最终承担起对异质性他人的伦理责任。

列维纳斯在《总体与无限》中描述了基于隔离和感受性之上的人的存在。对于列维纳斯来说,生命体最基本的境地是享受和快乐,"生命的真实是在快乐的层面上,在这个意义上超越于存在论"(Levinas, *Totality and Infinity* 112)。列维纳斯认为生命体要享受快乐则有必要建立家园。如果我们没有居住的家园,则会迷失方向。有了居家才会劳作和工作。(Peperzak 23)在列维纳斯看来,人的存在首要的是隔离的和独立的,这种隔离和独立内置于感受性之中。(林华敏 27)海德格尔认为,人的基本存在状态是与他人"共在于世",列维纳斯则认为人的基本存在状态是隔离的——作为生命的绝对隔离。在《总体与无限》中,他描述了隔离自我的图景,这个自我是通过"生活""享受""需要""感受性""居住"等概念来完成的,试图表达人的存在的独立境地。这种隔离的自我并非不与他人发生关系,相反,依列维纳斯之见,隔离的自我是与他人发生伦理关系的前提条件。在列维纳斯那里,隔离状态意味着"依靠……
为生","我们依靠好的汤、空气、光、场景、工作、观念、睡觉……",
他把这些我们生活中的东西称为元素。列维纳斯指出,"隔离即居
家状态,而居家则是依赖……而生活,是享受元素"(Leavinas,
Totality and Infinity 147)。

《星期六》中的主人公贝罗安隔离的自我状态正是列维纳斯所
说的居家的、享受的自我。48 岁的贝罗安是优越的当代西方人的
典型代表。他是伦敦成功的外科医生,在伦敦市中心的费兹罗维
亚区拥有豪华的住宅。贝罗安家庭幸福,爱妻是小有名气的报业
律师,一双儿女都从事艺术创作,女儿是初出茅庐的诗人,儿子是
才华横溢的音乐人,岳父也曾是享有盛名的诗人。居家的他享受
和体验着幸福,凌晨 3 点 40 分,贝罗安从睡梦中苏醒,"他此刻神
清气爽,心无杂念,有一种莫名的愉悦"①(1)。贝罗安幸福的自我
与他周遭的城市环境浑然一体。他矗立于窗旁俯瞰城市广场、眺
望夏洛特街和城市建筑,对自己居住的城市感到心满意足,对自己
生活中的所依赖的那些元素甚是满意。"贝罗安觉得这座城市是
一项伟大的成就、辉煌的创造、自然的杰作——数以百万的人穿梭
在这个经历了千年的积淀和不断重建的城市里,如同是在一个珊
瑚礁上,每天休憩、工作、娱乐,多数时候是和谐的,几乎所有人都
期待它能运转下去。"(3)如果说麦克尤恩早期作品中的伦敦指涉
了黑暗之都,那么在后期作品《星期六》里,在某种程度上则发生了
逆转,受惠于现代科技发展的伦敦象征了人类辉煌的文明,"贝罗
安所安居的这一方乐土就是这辉煌的缩影;完美的环形花园围绕
着罗伯特亚当设计的完美广场——18 世纪的梦想沐浴在现代文
明的光芒之中,头顶着街灯的照耀,脚踏着底下的光缆,新鲜的供
水在管道中奔淌,废弃的污水转瞬便消失得无影无踪"(3)。居住

---

① 引文出自夏欣苗的译本,部分内容笔者参考原著后稍有修改。伊恩·麦克尤
恩:《星期六》,夏欣苗译,北京:作家出版社,2008 年。文中标注页码为中文版页码。

在现代都市文明的中心，贝罗安平日在医院努力工作，下班回来便享受居家的快乐，如同列维纳斯所说的，人的存在的基本境地具有尘世天堂的特征，享受生活。听到收音机里传来的讯息关乎当代社会的暴力隐患，虽然贝罗安一想到拥有的一切可能在瞬间灰飞烟灭也会陷入忧郁，但是"接下来，当他躺在床上考虑晚餐可以吃什么的时候，这些思绪又被忘得一干二净了。一定是下班回来的罗莎琳给他盖上了被子，她甚至可能还给了睡梦中的他一个吻"（4）。贝罗安居家的幸福感受是列维纳斯所描述的隔离自我所享受的尘世的快乐。去爱、通过吃喝等而享受快乐，在对外界元素的依赖中，自我中心主义与主权成为了可能，"正是通过吸纳这些元素、依赖这些事物或者将它们纳入我的管辖下从而形塑了我的自我。没有这种自我中心主义，将不可能与他人产生联系，因为与不自由的、依附性的存在体相遇则会导致融合或者混淆"（Peperzak 24）。隔离在列维纳斯这里意味着我的自我性的绝对的孤立性，这种自我性的全部内容是享受与快乐，它是一种自我满足的自我中心主义。这是人的存在的内在性维度。在这里没有伦理和社会性的人与人的关系出现。

依据列维纳斯的描述，主体性不仅仅是隔离的孤立性自我，人的全部含义并不在于纯粹的自我主义，自我更深层的含义是与外在性的关系即与他人的伦理关系。（林华敏 68）"虽然主体性源于享受的独立与主权"（Levinas, *Totality and Infinity* 114），但是对于列维纳斯，只有通过无限性（他者）的介入，主体性才能发生。他所强调的主体性是伦理意义上的主体性。读者跟随贝罗安的意识，审视在 2003 年 2 月 15 日这一天贝罗安如何超越自我主义的隔离自我，成为列维纳斯所说的对异质性他人承担责任的伦理主体。作为神经外科医生的贝罗安，坚持科学理性的思维方式，对他人的移情关切仅仅限于自己的亲人，惯于理性地开脱自己对他人的责任，但是随着无限性他者的介入，贝罗安的移情关切对象从身边的亲人扩展至陌生人，他最终成为对异质性他人承担责任的伦理主体。

小说开篇呈现的贝罗安隔离性自我的居家状态是一种非社会性的自我，然而生活在当代西方社会的他即便是居家性的自我也不能逃离社会的印记。收音机里传来关乎当代社会的暴力隐患的讯息提醒贝罗安，他拥有的一切幸福可能在瞬间消失殆尽。午夜醒来的他察觉到空中闪过的亮光，瞥见一架起火的飞机飞向希思罗机场。贝罗安脑海里闪过骇人的景象：

> 隔音材料部分地削弱了机舱里乘客的尖叫，人们忙着在行李里摸索着手机，或是想留下只字片语；惊慌失措的空乘人员执行着记忆中仅存的零碎的操作程序……但即使现在置身事外，从远处目睹这场面，感觉也是同样熟悉。因为在差不多18个月前大半个地球的人们都不断地从电视上目睹了那些素不相识的受害者飞向死亡的一幕……（12）

"9·11"事件的创伤记忆不仅对于纽约人、美国人挥之不去，多数西方人都没有走出"9·11"创伤的恐怖阴影，贝罗安也不例外。他想到自己目睹的一切可能意味着无数受害者正遭遇不幸，"飞机正从树冠的上方划过，短暂地，火光在树枝和树梢的间歇如节日烟火般闪烁。这提醒了贝罗安他有事情该做"（12）。虽然意识到飞机里的乘客已经给身为医生的自己发出了召唤，依据列维纳斯的观点，贝罗安应该采取行动，对他者的召唤做出伦理回应，但是惯于理性思考的贝罗安并不想对陌生的他人承担任何伦理责任，他在意识里列举了充足的理由开脱自己的责任，"等到急救部门接到通知再转接他的呼叫时，无论将发生什么事情，都已经成了过去……希思罗机场并没有囊括在他们医院的急救方案之内……飞机还有十五英里就要着陆了，如果燃料箱发生爆炸的话，他们就没有什么人可挽救了"（13）。他进一步理性地让自己置身事外，"此次碰巧是贝罗安而不是其他的人则纯属巧合"（13）。依据贝罗安的理性逻辑，既然自己瞥见飞机纯属偶然，他也就没有责任卷入其中。贝罗安在意识里反复为自己寻求摆脱为他人负责的理由,不具有列维纳斯所言的伦理主体性,有评论家指出,贝罗安的名字不仅指称"占有和身份",而且指称"内省和自恋",暗示了贝罗安很难走出自我去援助他人。[①](Versluys 191)

　　新闻报道最终证实贝罗安对飞机事件的阐释是错误的过度阐释。出事的是一架俄罗斯货机,途径伦敦上空时其中一个发动机起火,最终在希思罗机场安全着陆,机组人员无一人伤亡。但是贝罗安的过度阐释也并非无中生有,这在一定程度上反映了"9·11"后西方现代都市人焦虑而恐惧的生存状态。尽管飞机事件乃属一场虚惊,贝罗安全家没有受到任何影响,但是他家大门的层层防护表明,他们幸福、祥和的居家世界时常濒临城市边缘他者侵扰的威胁:

　　　　贝罗安家门上的层层防备——三只坚固的班汉姆门锁,两条和房子同龄的黑铁的门闩,两条钢铁的门链,一个隐藏在黄铜外壳下的门镜,一个电子报警装置,一个红色的紧急呼救按钮,警报器上的显示数字在安静地闪烁。如此严密的防范,如此现实的戒备都在传递一个信息:别忘了这城市里还有要饭的,吸毒者和地痞流氓的存在。(30)

　　贝罗安的家尽管有遭遇暴力袭击的威胁,在层层严密防范的庇护下犹如一个戒备森严的城堡,与纷乱的外界隔离开来。作为城堡男主人的贝罗安沉浸于幸福的居家世界,其平庸、狭隘的生活视界恰如泰勒所说,"个人主义的黑暗面是以自我为中心,这使得我们的生活既平庸又狭隘,使我们的生活更贫于意义和更少地关心他人及社会"(泰勒,《本真性的伦理》5)。在 2003 年 2 月 15 日这个星期六,50 多万英国各界人士走上伦敦街头,抗议美英准备

------

　　① 贝罗安的英文全名是 Henry Perowne。

军事打击伊拉克。贝罗安并没打算加入声势浩大的游行队伍。马尔库塞在《单向度的人》中指出,"今天,在昌盛的战争国家和福利国家中,一种和平生存所具有的人性特征看来是无社会性、无爱国心的"(马尔库塞 192)。贝罗安身上折射了此种人性特征,他没有社会关切意识,其移情关切对象仅限于自我和家人。在这个特殊的休息日,他将去老人护理院探望身患老年痴呆症的母亲,去球馆和同事打一场壁球比赛,观看儿子的一次演出排练,还要为全家人准备丰盛的晚宴迎接从巴黎远道归来的女儿。

来自中上阶层的贝罗安对家人以外的他人世界并无移情关切之情,坚持理性思维的他对文学的无知和迟钝进一步造成他对他人移情能力的低下。文学是发展移情的重要方式。"人们之所以阅读小说在于走进他人的心灵世界,并体验不同的现实。"(Green 63-64)在阅读过程中"主体能够与他者相遇而不会扭曲他者使之进入自我的近似领域"(Winterhalter 349)。人们通常通过阅读小说而走进并感受与自己不同的异质性他人的情感世界和认知视角,从而增强对他人的移情能力。贝罗安平素就对家人以外的他人缺乏移情关切,他对文学的无知和拒斥则加剧了他对陌生人的漠然态度。他自高中毕业之后就直接进入医学院,15 年来他几乎没碰过任何医学书之外的书籍;另一方面在他的认知世界里科学、理性占据了主导地位,他坚持一切都可以解释"他对再创作的世界形态不感兴趣,他想要得到的是对现实世界的解释。眼前的时代已经够奇怪了。还有必要再编造一个吗?……"(53)作为医生的他自认为"所目睹过的死亡、恐惧、勇气和苦难已足以充实多部文学作品"(3)。与贝罗安形成鲜明对照,其岳父和女儿黛茜则浸润于文学传统,岳父曾是颇有声望的诗人,黛茜自幼在外公的熏陶和培育下也已经是崭露头角的青年诗人。黛茜试图引导父亲接受文学教育以纠正他的"低俗品味和麻木不仁"(3)。她给父亲列了阅读书单,贝罗安却对阅读提不起兴趣,亦不能体悟阅读的移情认知功能。在女儿的鼓励下"他试着读了一个有关一个小女孩经历父母不负责任的离婚的悲惨故事。听起来应该会有点意思,但可怜的小主人公梅齐的形象很快就淹没在了一堆文字当中,才看了48页,贝罗安就感到筋疲力尽了……"他虽然完整地读了两本名著《安娜·卡列妮娜》和《包法利夫人》,却感觉自己"为消化那些错综复杂的故事所付出的代价就是他的思维变得迟钝,还浪费了他无数个小时的宝贵的时间。那么他学会了什么道理呢?无非是通奸是可以理解的,但却是错误的……这些作品不过是一个辛勤的作者仔细堆积素材的产物"(53)。贝罗安通过有限的阅读并没有增强移情想象力,他不能洞察小说世界里所呈现的人性的复杂性,并由此能移情感知不同于自我的丰富的他异性。

　　贝罗安以为依据自己的科学知识能准确把握对他人和世界的认知,他没有意识到自己认知模式的局限性,这就妨碍了他认识文学的重要功能——"文学是探寻人性的重要资源;文学构成一种与科学知识互补的关于意识的知识"(Lodge 16)。贝罗安所固守的科学、理性的认知框架具有局限性,但他坚持己见,尽管诗人女儿对他进行了诱导,他并没有采用灵活的视觉性认知的方式尝试通过文学之维来认识世界,相反他拒斥文学的认知方式。在黛茜眼里"人们没有故事便无法'生存',而贝罗安则对此持否定态度,认为他自己就是一个活生生的证据"(55)。叙事是建构人类生存状态的必要方式,尽管贝罗安坚持自己的生存与"故事"没有关系,事实上他的一位伊拉克教授病人关于自己在萨达姆极权下遭遇酷刑经历的讲述左右了贝罗安对萨达姆政权的认识,他由此对美国即将发动的攻打伊拉克的战争持有模棱两可的态度。贝罗安的生存并非像他所认为的与故事无关,而且极具意味的是,作为小说的主人公,他的存在本身就与故事密不可分。"贝罗安不能明白的是,非但是没有故事亦可以生存,相反,他的全部存在就是一篇叙事,其自我身份就是由构成生活的故事建构而成,这对任何个体来说都是如此。"(Foley 265)故事、叙事于自我身份的重要作用不仅对于作为虚构小说的主人公的贝罗安而言是不证自明的,对于任何人来说,其身份的构成都与形塑生活的一个个故事密切相关。而且个体对自我和他人的认知都离不开故事,对故事的需求与对自我认知的需求是密切联系的。意识在本质上具有叙事性。(Green 64)"失去叙事的自我也就是失去人性特质的自我。"(Bradley and Tate 21)贝罗安对此并不认同,他认为"思维是大脑的唯一功能。如果这值得我们敬畏的话,那它也同样值得我们好奇;但挑战不在于幻想,而在于了解它的真相"(54)。在他看来,对大脑物质结构真相的科学把握就意味着对其思维的认知,然而事实并非如此,对自己和他人大脑物质结构的了解并非就是对自我和他人意识的认知。贝罗安对文学叙事认知功能的否认和排斥无疑影响了他对他人意识的移情理解能力。

贝罗安不善于移情理解和关切他人不仅与他对文学的无知与迟钝有关,更重要的是,优越的阶层地位令他高高在上,他不屑对较低阶层或边缘人群表现出移情关切。子夜醒来的他俯瞰窗外广场上穿行的护士,"贝罗安不仅仅是在注视着她们,更像是在守护,带着一种神祇般的轻微的占有欲监督着她们的一举一动。在这了无生气的寒冷中,她们穿过这夜晚。人类就像热血的小型发动机,有着可以适应任何地形的两足动物的技能,体内是数不清的深埋的骨膜下、纤维里和暖肌原纤维细丝中的分支神经网,其中流动着无形的意识流——这些生物发动机规划着自己的运动轨道"(9)。叙事人从贝罗安的视角告诉我们他把自己和神祇相联系,足见他君临一切的优越感;从他的视角生发出对普通人类的生物学的科学分析,不带有丝毫的感情色彩,似乎他自己的优越生活并不与陌生的他者发生联系。安佛莱(Andrew Foley)指出,"贝罗安身上有种与世相离的感觉,似乎在情感上他远离当代社会生存的危机与麻烦……贝罗安所欠缺的是他没有意识到和他周遭生活世界之间的联系,他也缺乏对那些比自己不幸的人群的想象性移情"(Foley 149)。

贝罗安透过窗户俯瞰外面的世界,广场上一对年轻男女进入他的视线。他凭借职业的敏锐性察觉他们是瘾君子,那位和他女儿年龄相仿的女孩正表现出毒瘾发作的征兆。尽管那女孩的脸令他想起自己的女儿,她正遭受的痛苦和不幸的际遇却并没有引发他的些许移情关怀之情。这一对瘾君子连同平日里进入他视线的广场上的无数边缘他者都不曾引起贝罗安内心的不安和移情。他还喜欢坐在自己的座驾奔驰 S500 里观赏、打量这座技术发达的现代文明城市。窗和奔驰车具有象征意味,犹如一道安全的屏障把贝罗安和家人幸福的居家世界与喧嚣、紊乱的外部世界隔离开来。躲在屏障后的贝罗安似乎和周遭的生活世界没有关联,他在隔离的私密世界享受隔离自我的快乐和幸福,漠视外界陌生人的不幸际遇。这一天伦敦街头几百万群众举行的反战游行同样不是他所关切的对象,在他驱车故意绕道避开游行大军去壁球馆的途中,却遭遇了和街头混混巴克斯特的宝马座驾相擦的事故。贝罗安的隔离自我在与巴克斯特这位他者相遇的过程中注定要发生嬗变。

作为神经外科医生的贝罗安对他人大脑结构了然在心,却并不擅长解读他人的心灵世界,更不善于移情感知他人的情感世界。他在遭遇边缘他者巴克斯特的过程中,因为不能移情释读巴克斯特的心灵而给自己和家人带来了危险。当贝罗安和巴克斯特各自从车里出来,面对面时,叙述人从贝罗安的视角这样描述巴克斯,"他是个毛躁的年轻人,长着一张小脸,眉毛浓密,棕黑色的头发理得很短紧贴头皮。嘴巴宽宽大大的,下巴上刮得绿青的胡子痕迹,看上去更像动物的嘴。向下耷拉着肩膀,让他长得更像猿猴……"(72)贝罗安将巴克斯特面貌与动物相联系,把对方看成是低于自己的次人类。可见,面对巴克斯特,贝罗安一开始就表现出贬低巴克斯特作为人的价值的轻视与傲慢。当贝罗安发现自己被巴克斯特和同伴敲诈勒索并有遭遇进攻的危险的同时,他凭借自己的职业经验察觉巴克斯特患有遗传性亨廷顿氏舞蹈症。这是无法治愈的神经性绝症,巴克斯特表现出早期的颤抖症状,他的两位同伴显然并不知情。贝罗安诊断巴克斯特的病情后,他并没有移情关怀身患绝症的弱势他者的不幸遭遇，"贝罗安知道自己已经不会再为患者的遭遇而感到同情，多年的临床经验早就让他麻木了。更何况贝罗安内心深处一刻都没有停止过计算自己还有多久才能脱离眼前的危机"（82）。贝罗安依据巴克斯特的身体表征认知他的大脑物质世界，却忽视了他的心灵，他根本没有移情想象巴克斯特的情感世界。为了让自己尽早从危险中脱身，贝罗安谎称有同事能提供治疗方案从而转移巴克斯特的注意力。他和巴克斯特之间有关病情的询问和对话无疑将其病情隐私曝光于尚不知情的巴克斯特的同伴面前，这也就羞辱了巴克斯特，令他在其同伴面前丧失了尊严。对他人移情能力低下，不善于释读他人心灵的贝罗安并没有意识到自己的行为已经严重羞辱了对方。格林指出，在贝罗安随后和同事施特劳斯进行的壁球赛虽然友好但是竞争激烈，当他赢了对手时，他认为自己"知道施特劳斯是何感受，但是对于巴克斯特贝罗安却没有做到移情理解其感受——这源于他阶层的优越感、傲慢自大还有想象力的失败"（Green 65）。贝罗安这位来自优势阶层的白人在相遇边缘他者的时候，自始至终都显得傲慢、自大，在他明哲保身、设法摆脱被他者困扰的过程中侮辱了对方的尊严，一向对陌生人缺乏移情关切的他对他人造成的伤害并不明了。

贝罗安虽然顺利地从事故现场脱身，但是在随后的壁球场上，他的内心一直纠结着内疚与不安的情绪，刚进球场"他已经对这次遭遇越发感到不安，虽然他还不确定这份不安包含了什么，但明确的是，内疚是其中一个因素"（85）。做完热身运动，"他有一种强烈的愿望，真的想回家躺在床上，把大学街上的那番争吵细细地梳理一遍，找出哪些地方是他做错了，然后决定他该怎么办"（86）。尽管如此，他并没有中断打球。休息间隙他碰触到被巴克斯特击伤的胸部，思绪又集中到巴克斯特身上：

　　　　他，亨利·贝罗安，是否有损医德地利用了自己的专业知识戏弄了一个正在遭受神经退化的病人？是的。受到挨打的威胁可以作为他为自己开脱的理由和借口吗？可以，但不全正确。但是身上这个肿块，茄子般的颜色，李子大小的瘀伤——预示着他可能会遭遇到的毒打——答案是肯定的，他应该被原谅的……那么是什么让他仍旧感到内疚呢？……他本是个聪明的孩子，却步入了歧途。而他自己，贝罗安，被迫滥用了他的权力——但那是他自己甘愿落入那样的境地。从一开始他的态度就是错误的，不该那么心存戒备；他目空一切的态度，几乎可以说是可耻的。尽管是迫不得已。他本可以更友好一些，甚至应该接受那支烟；他应该放松一点，不应该那样盛气凌人，怒气冲冲，充满挑衅。（94）

贝罗安在反思中对自己持有的傲慢态度深感内疚，但是他并没有意识到自己滥用医疗权威的行为差辱了巴克斯特，并埋下了暴力冲突的隐患。他意识里纠结着"到底和巴克斯特之间是哪儿出错了？"回家后贝罗安向儿子西奥简述了和巴克斯特之间的摩擦事件，从事音乐艺术的西奥敏锐地洞察到父亲的行为差辱了巴克斯特，西奥说："你让他丢了面子，你应该小心一点儿。""你指什么？""这些街头小混混是很要面子的，而且，爸爸我们家住在这里这么久了，而你和妈妈居然从来没被打劫过。"（126）显然，在处理自我与他人之间关系的问题，年届五十的贝罗安对他者的移情理解能力方面尚不及仅 20 岁的儿子西奥，他没有意识到自己的行为令巴克斯特羞愧万分，更没有意识到羞辱他人可能会带来暴力冲突的后果。

当天傍晚巴克斯特和同伴劫持贝罗安的妻子持刀闯入他的家中。读者和西奥对此并不感到诧异，对他者缺乏想象性移情的贝罗安却对此始料未及。巴克斯特和同伴闯入这个防范森严如城堡的居所极具隐喻意义。身患神经遗传性不治之症的街头混混巴克斯特和其同伙显然是游荡在伦敦都市的边缘性他者，他们和神经外科医生贝罗安一家的冲突是边缘他者与白人自我之间的冲突。

他者的入侵破坏了主体私密家庭的神圣性,在某种程度上是恐怖主义的小规模演绎。麦克尤恩在戏剧化呈现入侵事件的过程中"纳入了不少暗指'9·11'事件的内容,贝罗安对巴克斯特的'智力'的粗暴对待从而激起对方的愤怒,攻击者拒绝遵从人道主义的准则抑或将不为人知的、暗损关于帝国纯洁、清白的神话的尴尬真相公之于众"①(Anker 466)。贝罗安岳父首先被巴克斯特打断了鼻梁,鲜血直流。贝罗安试图以科学、理性的方式解释自己和家人所面临的威胁,但是他终于认识到:

> 尽管有医学的理论作为依据,贝罗安还是无法让自己相信是单纯的分子变异和基因缺陷使得他和家人面临恐怖威胁,并打破了他岳父的鼻子。贝罗安自己也有责任,他在街上当着他同伙的面羞辱了巴克斯特。尤其是在他已经猜出了巴克斯特的症状之后还是那样做了。显然,巴克斯特现在来到这里是想在同伙面前挽回自己的名誉……至于他先是被同伙抛弃,然后又让那个老头毫发无伤地从他眼前走掉的事情,将被彻底忘掉。(177)

叙事人从贝罗安的视角对巴克斯特暴力行为动机的反思,在某种程度上也就是审视和反思"9·11"恐怖主义事件的根源。这里,巴克斯特为什么要袭击贝罗安一家?为什么"他们"要袭击"我们"?这不仅仅是贝罗安反思的问题,也是以美国为首的西方国家回顾"9·11"事件不可回避的问题。贝罗安意识到,自己所拥有的科学病理知识并不能解释巴克斯特的行为动机,他自己对于全家人所陷入暴力冲突局面负有不可推卸的责任。西方政府对待"9·11"事件似乎缺乏这种反思式的态度。依据西方他们的"9·11"公共

---

① 隐喻帝国纯洁的尴尬真相,指巴克斯特强迫贝罗安的女儿黛茜当着家人面脱光衣服,未婚的黛茜怀孕数月的尴尬真相暴露在家人面前。

话语逻辑，恐怖分子是因为憎恨美国的民主自由制度才发动袭击的。公共话语里围绕创伤来构建"9·11"新闻事件，正如弗里茨·莱特豪普特分析的，"创伤"的词语政治是，作为伊斯兰教主义的"无辜受害者"，美国似乎承受的是无妄之灾。西方国家作为创伤的受害者似乎无需反省"9·11"袭击的前历史。（转引自但汉松 67）然而，很多批评家指出，事实上"我们"不单纯是受害的一方，以美国为首的西方国家有必要在更加宏阔、更漫长的历史语境中反思其根源，有必要审视"9·11"前历史中"我们"对"他们"的态度。林德纳指出，"恐怖主义在多数情况下是对耻辱的回应，而不是本质上邪恶的表现"（Linder 73）。正如贝罗安遭遇巴克斯特的恐怖袭击一样，或许"我们"本身对于恐怖主义的产生就难辞其咎。贝罗安原本想通过自己拥有的科学病理知识来解释巴克斯特的恐怖行为动机，只有当巴克斯特的暴力入侵和恐怖袭击危及其全家人的生命安全之后，他才恍然明白巴克斯特是来挽回他的尊严。正是因为自己在事故过程中滥用医学权威、侮辱了对方而且逃避了对他者应负的责任才导致了如今的暴力局面，使全家人的生命受到威胁。而这一点，贝罗安之子西奥听了父亲有关汽车相擦事故的讲述后早就有所预料，还提醒过父亲当心巴克斯特的暴力行动，可见，贝罗安对他人的移情理解能力的低下。

事实上，贝罗安当天去菜市场买鱼时曾思考过关于同情、"移情"的问题：

现在科学证明即使鱼也是会有痛觉的。这让现代人的生活变得越来越复杂，人道同情范围在逐步扩大。不仅全世界的人类都是兄弟姐妹，狐狸也是亲戚，还有实验室里的小白鼠，现在又要加上鱼……人类成功主宰世界的秘诀是，要学会有选择地发善心。即使你知道有那么多生命要你同情，但只有摆在你眼前的才真正会困扰到你……（104）

在贝罗安看来,尽管在现代社会人道同情、移情的范围在不断扩大,但是理性的人类要成功地掌控世界则需要有选择地运用同情、移情。然而即使这种选择性的移情关怀,贝罗安在现实生活中也没有付诸实践。从他凌晨醒来目睹着火飞机、瞥见广场上年轻的瘾君子的所思所想到与街头混混、绝症患者巴克斯特的相遇,贝罗安即使对身边的人和事也并没有表现出移情关怀,他所关切的对象仅限于自我和家人的狭小世界。佛莱指出,贝罗安最后不得不承认一个人不能仅仅将同情局限于自己身边可见的一切。过去几十年里先进的媒体、信息技术使得"9·11"、伊拉克战争等事件在全球范围内变得近在眼前、触手可及,人类移情关怀的对象需要不断地扩大,而不是限于每个人身边的亲人和近距离范围的陌生人。罗蒂在《偶然、反讽与团结》一书里也指出,道德进步在于"我们能把与我们迥然不同的人包含在'我们'的范围之中"(罗蒂 273)。①贝罗安的移情观在巴克斯特暴力闯入其居所后注定要发生变化。更确切地说,贝罗安和他所移情关切的家人遭遇了暴力袭击后他体验了人之为人的脆弱性;危难时刻他还认识了文学的移情功能并见证其救赎力量,他自身对他人的移情观才随之发生了变化,其移情对象最终从亲人扩展到了陌生的他人,在某种程度上把迥然不同于自己的人——街头混混巴克斯特——包含在"我们"的范围之中。

黛茜面临受巴克斯特强暴的威胁,当她暴露出已怀孕几个月的身体,巴克斯特刹那间不知所措。他瞥见黛茜的诗稿,要求她朗诵一首她最好的诗歌,外公暗示黛茜诵读维多利亚时代的诗人阿诺德的《多弗尔海滩》。贝罗安压根儿不知道这是维多利亚时代阿

---

① 罗蒂还指出,现代知识界对道德进步的贡献,不是哲学或宗教的论文,而是(诸如小说和民俗志中)对于各式各样特殊痛苦和侮辱的详细描述。(参见理查德·罗蒂:《偶然、反讽与团结》,徐文瑞译。北京:商务印书馆,2005 年,第 273 页。)依据罗蒂的观点,麦克尤恩在《星期六》里对巴克斯特遭受贝罗安侮辱失去自尊的详尽描写无疑是促进道德进步的贡献。

诺德的名作,无从释读诗歌的本来意蕴,但是在聆听诗歌的过程中他增强了自己对他者的移情想象能力。聆听诗歌,贝罗安在移情想象中把黛茜和她的恋人融入诗歌的意境中:

> 他仿佛看到黛茜在露台上俯瞰着夏日月光下的海滩;涨潮过后的海面平稳如镜……黛茜回头呼唤他的爱人,当然是那个有一天要做孩子父亲的男人,过来欣赏这美景……贝罗安仿佛看到一个皮肤光滑的男人,赤裸着上身站在黛茜身边……她转向他,在他们拥吻之前,她告诉他,他们一定要彼此相爱,忠于对方,尤其是现在他们即将迎来一个新的生命,但他将要降生的世界里却没有和平和安定,战场上的刀光剑影已经是不可避免。(186)

他移情感受女儿和其恋人置身于充斥暴力的现实世界,相爱的他们将勇敢地直面危机四伏的现实。"尽管诗歌令他关注他人,但是他仅仅凭借与自己生活状况相似的资源来理解诗歌;他只是看见他所爱的人受困于周遭的混乱生活。"(Winterhalter 359)如果说贝罗安刚开始聆听黛茜朗诵诗歌时,他的移情想象还只是局限于自己所爱的亲人,那么再次聆听她诵读诗歌,贝罗安的移情想象力所关切的对象则超出了自己的亲人延伸至陌生人,进入诗歌意境的不是黛茜和他的男友而是巴克斯特,"他看到的是巴克斯特孤独地站在那里,胳膊肘抵在窗台上,正在听海浪'带来永恒的悲戚'……再一次的,他通过巴克斯特的耳朵听到海洋忧郁的、绵绵不绝的怒吼,渐渐远去,褪到无尽的夜风中去,直至世界的锋利幽暗的边缘"(187)。贝罗安从绝症患者巴克斯特的视角理解诗歌的寓意,"这诗句就像一句悦耳的魔咒,对彼此忠诚的祈求在这没有欢乐、没有爱情、没有光明、没有太平、'没有慈悲'的夜里显得多么的苍白……"(187)尽管贝罗安并不能在历史文化的语境下深刻地理解阿诺德诗歌的内涵,但是在他释读诗歌的过程中扩展了对他人的移情能力,在移情想象他者的过程中,"他预留了空间容纳他人的生活,他们进入了他的同情领域,既有受害者也有加害者"(Winterhalter 360)。贝罗安的移情关切对象从自己的亲人扩展至陌生人,甚至是给自己和家人带来危险的入侵者巴克斯特。他终于能走出自我中心主义而进入他人的视角,体验除了自己以外的他者他性存在的可能性。正是这种文学释读的模棱两可性、开放性而非确定性增强了贝罗安对他人的移情关切意识。

聆听这首维多利亚时代的诗歌,巴克斯特所体验的艺术之美则是贝罗安不能体会的,这也进一步提醒他应该给予异质性的他者——巴克斯特予以尊重和关切。巴克斯特对美的感受是独特的,他的暴力情绪似乎得到了抚慰,要求黛茜再读一遍。听完后他兴奋地说:"这是你自己写的,你自己写的这些。""真的很美。你知道的,不是吗?它很美,居然是你写的。"(187)显然,巴克斯特被《多弗尔海滩》的艺术美所征服了,诗歌激起了他对美的渴望,对美好生活的渴望,"它使我想起我长大的地方"(187)。在这里,用桑塔格(Susan Sontag)的话说,"艺术担当了'道德的'责任,因为审美体验所固有的那些特征(无私、入神、专注、情感之觉醒)和审美对象所固有的那些特征(优美、灵气、表现力、活力、感性)也是对生活的道德反应的基本构成成分"(桑塔格 26)。经历诗歌审美体验的巴克斯特放弃了欲强暴黛茜的企图,"巴克斯特从一个蛮横的恐怖主义分子瞬间变成一个惊喜的崇拜者或一个兴奋的孩子,如此巨大的变化,他自己浑然不觉"(188)。在贝罗安全家人生命危在旦夕的紧急关头,是《多佛尔海滩》的艺术美而非贝罗安拥有的科学知识令事态的发展有了转机。贝罗安对世界的感知和体验迥异于巴克斯特的他性经验,贝罗安逐渐认识到自己所固守的存在范式的局限性,对艺术的感知经验成为了自我与他人相互对话和沟通的桥梁,他终于能走出自我,尝试与陌生者移情相遇。列维纳斯的伦理学意义上强调的相遇就是"陌生人之间的相遇,否则仅仅是亲属关系"(Levinas, *Alterity and Transcendence* 97)。沃指出,"《星期六》展示了对美的体验如何让我们超越自己的狭小视野,让我们走出自己所聚焦的判断、评价方式及对我们意识以外的世界所保持的远距离关系。我们意识到世界上某些存在的在场,这些存在绝对不是我们自己,如果我们要应答其'召唤',我们必须学会包容其存在的方式"(Wall 763)。这里沃所强调的是通过艺术的审美体验,我们能敏锐地感知独特的他性经验的存在,并进而增强对异质性他性经验的尊重和包容,从而超越自我狭小的、惯常存在范式。如此看来,对于贝罗安来说,巴克斯特这位他者不是给自己带来威胁的他者,而是令他有机会超越自己的视野、习以为常的存在方式,将关切的目光投向更多的陌生的他人,"将他者的种种可能性看成是你自己的可能性,从而能够从你自己身份的局限性中逃遁出来"(Levinas, *Ethics and Infinity* 70)。

尽管贝罗安已经开始移情关切作为他者的巴克斯特,尊重并包容巴克斯特的他性存在,但是最终促使贝罗安超越隔离性自我成为伦理主体的则是正面遭遇巴克斯特的面容之后。面容是列维纳斯伦理哲学的一个中心概念,在他看来我们不仅尊重和包容异质性的他人,还应当承担对异质性他人的伦理责任,"人的伦理性首先在他人的面容那里得到彰显和被唤醒的,他人的面容是伦理的生发地"(林华敏 89)。领略了诗歌艺术之美后的巴克斯特充满了对生命的渴望,他向贝罗安提出了想接受试验性治疗的愿望,要求贝罗安给他看相关资料。贝罗安谎称楼上的书房里藏有资料,在巴克斯特退出书房瞅楼下同伙动静之际,贝罗安和儿子西奥合力将巴克斯特推下了楼梯,也就在巴克斯特摔下的刹那,贝罗安清楚地看见了巴克斯特面孔的表情,这是面对面的相遇:

> 巴克斯特整个身子就像在空降一般,悬挂在时空里,眼睛直直地看着贝罗安,表情里并没有太多的恐惧,更多的是失望。贝罗安觉得自己从那双悲伤的棕色眼睛里看到他对欺骗的谴责。他,亨利·贝罗安,拥有那么多——事业、金钱、地

位、房子,更重要的是他有家人……但他却没有为巴克斯特做任何事情,没有给予这个几乎已经被残疾基因夺取了一切的可怜的人一点点帮助,后者即将一无所有。(192)

如果说贝罗安与巴克斯特在初次相遇的时候,对边缘他者缺乏移情关切的他从巴克斯特的脸上看到的是与动物相联系的次人类特征,此刻他从巴克斯特的脸上看见的是自己对他应负有的责任,这是列维纳斯所说的他者的面容对主体自我发出的道德呼唤,这是面对"他人"的脆弱而产生的责任感。对于贝罗安来说,"当我真正直接地注视他者之绝对毫无防备的眼睛时,当我注视他者之悲苦的脸时,我就如同接到了上帝的命令一样,必须为他者负责"(莫伟民 138)。与此同时,贝罗安也能移情体会对方的不幸际遇,经历了霍夫曼所说的"移情忧伤"。"移情忧伤"具有两个特性:一是"趋他性",即一个人设身处地体验到他人的痛苦,并表现出对他人关切,自我与他者心灵相通、情感共鸣;二是"内省性",即一个人因自己的违规行为对他人的身体和情感造成了伤害和痛苦,事后反省而感到内疚、悔恨甚至负罪感。贝罗安此时能设身处地地体验巴克斯特的不幸际遇,为自己对巴克斯特的所作所为感到内疚和悔恨。经历了移情忧伤的贝罗安在他者面容的伦理召唤下毅然做出决定,到医院亲自为脑部摔伤的巴克斯特做手术。当妻子责问他,医院打来电话时为什么不拒绝,他回答说"我必须把事情做个了结,我也有责任"(198)。在列维纳斯后期哲学中,他对主体的界定就是"我在此",这就是对那种道德召唤的直接应答。依据列维纳斯,主体与他者的关系归结为最基本的理解,则是这样的:"我在此。为他人有所作为。给予。成其为人之精神。"(Levinas, *Ethics and Infinity* 97)如此看来,这一天中巴克斯特的出现和闯入并不是意味着扰乱、破坏了贝罗安的正常生活,相反,他的出现给贝罗安提供了机会超越自己日常的隔离自我的存在,让他踏上了趋近伦理主体的征途。

依据列维纳斯，我与"他人"在道德上的"非对称性"，是我对于"他人"无限的责任。鲍曼（Zygmunt Bauman）深受列维纳斯的影响，也认为"自我最初的情景是感受到对'他者'——即对其他的同自我一道拥有这个世界的人——的责任"（史密斯175）。更准确地说，"正是这种责任——绝对的、完全的非他治的责任，根本不是命令的责任，或者来源于签约义务的责任——使我成为了我"（鲍曼90）。因此贝罗安没有惯常地求助于法律来维护象征秩序，而是主动选择了对他者——巴克斯特承担起责任。他说服家人放弃了对巴克斯特的指控。手术很顺利，在贝罗安为巴克斯特做手术的两个小时里：

> 他一直沉浸在梦境中，抛弃了一切时间的意识，抛弃了生命中的其他一切意识，甚至忘记了自己的存在。他进入了一个纯粹的现在，没有过去的负担，也没有未来的顾虑……这种状态带给他一种满足，是他在任何被动的娱乐中都不曾体会过的。（215）

贝罗安在救治巴克斯特的过程中体验到的这种超越自我的存在境界正是列维纳斯所说的主体与他人交往的最终目的即从存在中超拔出来，抵达伦理的主体性。贝罗安在这一天的旅程表明，自我中心主义的隔离性自我在遭遇外在性他者的闯入后，其移情关怀对象从亲人扩展至陌生的他人，在对他人他性的尊重和包容的基础上以及在他者面容的伦理召唤下，主体承担了对他者的伦理责任，最终抵达了作为责任存在的伦理主体。

麦克尤恩对"9·11"后自我与他者之间的关系的探究主要体现在以贝罗安为代表的具有阶层优越感的白人自我面对陌生的边缘他者时所持有态度的嬗变过程。贝罗安从最初对陌生的边缘他者缺乏移情关切、漠视，甚至侮辱他者嬗变至对他者他异性表示尊重和移情关怀，他者之面容在呈现人的脆弱性的同时发出了"你不可杀人"的道德律令,自我在对他者无限责任的承担过程中趋近和抵达了作为责任存在的伦理主体。伦理性构成了人之为人的根本,人的本质是人的伦理性,而不是理性。伦理性使人超越自我中心主义的隔离性自我的内在性而成为社会性的人,成为具有尊严的人。麦克尤恩在作品中所探究的人与人之间交往的理想状态是伦理的状态,这也契合列维纳斯所探寻的人之存在的伦理境地。透过列维纳斯那些现象学的描述和努力是一种深刻的人文关怀,列维纳斯"要我们回到我们人与人之间的日常生活中,一种伦理的状态,这种伦理的状态不是一种宏大的叙事,不是某种伦理规则。是一种对他人的敬畏和谦卑……我们要与他人相处的首先前提是尊重和承认这种异质性,交往的开端是这种尊重与承认"(林华敏142)。麦克尤恩同样强调我们与他人的交往的过程中应当怀有对异质性他人的敬畏和谦卑之情,尊重和承认他人的他异性。麦克尤恩还认为,我们对异质性的他人的具体处境应该予以移情关怀,而且移情关怀的对象需要不断扩大,从身边的亲人延伸至陌生的他人,在对他人无条件地负责任的情景中,我们无限接近人之为人的伦理境地。麦克尤恩通过呈现贝罗安与陌生的边缘他者相遇时其态度的嬗变过程,"直接质疑中产阶级身上那种自鸣得意的阶级性霸权"(杨金才68),为"9·11"后的当代西方社会审视自我与他者关系提供了伦理的视角。林德纳指出,"以传统的武器赢取打击恐怖主义的战争是根本不可能的"(Lindner 75)。麦克尤恩试图为"9·11"后的当代西方社会探寻一条走出自我与他者暴力冲突困境的伦理出路。

结　论

麦克尤恩坚信小说是对人性的探寻、审视（McEwan, "A Novelist on the Edge" B6），在他看来，"移情是人性的核心，道德的起点"（McEwan, "Only Love and Then Oblivion" 1）。在他的小说中，自我与他人之间的移情呈现多种类型，自我与他人之间的关系以及伦理道德问题也因此而显得极为复杂。通过移情透视其小说创作，我们可以看到麦克尤恩如何探究复杂多维的人性。

麦克尤恩从不回避对阴暗、暴力层面人性的书写，将残暴人性的探究融于20世纪暴力历史的书写之中。通过将普通个体置于特定历史政治情景下，麦克尤恩探析了移情匮乏与人性暴力面的呈现之间的密切关系。在特定历史背景下，移情匮乏具体表现为移情腐蚀、移情脆弱性和移情枯竭。在《无辜者》中，麦克尤恩将年轻的主人公伦纳德置身于"冷战"鼎盛时期的柏林，从细微的个体层面致力于书写宏大的欧洲暴力历史。他对这位性情原本温和、内敛的英伦青年如何在柏林经历移情腐蚀后而显露出暴虐人性的剖析，就是重新审视和反思欧洲暴力历史的过程。麦克尤恩以"审美逾越"的叙事策略间接书写大屠杀事件，探究大屠杀后人们对他人不幸命运的漠视即人类移情的脆弱性问题。战争暴力是麦克尤恩暴力历史书写的另一个层面。他对敦刻尔克大撤退的艺术再现颠覆了民族记忆中美化敦刻尔克奇迹的叙事，让读者身临其境地看到战争暴力的残忍图景的同时，痛切地感受到战争给无数普通个体带来的无法弥补的创伤。置身战场的士兵们濒临移情枯竭，在集体屏蔽移情后潜伏于人性深处的凶残暴露无遗，个体的责任感消失殆尽。麦克尤恩严肃地书写暴力历史，在他看来，人类只有直面暴力历史并正视自身阴暗的暴力欲望，才能从残暴历史中吸取教训，逐步完善人性，最终走向和平的未来。

麦克尤恩不仅探寻特定历史政治情景下移情匮乏的表征，而且探究移情在普通人际关系中的重要作用。人们一般具有中等或以上水平的移情能力，能在通常情况下的人际交往中表现出一定程度的移情，但未必能充分运用在移情理解中发挥重要作用的"视角换位"。在麦克尤恩看来,两性之间的沟通理解存有很大的困难。更准确地说,移情理解方面的种种障碍会导致两性间的情感疏离。小说中的男女主人公囿于各自的性别身份、认知框架及价值取向,没有能够"视角换位",移情进入对方的情感世界和认知视角,彼此之间衍生了很多误解和冲突。麦克尤恩揭示了移情理解障碍所暴露的以自我为中心的人性弱点:人们往往将他人纳入自我中心主义的认知框架内,对他者施以同一化的暴力,对异质性他者缺乏尊重和包容,即便是夫妻、伴侣这样亲密的两性关系也概莫能外。

在探析人性中潜存的残暴习性、以自我为中心的弱点的同时,麦克尤恩也肯定了人性中为他人的光明面。《时间中的孩子》、《赎罪》和《星期六》中的主人公经历了对他人缺乏移情到移情能力增强的过程,以移情理解和移情关怀他人的方式行走在通往伦理存在的旅途中。经历创伤的斯蒂芬因陷入自我关切而漠视他人,在移情关怀伦理的指引下逐渐移情关怀亲人和朋友,其创伤也最终愈合。布兰妮59年来反复书写同一部小说,以移情书写他人的形式来赎罪,感受和理解异质性他人的他性存在,从而实现了自我伦理意识之反思。置身于"9·11"后当代西方社会的主人公贝罗安起初沉浸于以自我为中心、隔离自我的狭隘关切之中,忽视了对边缘他者的移情关怀;经历他者外在性的闯入后,贝罗安对异质性他人的召唤做出了伦理回应,建构了列维纳斯所说的作为责任存在的伦理主体性。

本书考察了从移情匮乏到移情理解的障碍再到移情他人能力的不断增强和移情关怀对象的不断扩大的过程。当自我对他人移情匮乏或移情完全缺失而陷入巴伦所说的零度移情水平时,将他人视为实现自己暴力欲望的非人对象并显露出残暴的人性则无任何道德可言。两性之间的交往通常会表现出一定程度的移情,如若缺乏具有伦理内涵的"视角换位",则妨碍彼此之间的移情理解和沟通,无法肯定和包容对方异质性的存在。当移情他人的能力随着认知能力的提高而逐渐增强后，移情理解和关怀的对象逐渐地从亲人、朋友、熟人扩展至陌生人，自我将在他者"面容"的感召下无条件地对异质性他人承担起无限责任，抵达了列维纳斯所说的伦理的主体性。通过移情视阈透视麦克尤恩的小说创作，我们可以看到个体自我如何经历从对他人移情的缺失，到移情理解的障碍，再到移情关怀他人并对他人承担无限责任的转变。麦克尤恩所重视的就是与他人交往的过程中，我们对异质性他人应当怀有敬畏和谦卑之情，肯定并尊重他人的他性。不仅如此，他还强调对他人予以移情关怀、开放地接纳他人的思想情感，表明在对他人无条件地负责任的过程中我们无限地接近人之为人的伦理境地。肯定这种人之为人的伦理性，也就是肯定和颂扬人性中为他人的光明面。显然，麦克尤恩试图为"9·11"后当代西方社会寻求一条走出自我与他者暴力冲突困境的伦理出路。在创作初期，麦克尤恩曾聚焦另类的惊悚题材以引起评论界的关注，并由此背负了"恐怖伊恩"的绰号；随着生活阅历的丰富、写作经验的累积以及创作视野的拓展，麦克尤恩在看到人性弱点的同时也越来越表现出对人性的肯定。他坚信，"作为一物种，我们粗鄙、庸俗、残忍，但同时我们也有能力表现出勇气、善良、仁爱和绝佳的幽默"（Groes 30）。麦克尤恩对人类未来充满了希望。

探究麦克尤恩小说创作中所隐含的道德及伦理问题并不意味着他以一种道德说教的态度从事小说创作。事实上，麦克尤恩在一次访谈中曾强调"希望避免对自己创作的故事、小说予以任何纲领性的道德操控"（McEwan, *Conversations* 25）。麦克尤恩认为，小说的道德功能不在于作者的道德说教，小说文类本身就具有道德内涵。在访谈里，他明确表明，"小说是一种具有较深道德寓意的文学形式，因为它是进入他人心灵的绝佳媒介。在小说中，道德问题始于移情层面"（McEwan, *Conversations* 70）。在他看来，小说的道德功能和移情想象力有着密切的联系。麦克尤恩一直强调移情想象力的道德作用，认为"我们的想象力使我们明白成为他人意味着什么……残忍行为归根结底是想象失败的结果"（McEwan, *Conversations* 112）。换言之，移情想象他人的情感和认知视角是道德的起点，残忍行为的发生则是移情失败和移情缺失的结果。麦克尤恩说自己从 20 世纪 80 年代早期以来就一直坚信小说想象力和道德之间具有密切的联系。在他看来，小说最宝贵的价值之一在于这是一个进入他人心灵的过程。（McEwan, *Conversations* 112）通过小说创作，麦克尤恩让读者移情感受和体会迥异于自我的异质性他人他性的存在，从而增强移情想象力，抵达道德的起点。努斯鲍姆指出，"文学——至少是特殊的文学——对读者发挥了有益的道德作用，因为文学锻炼了我们读者的想象力并让我们接触我们自己生活和他人生活的复杂性"（Nussbaum, *Love's Knowledge: Essays on Philosophy and Literature* 22）。洛奇也发表过类似的观点，认为小说家创造了迥异于小说家本人的人物，并应用有关心灵的理论貌似真实地描述了这些人物的意识，有助于提高读者在日常生活中的移情能力。（Lodge 42）麦克尤恩小说中的不少主人公都从事文学创作：《赎罪》中的布兰妮是著名的小说家，她以移情书写他人的形式赎罪；《黑犬》中的叙事人杰里米为岳父母书写回忆录；《时间中的孩子》中的斯蒂芬是儿童文学作家；《星期六》中贝罗安的岳父和女儿都是诗人。这些人物移情他人的能力及其伦理道德意识与他们所从事的文学创作或研究密切相关。贯穿其中的是麦克尤恩对小说及文学价值的思考和肯定。作为引领人们进入他人心灵的完美媒介，小说能让读者全方位地感受、了解他人他性的复杂之处。迈克尔·伍德（Michael Wood）在《沉默之子：论当代小说》一书中也指出，"小说是自由主义和人性的，不具指导性且暧昧模棱，它专注人类行为和动机的复杂性"（伍德 2）。小说这种自由、包容、开放的形态无疑有助于增强读者移情想象的能力，具备移情想象他人的能力也就抵达了道德的起点。

在麦克尤恩看来，"小说灵活多变的形式使得我们能够对人进行真正的探寻。对此，昆德拉（Milan Kundera）有着颇具智慧的看法,强调小说是一种探究式文类。"昆德拉曾这样表述自己的观点:"小说审视的不是现实,而是存在。而存在并非已经发生的,存在属于人类可能性的领域,所有人类可能成为的,所有人类做得出来的。小说家画出存在地图,从而发现这样或那样一种人类可能性。"(昆德拉 54)昆德拉还补充说,"存在意味着'世界中的存在'。所以必须把人物和他所处的世界都看作是可能性"(昆德拉 54)。昆德拉坚信小说是对人存在的无限可能性的探寻。麦克尤恩对昆德拉关于小说艺术的见解尤为赞同,认为"小说所审视的不是现实,它以一种开放方式的形式审视我们自身的形象。在这一点上,科学无法做到,宗教也不可信,形而上学在表面上就太过知性而令人反感。可以说,小说才是我们探寻人生的最好形式"(McEwan, *Conversations* 112)。显然,麦克尤恩的小说艺术主张与昆德拉的小说观颇为相近。麦克尤恩在创作中所实践的正是对存在于世界中的人的可能性的探寻,对人性的可能性的探寻,这是一种开放式的探寻。作为一名严肃的小说家,麦克尤恩热爱创作,享受写作的快乐,认为写作带给自己的是纯粹的精神自由。(McEwan, *Conversations* 78)麦克尤恩早年创作受到卡夫卡存在主义风格的影响,小说脱离具体的历史时空、具有寓言性质,其人物形象不够复杂与丰满。到了 20 世纪 80 年代中期以后,他成功地实现了转型,从幽闭的私人空间转向更广阔的社会历史领域,其叙事技巧也日臻成熟,置身于特定历史语境的小说人物的心理世界愈加复杂。麦克尤恩承认自己的创作深受罗斯(Philip Roth)、贝娄(Saul Bellow)和厄普代克(John Updike)的影响,对于他们将 19 世纪现实主义小说艺术和现代性的自觉意识熔于一炉的创作风格,麦克尤恩颇为赞赏,认为他们的小说容纳了这些重要的要素:人物、散漫扩延式的叙事以及强烈的地理感或地方感。(McEwan, *Conversations* 198)在这些当代文学巨匠的影响下,麦克尤恩在实践中逐步完善自己既现实又现代的叙事风格,文字精准、洗练,以娴熟的叙事艺术,精妙入微地展示不同境况下人的行动和心灵世界,展示人物行为和动机的复杂性。但他从不在创作中给读者以某种明确的道德指引,而是以元小说的叙述方式邀约读者参与进来做出自己的判断。正是这种小说叙事艺术的包容性、复杂性和开放性使读者能够进入异质性他人的复杂世界,在移情感受和体会他人他性之后,对他人的异质性怀有敬畏和谦卑之情。在移情视阈下透视麦克尤恩对这些小说人物存在可能性、人性可能性探寻的过程,我们看出麦克尤恩对人与人之间移情的重视以及对人的伦理存在可能性的憧憬。

麦克尤恩对移情的重视以及对人存在可能性的探寻折射出他深切的人文关怀意识。早在 18 世纪休谟和亚当·斯密就重视移情的道德功用,近年来"移情"又成为哲学、心理学、伦理学以及移情研究领域等多学科领域的热门话题。学界涌现出一批有关移情研究的新专著,移情重新成为学界关注、探究的重要议题。2009 年德瓦尔(Frans de Waal)出版了《移情的时代:自然对建设更友善社会的启示》(*The Age of Empathy*: *Nature's Lessons for Kinder Society*),从进化论的角度追溯移情起源于早期的哺乳动物,分析动物之间所表现出来的各个层次的移情,同时探讨移情在人类社会的政治、宗教、经济领域的重要作用。德瓦尔提醒我们"移情是我们时代重要的主题"(Waal Ⅸ)。同年,里夫金(Jeremy Rifkin)推出了新作《移情文明:通往拯救危难世界的全球意识》(*The Empathic Civilization: The Race to Global Consciousness in a World in Crisis*),里夫金从历史的角度论证人类应该有生物圈意识和全球性移情意识才有可能逆转全球变暖和大规模毁灭性武器增生的星球性灾难,认为在当今世界"移情文明"(the empathic civilization)正在兴起。(Rifkin 615)2011 年巴伦出版《零度移情:人性残忍的新理论》(*Zero Degrees of Empathy: A New Theory of Human Cruelty*),他坦言自己撰写此书的动机之一在于"说服读者移情是我们人类最宝贵的资源之一"(Baron 124)。同年,欧克斯莉(Julinna C. Oxley)新作《移情的道德维度:在伦理理论与实践中的局限性和应用》

(*The Moral Dimentions of Empathy：Limits and Applications in Ethical Theory and Practice*)问世，欧克斯莉从伦理学的角度考量移情在伦理学中的局限性及其应用意义。可见，学界关于移情的讨论方兴未艾。在当今全球化时代，不论在私人还是公共领域，无论对于小到家庭还是大至全球性的社群，移情都具有不可估量的作用。因此，在移情视阈下研究麦克尤恩的作品对促成人们重视移情的道德功能具有启迪意义。

　　本书以麦克尤恩的六部主要小说为研究对象，以麦克尤恩本人极为重视的"移情"为切入点，系统探究小说中多种移情类型以及自我与他人之间相关的伦理道德问题，进而考量麦克尤恩对多维人性的探寻，在题材和内容上拓展了麦克尤恩小说研究的深度和广度。本书在伦理批评框架内移情视阈下研究麦克尤恩的小说，运用了近年来有关移情研究的新成果，为文学的伦理批评开辟了新的阐释视角。移情讨论已日益成为当代社会的重要议题，对文学作品中自我与他人之间移情类型和相应的伦理道德问题的深入探究将给人们带来启迪，促使人们认识到移情是我们人类最宝贵的资源之一，从而具有自觉意识地移情关怀他人，逐步完善人性。在经济高速发展、物质财富日益丰裕的当代中国社会，人们对弱势群体的关注和关怀还有待加强，在此社会大语境下探讨移情的重要作用，提倡自我对他人践行移情关怀伦理，对于构建温暖的和谐社会具有现实意义。

参考文献

英文文献

Agosta, Lou. *Empathy in the Context of Philosophy*. London: Palgrave Macmillan, 2010.

Alden, Narasha. "The McEwan dossier—Introduction." *Critical Quarterly* 2 (2007): 34–38.

Anker, Elisabeth S. "Allegories of Falling and the 9/11 Novel." *American Literary History* (Fall 2011) 23 (3): 463–482.

Badinter, Elisabeth. *XY: on Masculine Identity*. New York: Columbia UP, 1995.

Barbara Puschmann-Nalenz. "Ethics in Ian McEwan's Twenty-First Century Novels. Individual and Society and the Problem of Free Will." *McEwan: Art and Politics*. Ed. Pascal Nicklas. Heidelberg: Universitätsverlag Winter, 2010. 187–212.

Baron-Cohen, Simon. *Zero Degrees of Empathy: A New Theory of Human Cruelty*. London: Penguin Group Inc., 2011.

Bauer, Yehuda. *The Holocaust in Historical Perspective*. Seattle: University of Washington Press, 1978.

Baxter, Jeannete. "Surrealist Encounters in Ian McEwan's Early Work." *Ian McEwan*. Ed. Sebastian Groes. New York: Continuum International Publishing Group, 2009. pp.13–25.

Blustein, Jeffrey. *The Moral Demands of Memory*. New York: Cambridge UP, 2008.

Booth, Wayne C. *The Company We Keep: An Ethics of Fiction.* Berkeley: University of California Press, 1988.

Bradbury, Malcolm. *The Modernist Novel.* Beijing: Foreign Language Teaching and Research Press, 2005.

Bradley, Arthur, and Andrew Tate. *The New Atheist Novel: Fiction, Philosophy and Polemic After 9/11.* New York: Continuum, 2010.

Buber, Martin. *Between Man and Man.* Trans. Maurice Friedman. New York: Macmillan Publishing Co., Inc., 1965.

Buell, Lawrence. "Introduction: In Pursuit of Ethics." *PMLA* 114. 1 (1991): 7 - 19.

Byatt, A.S. *On Histories and Stories: Selected Essays.* Cambridge and Massachusetts: Harvard UP, 2002.

Byrne, Michael. "Time and the Child in Ian McEwan's *The Child in Time.*" *The Antigonish Review*, 123 (Autumn 2000): 101 - 107.

Byrnes, Bernie C. *The Work of Ian McEwan: A Psychodynamic Approach.* Nottingham: Paupers' Press, 2002.

—. *Ian McEwan's* Atonement & Saturday: A Supplement to *The Work of Ian McEwan: A Psychodynamic Approach.* Nottingham: Paupers' Press, 2002.

—. *McEwan's Only Childhood: Development of a Metaplot.* Nottingham: Paupers' Press, 2008.

—. *Ian McEwan's* On Chesil Beach: *The Transmutation of a 'Secret'.* Nottingham: Paupers' Press, 2008.

Caroline Lusin. "We Daydream Helplessly: The Poetics of (Day) Dreams in Ian McEwan's Novel." *McEwan: Art and Politics.* Ed. Pascal Nicklas. Heidelberg: Universitätsverlag Winter, 2010. 137 - 158.

Childs, Peter. *The Fiction of Ian McEwan.* Basingstoke and New York: Palgrave Macmillan, 2006.

—. *Contemporary Novelists: British Fiction Since 1970.* Basingstoke and New York: Palgrave Macmillan, 2005.

—. "Contemporary McEwan and Anosognosia." *McEwan: Art and Politics.* Ed. Pascal Nicklas. Heidelberg: Universitätsverlag Winter, 2010. 23 – 38.

CM, Pat Collins. *Understanding Love: Empathy in Relationships.* Dublin: Paceprint.

Cohen, Richard A., ed. *Face to Face with Levinas.* New York: State University of New York Press, 1986.

Cole, Tim. *Selling the Holocaust: From Auschwitz to Schindler, How History is Bought, Packaged, and Sold.* New York: Routledge, 1999.

Colebrook, Claire. "The Innocent as Anti-Oedipal Critique of Cultural Pornorgraphy." *Ian McEwan: Contemporary Critical Perspectives.* Ed. Sebastian Groes. New York: Continuum International Publishing Group, 2009. pp.43 – 56.

Collett II, Keith E. *Subjectivity and the Body in Novels by Martin Amis, Ian McEwan, Will Self, and Jeanette Winterson.* Diss. The University of South Dakota, 2008.

Coplan, Amy and Peter Goldie. *Empathy: Philosophical and Psychological Perspectives.* Oxford: Oxford Press, 2011.

Cowley, Jason. "Terror and The UK: Profile Ian McEwan." *New Statesman* (18 July, 2005): 20 – 21.

Craps, Stef. *Trauma and Ethics in the Novels of Graham Swift: No Short-cuts to Salvation.* Brighton: Sussex Academic Press, 2005.

Crosthwaite, Paul. "Speed, War, and Traumatic Affect: Reading Ian McEwan's *Atonement.*" *Cultural Politics,* 3.1(2007): 51 – 70.

Davidowicz, Lucy. *The Holocaust and the Historians.* Cambridge: Harvard University Press, 1981.

Davies, Rhiannon. "Enduring McEwan." *Posting the Male: Masculinities in*

Post-War and Contemporary British Literature. Eds. Daniel Lean and Berthold Schoene. Amsterdam: Rodopi, 2003. pp.105 - 123.

Davis, Mark H. *Empathy: A Social Psychological Approach.* Colorado: Westview Press, Inc., 1994.

Davis, Todd F. and Kenneth Womack, eds. *A Reader in Ethics, Culture, and Literary Theory.* Charlottesville: University of Virginia Press, 2001.

De Waal, Frans. *The Age of Empathy.* New York: Three Rivers Press, 2009.

Dean, J. Carolyn. *The Fragility of Empathy after the Holocaust.* New York: Cornell University Press, 2004.

Delrez, Mark. "Escape into Innocence: Ian McEwan and the Nightmare of History." *Ariel: A Review of International English Literature* 26. 2 (1995): 7 - 23.

DHoker, Elke. "Confession and Atonement in Contemporary Fiction: J. M. Coetzee, John Banville, and Ian McEwan." *Critique: Studies in Contemporary Fiction,* 48.1 (Fall 2006): 31 - 43.

Dooley, Gillian. *From a Tiny Corner in the House of Fiction: Conversations with Iris Murdoch.* South Carolina: University of South Carolina Press, 2003.

Drrida, Jacques. *Specters of Marx, the State of the Debt, the Work of Mourning, & the New International.* Trans. Peggy Kamuf. London: Routledge, 1994.

Edwards, Paul. "Time, Romanticism, Modernism and Moderation in Ian McEwan's *The Child in Time.*" *English: The Journal of the English Association,* 44: 178 (Spring 1995): 41 - 55.

Eagestone, Robert. *Ethical Criticism: Reading after Levinas.* Edinburgh: Edinburgh University Press, 1997.

Eagleton, Terry. "A Beautiful and Elusive Tale." *The Lancet* (358. 9299)

2001: 3 – 3.

Ferguson, Tamara J. and Heidi L.Dempsey. "Reconciling interpersonal versus responsibility-based models of guilt." *The Development and Structure of Conscience*. Eds. Willem Koops, Daniel Brugman, Tamara J. Ferguson and Andries F. Sanders. New York: Psychology Press, 2010. pp.171 – 205.

Finney, Brian. "Briony's Stand Against Oblivion: The Making of Fiction in Ian McEwan's *Atonement*." *Journal of Modern Literature* 3 (2004). pp.68 – 82.

Foley, Andrew. *The Imagination of Freedom: Critical Texts and Times in Contemporary Liberalism*. Johannesburg: Wits University Press, 2009.

Friedlander, Saul. *Probing the Limits of Representation: Nazism and the "Final Solution"*. Cambridge: Harvard University Press, 1992.

Gauthier, Timothy S. *Narrative Desire and Historical Reparations: Three Contemporary British Authors*. Diss. University of Nevada, Las Vegas, 2003.

Gilbert, Luciana Gottardi. *Through the Eyes of a Child: Metaphors for Imagination in Elsa Morante and Ian McEwan*. Diss. The Pennsylvania State University, 1999.

Green, Susan. "Consciousness and Ian McEwan's *Saturday*: What Henry Knows." *English Studies,* 91. 1(February 2010): 58 – 73.

Groes, Sebastian. "Ian McEwan and Modernist Consciousness of the City in *Saturday*." *Ian McEwan: Contemporary Critical Perspectives*. Ed. Sebastian Groes. New York: Continuum International Publishing Group, 2009. pp.99 – 114.

—, ed. *Ian McEwan: Contemporary Critical Perspectives*. New York: Continuum International Publishing Group, 2009.

Guyer, Lynn. "Post-Cold War Moral Geography. The Politics of

McEwan's Poetics in *The Innocent.*" *McEwan: Art and Politics.* Ed. Pascal Nicklas. Heidelberg: Universitätsverlag Winter, 2010. pp.88－101.

Haffenden, John. *Novelists in Interview.* London: Methuen, 1985.

Harpham, Galt Geoffrey. "Ethics." *Critical Terms for Literary Study* (Second Edition). Eds. Frank Lentricchia and Thomas McLaughlin. Chicago and London: The University of Chicago Press, 1995. pp. 387－405.

Hart, Tobin. "Deep Empathy." *Transpersonal Knowing: Exploring the Horizon of Consciousness.* Eds. Tobin Hart, Peter L. Nelson, Kaisa Puhakka. New York: State University of New York Press, 1997. pp.253－270.

Hayman, Ronald. "Ian McEwan's Moral Anarchy." *Books and Bookmen* (24 October, 1978): 15－16.

Head, Dominic. *The Cambridge Introduction to Modern British Fiction, 1950—2000.* Cambridge: Cambridge University Press, 2000.

—. *Ian McEwan.* Manchester: Manchester University Press, 2008.

Heiler, Lars. "The Holocaust and Aesthetic Transgression in Contemporary British Fiction." *Taboo and Transgression in British Literature from the Renaissance to the Present.* Eds. Stefan Horlacher, Stefan Glomb and Lars Heiler. New York: Palgrave Macmillan, 2010. pp.243－258.

Hennessey, Colleen M. *A Sacred Site: Family in the Novels of Ian McEwan.* Diss. Drew University, 2004.

Hidalgo, Pilar. "Memory and Storytelling in Ian McEwan's *Atonement.*" *Critique* 46.2 (2005): 82－91.

Holquist, Michael. *Dialogism: Bakhtin and His World.* London and New York: Routledge, 1990.

Honneth, Axel. *The Struggle for Recognition: The Moral Grammar of*

Social Conflicts. Trans. Joel Anderson.Oxford: Polity Press, 1995.

Ingersoll, Earl G. "Intertextuality in L. P. Hartley's *The Go-Between* and Ian McEwan's *Atonement.*" *Forum for Modern Language Studies*, 40: 3(July 2004): 241 – 258.

James, David. "A Boy Stepped Out: Migrancy, Visuality, and the Mapping of Masculinities in Later Fiction of Ian McEwan." *Textual Practice*, 17: 1(Spring 2003): 81 – 100.

Janik, Del Ivan. "No End of History: Evidence from the Contemporary English Novel." *Twentieth-Century Literature*. 41.2 (1995): 160 – 189.

Jensen, Morten Høi. "The Effects of Conflict in the Novels of Ian McEwan." Copenhagen International School, 2005 (Full-text is available in pdf format at Ian McEwan's Home page. < http: // www.users.dircon.co.uk/~ .>

Kohn, Alfie. *The Brighter Side of Human Nature: Altruism and Empathy in Everyday Life*. New York: Basic Books, 1990.

Koops, Willem, Daniel Brugman, Tamara J Ferguson and Andries F. Sanders, eds. *The Development and Structure of Conscience*. Hove and New York: Psychology Press, 2010.

Kushner, Tony. *The Holocaust and the Liberal Imagination: A Social and Cultural History*. Oxford: Blackwell, 1994.

Lang, Berel. *Holocaust Representation: Art within the Limits of History and Ethics*. Baltimore: The Johns Hopkins University Press, 2000.

Lang, James Martin. *Dialogues with History in Post-War British Fiction*. Diss. Northwestern University, 1997.

Larson, Jil. *Ethics and Narrative in the English Novel, 1880—1914*. Cambridge: Cambridge University Press, 2001.

Lawson, Mark. "Against the Flow" (review of *Saturday).* *The Guardian* (22 January, 2005): 9.

Ledbetter, Mark T. *Victims and the Postmodern Narrative or Doing Violence to the Body: An Ethic of Reading and Writing.* Basingstoke: Macmillan, 1996.

Levinas, Emmanuel. *Totality and Infinity.* Trans. Alphonoso Lingis. Pittsburgh: Duquesne University Press, 1969.

—. *Ethics and Infinity: Conversation with Philippe Nemo.* Trans. Richard A. Cohen. Pittsburgh: Duquesne University Press, 1985.

—. *Alterity and Transcendence.* Trans. Michael B. Smith. London: The Athlone Press, 1999.

Linder, Evelin. *Making Enemies: Humiliation and International Conflict.* London: Praeger Security International, 2006.

Lodge, David. *Consciousness and the Novel.* London: Secker and Warburg, 2002.

Lusin, Caroline. "We Daydream Helplessly. The Poetics of (Day) Dreams in Ian McEwan's Novels." *McEwan: Art and Politics.* Ed. Pascal Nicklas. Heidelberg: Universitätsverlag Winter, 2010. pp.137－158.

Marcus，Laura. "Ian McEwan's Modernist Time: *Atonement* and *Saturday.*" *Ian McEwan: Contemporary Critical Perspectives.* Ed. Groes Sebastian. New York: Continuum International Publishing Group, 2009. pp.83－98.

Malcolm, David. *Understanding Ian McEwan.* Columbia: University of South Carolina, 2002.

Mars-Jones, Adam. *Venus Envy.* London: Chatto and Windus Ltd., 1990.

Mathews, Peter. "The Impression of a Deeper Darkness: Ian McEwan's *Atonement.*" *English Studies in Canada,* 32.1 (March 2006): 147－160.

Martin, David C. *Wilderness of Mirrors.* New York: Harper and Row, 1980.

Mellors, John. "Five Good Novels." *The Listener*(28 September, 1978): 410.

McEwan, Ian. *A Move Abroad: Or Shall We Die? and The Ploughman's Lunch.* London: Picador, 1989.

—. "A Novelist on the Edge: Interview with Dan Cryer." *Newsday* 24 (2002): B6.

—. "Adolescence and After—An Interview with Ian McEwan." Interview. By Christopher Ricks. *Listener* (12 April, 1979): 526 – 527.

—. *Amsterdam.* London: Jonathan Cape, 1998.

—. "An Inspiration, Yes. Did I Copy from Another Author, No." *The Guardian* (27 November, 2006): 46 – 48.

—. *Atonement.* London: Jonathan Cape, 2001.

—. *Black Dogs.* London: Jonathan Cape, 1992.

—. *Conversations with Ian McEwan.* Ed. Ryan Roberts. Mississippi: University Press of Mississippi, 2010.

—. *Enduring Love.* London: Jonathan Cape, 1997.

—. "Face to Face." Interview. Bernard Richards. *English Review* 3 Sep.(1992): 14 – 18.

—. Home page. < http://www.users.dircon.co.uk/~ >

—. Interview on *World Book Club.* BBC World Service (March 28). http: //< www. bbc. co. uk/worldservice/programmes/world _ book _ club.html >

—. "Literature, Science and Human Nature." *Human Nature: Fact and Fiction.* Eds. Robin Heaslam Wells and Johnjoe McFadden. London: Continuum International Publishing Group, 2006.

—. *Nutshell.* London: Jonathan Cape, 2016.

—. "Only Love and Then Oblivion. Love Was All They Had to Set Against Their Murderers." *The Guardian*, 12 Septetember, 2001.

—. "Points of Departure: Interview with Ian Hamilton." *New Review* Vol. 5, No. 2 (1978): 9 – 21.

—. *Saturday*. London: Jonathan Cape, 2005.

—. *Solar*. London: Jonathan Cape, 2010.

—. *Sweet Tooth*. London: Jonathan Cape, 2010.

—. *The Cement Garden*. London: Jonathan Cape, 1978.

—. *The Child in Time*. London: Jonathan Cape, 1987.

—. *The Children Act*. London: Jonathan Cape, 2014.

—. *The Comfort of Strangers*. London: Vintage, 1981.

—. *The Daydreamer*. London: Vintage, 1995.

—. *The Imitation Game: Three Plays for Television*. London: Picador, 1982.

Morrison, Jago. "Narration and Unease in Ian McEwan's Later Fiction." *Critique: Studies in Contemporary Fiction*, 42. 3 (Spring 2001): 253 – 268.

Möller, Swantje. *Coming to Terms with Crisis: Disorientation and Reorientation in the Novels of Ian McEwan*. Heidelberg: Universitätsverlag Winter, 2011.

Müller-Wood, Anja. "The Murderer as Moralist or, The Ethical Early McEwan." *McEwan: Art and Politics*. Ed. Pascal Nicklas. Heidelberg: Universitätsverlag Winter, 2010. pp.39 – 56.

Müller-Wood, Anja and J. Carter Wood. "Bringing the Past to Heel: History, Identity and Violence in Ian McEwan's *Black Dogs*." *Literature and History*, 16.2(Autumn 2007): 43 – 56.

Nicklas, Pascal, ed. *McEwan: Art and Politics*. Heidelberg: Universitätsverlag Winter, 2010.

Nussbaum, Martha C. *Love's Knowledge: Essays on Philosophy and Literature*. New York and Oxford: Oxford University Press, 1990.

—. *The Fragility of Goodness: Luck and Ethics in Greek Tragedy and*

Philosophy. Cambridge: Cambridge University Press, 1986.

—. *Poetic Justice: The Literary Imagination and Public Life*. Boston: Beacon, 1995.

O'Hara, David K. *Mimesis and the Imaginable Other: Metafictional Narrative Ethics in the Novels of Ian McEwan*. Diss. Bath Spa University, 2009. < http: //www. ianmcewan. com/bib/dissertations/ Ohara-Excerpt.pdf.>

Oxley, Julinna C. *The Moral Dimensions of Empathy: Limits and Applications in Ethical Theory and Practice*. New York: Plagrave Macmillan, 2011.

Parker, David. *Ethics, Theory and the Novel*. Cambridge: Cambridge University Press, 1994.

Payandeh, Hossein. *Waking Nightmares: A Critical Study of Ian McEwan's Novels*. Diss. University of Sussex, England, 2001.

—. "The Universal Pandemic of Violence: A Narratological Reading of Ian McEwan's *Black Dogs*." *The Journal of Humanities of the Islamic Republic of Iran*, 2: 1, Winter 2004.

Peperzak, Adriaan. *To the Other: An Introduction to the Philosophy of Emmanuel Levinas*. West Lafayette: Purdue University Press, 1993.

Pritchett, V.S. "Shredded Novels: In Between the Sheets." *New York Review of Books* (24 January, 1980): 31 – 32.

Rifkin, Jeremy. *The Empathic Civilization: The Race to Global Consciousness in a World in Crisis*. New York: Penguin Group Inc., 2009.

Roger, Angela. "Ian McEwan's Portrayal of Women." *Forum for Modern Language Studies*. 32.1(1996): 11.

Ross, Michael L. "On a Darkling Planet: Ian McEwan's *Saturday* and the Condition of England." *Twentieth-Century Literature,* 54. 1

(2008): 75－96.

Ryan, Kiernan. *Ian McEwan*. Plymouth: Northcote House, 1994.

Schemberg, Claudia Achieving. *"At-one-ment": Storytelling and the Concept of the Self in Ian McEwan's* The Child in Time, Black Dogs, Enduring Love, *and* Atonement. New York: Peter Lang Publishing, Inc., 2004.

Schoene, Berthold. "Families against the World: Ian McEwan." *The Cosmopolitan Novel*. Edinburgh: Edinburgh UP, 2009. pp.37－65.

Schwalm, Helga. "Figures of Authorship, Empathy & The Ethics of Narrative (Mis-) Recognition in Ian McEwan's Later Fiction." *McEwan: Art and Politics*. Ed. Pascal Nicklas. Heidelberg: Universitätsverlag Winter, 2010. pp.173－185.

Schwarz, Daniel R. "A Humanistic Ethics of Reading." *Mapping the Ethical Turn: A Reader in Ethics, Culture, and Literary Theory*. Eds. Todd F. Davis and Kenneth Womack. Charlottesville and London: UP of Virginia, 2001. pp.3－15.

Seaboyer, Judith. "Ian McEwan: Contemporary Realism and the Novel of Ideas." *The Contemporary British Novel Since 1980*. Eds. James Acheson and Sarah C.E. Ross. Edinburgh UP, 2005. pp.23－34.

Sicher, Efraim. *The Holocaust Novel*. New York: Routledge, 2005.

Siebers, Tobin. *The Ethics of Criticism*. New York: Cornell University Press, 1988.

Siegel, Lee. "The Imagination of Disaster." *The Nation* (11 April, 2005): 33－34, <http://www.thenation.com/doc/200504011/Siegel>

Slay, Jack Jr. *Ian McEwan*. New York: Twayne, 1996.

——. "Vandalizing Time: Ian McEwan's *The Child in Time. " Critique: Studies in Contemporary Fiction*, 35.4 (Summer 1994): 205－218.

Slot, Michael. *The Ethics of Care and Empathy*. Abingdon: Routledge, 2007.

Smith, Adam. *The Theory of Moral Sentiments*. London: Penguin Classics, 2010.

Smith, Livingstone David. *The Most Dangerous Animal: Human Nature and the Origin of War*. New York: St. Martin's Press, 2007.

Taylor, Charles. *Sources of the Self: The Making of the Modern Identity*. Cambridge MA: Harvard University Press, 1989.

Thomas, Sander, Heady Stegge, and Tjeert Olthof. "Does Shame Bring out the Worst in Narcissists? On Moral Emotions and Immoral Behaviours." *The Development and Structure of Conscience*. Eds. Willem Koops, Daniel Brugman, Tamara J. Ferguson and Andries F. Sanders. New York: Psychology Press, 2010. 221 – 236.

Versluys, Kristiaan. "9/11 as a European Event: The Novels." *European Review,* 15.1 (2007): 65 – 79.

—. *Out of the Blue: September 11 and the Novel.* New York: Columbia UP, 2009.

Walkowitz, Rebecca L. "Ian McEwan." *A Companion to the British and Irish Novel, 1945—2000.* Ed. Brian W. Shaffer. Malden, MA: Blackwell, 2005. 504 – 514.

Wall, Kathleen. "Ethics, Knowledge, and the Need for Beauty: Zadie Smith's *On Beauty* and Ian McEwan's *Saturday*." *University of Toronto Quarterly,* 77.2 (2008): 757 – 788.

Wallace, Elizabeth Kowaleski. "Postcolonial Melancholia in Ian McEwan's *Saturday*." *Studies in the Novel,* 39.4 (2007): 465 – 480.

Weidle, Roland. "The Ethics of Metanarration: Empathy in Ian McEwan's *The Comfort of Strangers, The Child in Time, Atonement* and *Saturday*." *McEwan: Art and Politics.* Ed. Pascal Nicklas. Heidelberg: Universitätsverlag Winter, 2010. 57 – 72.

Wells, Lynn. *Ian McEwan.* New York: Palgrave, 2010.

Winterhalter, Teresa. "Plastic Fork in Hand: Reading as a Tool of

Ethical Repair in Ian McEwan's *Saturday*." *Journal of Narrative Theory,* 40. 3 (Fall 2010): 338 – 363.

Womack, Kenneth. "Ethical Criticism."*Introducing Criticism at the 21st Century.* Ed. Julian Wolfrey. Qingdao: China Ocean University Press, 2006.

Worthington, Kim L. *Self as Narrative: Subjectivity and Community in Contemporary Fiction.* Oxford: Clarendon Press, 1996.

中文文献

阿德里安·吉尔伯特.闪电战.孔娅妮,等,译.北京:中国市场出版社,2009.

查尔斯·泰勒.自我的根源:现代认同的形成.韩震,等,译.南京:译林出版社,2001.

查尔斯·泰勒.本真性的伦理.程炼,译.上海:上海三联书店,2012.

陈榕.历史小说的原罪和救赎——解析麦克尤恩《赎罪》的元小说结尾.外国文学,2008(1):91 – 98.

程锡麟.析布思的小说伦理学.四川大学学报,2000(1):64 – 71.

程心."时间中的孩子"和想象中的童年——兼谈伊恩·麦克尤恩的转型.当代外国文学,2008(2):87 – 95.

但汉松."9·11"小说的两种叙事维度:——以《坠落的人》和《转吧,这伟大的世界》为例.当代外国文学,2011(2):66 – 73.

丹尼斯·史密斯.齐格蒙特·鲍曼.萧韶,译.南京:江苏人民出版社,2007.

E·弗洛姆.人类破坏性的剖析.孟禅林,译.北京:中央民族大学出版社,1999.

恩斯特·图根德哈特.自我中心与神秘主义:一项人类学研究.郑辟瑞,译.上海:上海译文出版社,2007.

弗吉尼亚·吴尔夫.吴尔夫读本.吴钧燮,马爱农,译.北京:人民文学出版社,2011.

汉娜·阿伦特.耶路撒冷的艾希曼:伦理的现代困境.孙传钊,编.长春:吉林人民出版社,2003.

赫伯特·马尔库塞.单向度的人.刘继,译.上海:上海译文出版社,2008.

胡塞尔.第一哲学下卷.王炳文,译.北京:商务印书馆,2006.

胡慧勇.历史与当下危机中的伊恩·麦克尤恩小说.博士论文.上海外国语大学,2013.

黄一畅.复杂人性的质询——论《赎罪》的解构叙事效应.外国语,2010(6):89-94.

黄一畅.再现·变形·挪用:伊恩·麦克尤恩的创伤叙事嬗变.南京:南京大学出版社,2016.

蓝纯.麦克尤恩其人其作.外国文学,1998(6):23-27.

雷蒙德·加特霍夫.冷战史:遏制与共存备忘录.伍牛,王薇,译.北京:新华出版社,2003.

理查德·罗蒂.偶然、反讽与团结.徐文瑞,译.北京:商务印书馆,2005.

林华敏.从隔离自我到异质性的他人:论列维纳斯的绝对伦理.博士论文.南京大学,2012.

陆建德."文明生活的本质"——读麦克尤恩的《阿姆斯特丹》.世界文学,2000(6):289-300.

龙江.心灵的孩子神奇的时间——伊恩·麦克尤恩《时间中的孩子》解读.外国文学研究,2005(4):70-76.

马丁·布伯.我与你.陈维纲,译.北京:三联书店,1986.

马丁·布伯.论犹太教.刘杰,等,译.济南:山东大学出版社,2002.

莫伟民.现象学还是反现象学:列维纳斯主体观研究.列维纳斯的世纪或他者的命运:"杭州列维纳斯国际学术研讨会"论文集.北京:中国人民大学出版社,2008:132-148.

迈克尔·伍德.沉默之子——论当代小说.顾钧,译.北京:生活·读书·新知三联书店,2003.

米兰·昆德拉.小说的艺术.董强,译.上海:上海译文出版社,2004.

米歇尔·福柯.疯癫与文明.刘北成,杨远婴,译.上海:三联出版社,2003.

聂珍钊.文学伦理学批评:基本理论与术语.外国文学研究,2010(1):12-22.

齐格蒙特·鲍曼.后现代伦理学.张成岗,译.南京:江苏人民出版社,2003.

曲涛.乱伦·暴力·爱情——伊恩·麦克尤恩早期长篇小说叙事伦理研究.博士论文.上海外国语大学,2014.

瞿世镜,任一鸣.当代英国小说史.上海:上海译文出版社,2008:32-33.

阮伟,徐文博,许亚军.20世纪英国文学史.青岛:青岛出版社,1998.

尚必武.爱欲,科技,伦理——评伊恩·麦克尤恩新作《日光》.外国文学动态,2010(4):20-22.

尚必武.《甜牙》——"原谅"的伦理与情感.当代外国文学,2013(4):64-72.

沈晓红.伊恩·麦克尤恩主要小说中的伦理困境.博士论文.上海外国语大学,2010.

申圆.伊恩·麦克尤恩小说中的伦敦映像研究.博士论文.上海外国语大学,2013.

苏珊·桑塔格.反对阐释.程巍,译.上海:上海译文出版社,2011.

宋艳芳,罗媛.谁该赎罪? 何以赎罪? ——《赎罪》的伦理经纬.外国文学研究,2012(1):83-90.

宋文,杨莉莉.基于成长小说视域的《赎罪》解读.南京理工大学学报(社会科学版),2012(1):73-76.

孙向晨.面对他者:莱维纳斯哲学思想研究.上海:上海三联书店,2008.

孙小玲.从绝对自我到绝对他者:胡塞尔与列维纳斯哲学中的主体际性问题.上海:上海人民出版社,2009.

舒奇志.主体的欲望与迷思——解读伊恩·麦克尤恩的《时间中的孩子》.当代外国文学,2008(3):83-90.

王守仁,何宁.20世纪英国文学史.北京:北京大学出版社,2006.

王悦.伊恩·麦克尤恩的小说与不可靠叙述.博士论文.四川大学,2011.

王悦.镣铐中的舞蹈:伊恩·麦克尤恩的小说与不可靠叙述.北京:中国社会科学出版社,2013.

亚瑟·乔拉米卡利,凯萨琳·柯茜.你的感觉我懂:同理心的力量,创造自我了解与亲密关系.陈兴伟,张家铭,译.台北:麦田出版社,2005.

伊恩·麦克尤恩.爱无可忍.郭国良,郭贤路,译.上海:上海译林出版社,2011.

伊恩·麦克尤恩.黑犬.郭国良,译.上海:上海译文出版社,2010.

伊恩·麦克尤恩.儿童法案.郭国良,译.上海:上海译文出版社.2017.

伊恩·麦克尤恩.时间中的孩子.何楚,译.南京:译林出版社,2003.

伊恩·麦克尤恩.赎罪.郭国良,译.上海:上海译文出版社,2007.

伊恩·麦克尤恩.甜牙.黄昱宁,译.上海:上海译文出版社.2012.

伊恩·麦克尤恩.追日.黄昱宁,译.上海:上海译文出版社.2012.

伊恩·麦克尤恩.无辜者.朱乃长,译.上海:上海译文出版社,2010.

伊恩·麦克尤恩.星期六.夏欣茁,译.北京:作家出版社,2008.

杨金才.当代英国小说研究的若干命题.当代外国文学,2008(3):64-73.

杨金才.当代英国小说的核心主题和理论视角.外国文学,2009(6):55-61.

余华.伊恩·麦克尤恩后遗症.青年教师,2010(6):58-60.

曾艳钰."误读的焦虑"——麦克尤恩《赎罪》中的真实与误读的真实.当代外国文学,2013(1):112-118.

张和龙.成长的迷误——评麦克尤恩的长篇小说《水泥花园》.当代外国文学,2003(4):40-46.

邹涛.叙事认知中的暴力与救赎——评麦克尤恩的《赎罪》.当代外国文学,2011(4):67－73.

周艺.自然和人性的较量:从文学伦理学视角解读《日光》.当代外国文学,2011(1):100－107.

朱刚.二十世纪西方文论.北京:北京大学出版社,2006.

祝平.索尔·贝娄的肯定伦理观.外国文学评论,2007(2):27－35.

索　引

（术语条目的中文译文为正文中所采用的译文，均为笔者自译。条目后的页码对应文中页码）。

后　记

　　本书是在我的博士论文《移情视阈下的伊恩·麦克尤恩小说研究》的基础上修改而成。博士毕业多年以后，以这样的方式重温曾经在南京大学外国语学院渡过的充实而美好的求学生涯，我心存感恩。

　　首先，我要特别感谢我的导师王守仁教授。2007年，我有幸成为先生的学生，进入学术研究的神圣殿堂。王老师对我悉心指导，启发我思考文学的深层内涵、体悟治学和为人之道。在我撰写博士论文的各个阶段，先生都倾注了大量的心血。先生严谨的治学态度、睿智的学术洞察力、高效的工作作风和谦谦君子之风范深深影响了我其后的学术态度和人生态度，令我终生受益。此外，在撰写博士论文和修改书稿的过程中，我得到过刘海平、朱刚、杨金才、程爱民、江宁康、何成洲、何宁、方杰、胡全生诸位教授的鼓励和建议。

　　我感谢英国格罗斯特大学的 Peter Childs 教授。他是英国麦克尤恩研究专家，也是我曾在英伦访学一年期间的导师。他谦逊和蔼，学识渊博，悉心指导我细读麦克尤恩的所有作品。我感谢哈佛大学的 Lawrence Buell 教授夫妇，他们肯定我的研究选题并从哈佛为我邮寄珍贵的研究资料。感谢我的硕士导师殷企平教授和王腊宝教授，是他们激发了我对文学的兴趣，引领我走上文学研究的道路。

　　这本书也见证了深厚的友情，我的师姐宋艳芳和师弟毛卫强，他们抽出宝贵的时间仔细阅读我的论文初稿并提出很多宝贵的修改意见。好友林华敏博士，他对列维纳斯的研究和洞见启迪我把相关理论应用于麦克尤恩研究。我也感谢麻晓蓉、孙希佳、胡碧媛、陈琳、王莉、俞睿、姜礼福等博士同学的砥砺、帮助和鼓励。感谢师兄祝平、师姐赵晶辉、苏忱、宁梅、师妹信慧敏、姚成贺、赵宏维和我一起分享治学与生活的智慧。书稿的完成还得益于南京大学图书馆、英国格罗斯特大学图书馆、美国哈佛大学图书馆提供的优质资源和借阅服务。同时也感谢南京大学出版社的董颖女士和责编陈丽茹女士，她们耐心细致的编辑工作让这本书得以问世。

我也感谢我的工作单位苏州科技大学外国语学院的领导、同事和好友们多年来给予我的关照、帮助和鼓励！

最后，感谢一直陪伴、支持我的家人，你们给予我的移情理解和移情关怀滋养我的心灵，让我有力量克服生活中的种种困难。父亲还阅读我的书稿并提出修改意见。多年来父母对我默默付出、不求回报的爱支撑我在生活中勇敢地前行。我的先生一直给予我最大程度的理解和关爱。我感谢女儿湉易带给我快乐，也让我俯身修炼，努力变得坚韧而温柔。

我要感谢的人，还有很多很多，只能默默地为这些点亮我人生的人献上最真诚的祝福。吾生也有涯，而知也无涯。在新的征程，我将一如既往，仰望星空，脚踏实地，相遇更多的良师益友。

罗　媛

2017 年秋于苏州